孟繁华　主编

新中国60年
中篇小说百部正典

饥饿的郭素娥　路翎

李有才板话　赵树理

憩园　巴金

北方联合出版传媒(集团)股份有限公司
春风文艺出版社
·沈阳·

图书在版编目（CIP）数据

饥饿的郭素娥/路翎著．李有才板话/赵树理著．
憩园/巴金著．—沈阳：春风文艺出版社，2018.7
（2022.1重印）
（百年百部中篇正典/孟繁华主编）
ISBN 978 - 7 - 5313 - 5453 - 6

Ⅰ．①饥… ②李… ③憩… Ⅱ．①路… ②赵… ③巴
… Ⅲ．①中篇小说 — 中国 — 现代 ②中篇小说 — 小说集 — 中
国 — 当代 Ⅳ．①I246.5

中国版本图书馆CIP数据核字（2018）第087907号

北方联合出版传媒（集团）股份有限公司
春风文艺出版社出版发行
http://www.chunfengwenyi.com
沈阳市和平区十一纬路25号 邮编：110003
北京一鑫印务有限责任公司印刷

选题策划：单瑛琪		责任编辑：韩 喆
封面设计：琥珀视觉		责任校对：于文慧
印制统筹：刘 成		幅面尺寸：145mm × 210mm
字 数：247千字		印 张：10.25
版 次：2018年7月第1版		印 次：2022年1月第4次
书 号：ISBN 978-7-5313-5453-6		
定 价：49.00元		

百年中国文学的高端成就

——《百年百部中篇正典》序

孟繁华

从文体方面考察，百年来文学的高端成就是中篇小说。一方面这与百年文学传统有关。新文学的发轫，无论是1890年陈季同用法文创作的《黄衫客传奇》的发表，还是鲁迅1921年发表的《阿Q正传》，都是中篇小说，这是百年白话文学的一个传统。另一方面，进入新时期，在大型刊物推动下的中篇小说一直保持在一个相当高的水平上。因此，中篇小说是百年来中国文学最重要的文体。中篇小说创作积累了极为丰富的经验，它的容量和传达的社会与文学信息，使它具有极大的可读性；当社会转型、消费文化兴起之后，大型文学期刊顽强的文学坚持，使中篇小说生产与流播受到的冲击降低到最低限度。文体自身的优势和载体的相对稳定，以及作者、读者群体的相对稳定，都决定了中篇小说在消费主义时代能够获得绝处逢生的机缘。这也让中篇小说能够不追时尚、不赶风潮，以"守成"的文化姿态坚守最后的文学性成为可能。在这个意义上，中篇小说很像是一个当代文学的"活化石"。在这个前提下，中篇小说一直没有改变它文学性的基本性质。因此，百年来，中篇小说成为各种文学文体的中坚力量并塑造了自己纯粹的文学品质。中篇小说因此构成百年文学的奇特景观，使文学即便在惊慌失措的"文化乱世"中也取得了令人瞩目的艺术成就，这在百年中国的文化语境中不能不说是一个奇迹。作家在诚实地寻找文学性的同时，也没有影响他们对现实事务介入的诚恳和热情。无论如何，百年中篇小说代表了百年中国文学的高端水平，它所表达的不同阶段的理想、追求、焦虑、矛盾、彷徨和不确定性，都密切地联系着百年中国的社会生活和心理经验。于是，一个文体就这样和百年中国建立了如影随形的镜像关系。它的全部经验已经成为我们最重要的文学财富。

编选百年中篇小说选本，是我多年的一个愿望。我曾为此做了多年准备。这个选本2012年已经编好，其间辗转多家出版社，有的甚至申报了国家重点出版基金，但都未能实现。现在，春风文艺出版社接受并付诸出版，我的兴奋和感动可想而知。我要感谢单瑛琪社长和责任编辑姚宏越先生，与他们的合作是如此顺利和愉快。

入选的作品，在我看来无疑是百年中国最优秀的中篇小说。但"诗无达诂"，文学史家或选家一定有不同看法，这是非常正常的。感谢入选作家为中国文学付出的努力和带来的光荣。需要说明的是，由于版权和其他原因，部分重要或著名的中篇小说没有进入这个选本，这是非常遗憾的。可以弥补和自慰的是，这些作品在其他选本或该作家的文集中都可以读到。在做出说明的同时，我也理应向读者表达我的歉意。编选方面的各种问题和不足，也诚恳地希望听到批评指正。

是为序。

2017年10月20日于北京

目　录

饥饿的郭素娥 ……………………………路　翎 / 001

李有才板话 ………………………………赵树理 / 121

憩　园 ……………………………………巴　金 / 168

饥饿的郭素娥

路　翎

一

在铁工房的平坦的屋脊上，白汽从蒸汽锤机的上了锈的白铁管里猛烈地发着尖锐的断声喷出来：夜快深的时候一切都寂静了，只有那大铁锤的急速而沉重的敲击声传得很远。深秋的月亮在山洼里沉静地照耀着。

和铁工房并列的较大的一座同样长方形的灰屋子是机器房；它的工作已经停止，车床和钻眼机在被昏暗的灯光所照耀的油污的烟雾里沉闷地蹲伏着，闪着因烟雾的凝聚和滚动而稍稍浮幻的严冷的光辉。刚刚下九点钟的晚班。年轻力壮而且也愿意竭力忘去灰暗的生活，在这样清爽的夜晚寻一些准备带给沉重的睡眠的肉体的愉快的机器工人，这时候散在两列屋子之间的广场上，以坚毅而轻松的姿势打着太极拳，一面在嘴里轻微地吹啸，交换着温和的咒骂和友谊的粗野的玩笑。张振山从机器房里走出来了。

他对散在广场上的人的娱乐显得漠不关心，仅仅以一种望向河流的暧昧的彼岸似的眼光瞥了一下最前面一个人的努力张着大嘴的圆脸。他的宽肩的笨重的躯体，在正前面的机电房窗楣上的灯光的映照下，移动得异常迅速，而且带着一些隐秘意味。有一个瘦小的身体从房屋的平整而稀薄的暗影里弯着腰跃上两步，截住他，用羡嫉的恶意的小声喊："张振山，又去了！"

张振山像碰在墙壁上一般突然停住脚，狠毒地嗅着鼻子，瞪了这瘦小的人形一眼。但在跃上一个小土丘之后，他又因为某种想头而回过头来，用那种像从空木桶里发出来的深沉的抑制的大声回答："小狗种！杨福成，我明天请你喝一杯！"

被叫作杨福成的干瘦的汉子发出了一声兴奋而又惶惑的大笑。但当他困恼于不能从一瞬间突然交迸的各种情绪里，反射出一句对对方讲是十分恰当的话的时候，张振山已经越过土丘，钻到一丛矮棚里去了。他酸酸地吐了一口口水，屈辱似地烦恼地搔着肮脏的厚发，以后就在破工服上擦擦手，把手摊开，神经质地做了一个表示空无所有的姿势。连打拳的兴致都没有了，他叹了一口气，独自走到工人澡堂一侧的小酒摊面前，一面用手在荷包里摸索……

现在，铁工房的打铁的声音和蒸汽的咝声也静止了。张振山顺着峭陡的小路爬上山巅，经过矿洞的风眼厂，弯到一个丛生着杂木的山坳里去。在一座破旧的瓦屋背后，他寻着了猪栏旁边的他已经很熟悉的一块长石头，坐下来，开始抽烟，等待着十点钟的上夜工的汽笛。

在隔着一个圆顶的土峰的右边山脚下，是闪耀着灯火的环节的卸煤台，是筋疲力尽的劳动世界——是张振山的生命里的最富裕的一部分；而在他所面对着的左边遥远的山脚下，那些宁静地映着月光的水田，那些以虔诚的额对着天空的小山峦，那些充满芬芳的暗影的幽谷，却使他皱起嘴唇，感到陌生的恬适、焦灼和嫉妒。他用这样的姿势坐在这里现在是第六次了；在十点钟的汽笛拉了以后，像一匹野兽一般扑到面前这瓦屋里去，现在是第五次了。

……刘寿春，那个患着气管炎的鸦片鬼在门前的土坪上谁也听不清楚地咒骂了几句之后，就摸索着通到风眼厂的小路，下到矿区里去。送着他的，是他的女人郭素娥从屋子里发出来的一声怨毒而疲乏的叹息。张振山推开了门，把结实的身躯显现在微弱的灯光里。

"我来了。"走到桌边，他耸一耸肩膀，露出一个坚定的微笑，说。

郭素娥睁大修长的疲倦的眼睛望着他，仿佛他是一个陌生人似的。但是当她掠一掠头发，把手下意识地抬到脸上去时，这眼睛里就一瞬间被一种苦闷而又欢乐的强烈的火焰所燃亮。她迅速地站起来，走到门边，扯起敞开一半的上衣的里幅擤鼻涕，然后又用手揩掉，一面向门外探望着。

张振山露出洁白的大牙齿，以仿佛蒙着烟火的眼睛贪婪地瞧着女人的露出在衣幅里的，褐色的大而坚实的乳房。

"他下去了。"扶着门，郭素娥嘶哑地说，然后俯下头。在乱发的云里，她的脸突然欢乐地灼红了。

张振山在小屋子里笨重地蹒跚着。在关上门的时候，他抓住了扶在门边上的女人的发烫的手，猛然地掠了一下，然后又把她的整个的躯体拉拢来。

"怎么办呢?"郭素娥战栗地问。

"就这样办!"

在这粗野的回答之后的一秒钟,屋子里的仅有一根灯草的油灯就被张振山的大手所扑熄。灰白的阴影在战栗;郭素娥发出了一声梦幻似的狂乱而稍稍带着恐惧的呜咽。

郭素娥是陕南人。父亲顽固而贪心,因此也极能劳作。他用各种方法获取财物,扩充他的薄瘠的砂地,但一次持续的可怕的饥馑,终于把他们从自己的土地上驱逐了出来。就在郭素娥以后住的这山丛里,他们又遭遇了匪。父亲因为拼命保护自己的几件金饰,便不再顾及女儿,向山谷里逃去,以后便不知下落了。郭素娥,在那时候是强悍而又美丽的农家姑娘。她逃避了伤害,独自凄苦地向东南漂流。但她绕不出这丛山,在山里惊惶地兜了好几天之后,她才发觉自己还是差不多在原来的地方。她饥饿,用流血的手指挖掘观音泥,而就在观音泥的小土窟旁边,她绝望地昏倒了。……两天后,她被一个中年的男子所收留,成了他的捡来的女人。

刘寿春比她大二十四岁,而且厉害地抽着鸦片。在那时候,他是还有一份颇有希望的田地的。他是还能够抢到一些苞谷,足以应付饥荒,在乡人们面前夸耀的,但五年之后,便一切全精光了。郭素娥现在远离了故乡和亲人,堕在深渊里了;她明白了她自己的欲望,明白了她的平凡的生活的险恶了。

四年前,工厂在原来的土窑区里,在山下面建立了起来,周围乡村的生活逐渐发生了缓慢的波动,而使这波动聚成一个大浪的,是战争的骚扰。厌倦于饥馑和观音泥的农村少年们,过别一样的生活的机会多起来了。厌倦于鸦片鬼的郭素娥,也带着最热切的最痛苦的注意，凝视着山下的嚣张的矿区，凝视着人们向它走去，在它那里进行战争的城市所在的远方走去。

她开始不理会丈夫，让他去到处骗钱抽烟，自己在厂区里摆起香烟摊子来。她是有着渺茫而狂妄的目的，而且对于这目的敢于大胆而坚强地向自己承认的——在香烟摊子后面坐着的时候，她的脸焦灼地烧红，她的修长的青色眼睛带着一种赤裸裸的欲望与期许，是淫荡的。终于，那些她所渴望的机器工人里面的最出色的一个，张振山，走进她的世界里面来了。这是非常简单的：在探知了她的丈夫是一个衰老的鸦片鬼时，他便介绍他到矿里来做夜工；就在鸦片鬼来上工的第一个夜里，他在山巅的小屋子里出现了。当然，女人没有拒绝。

现在，郭素娥热切地把她的鼻子埋在这男人的强壮的，濡着汗液的胸膛里，狂嗅着从男人的胳肢窝里喷出来的酸辣而闷苦的热气。她的赤裸的腿蜷曲地在对方的多毛的腿边，抽搐着；她的心房一瞬间沉在一种半睡眠的梦幻的安宁里，一瞬间又狂热地搏动，使她的身体颤抖，仿佛她只有在这一瞬间才得到生活，仿佛她的生活以前是没有想到会被激发的黑暗的昏睡，以后则是不可避免的破裂与熄灭似的。

"到冬天……我们就不能了；冬天……"她的嘴唇在张振山的胸肌上滑动，送出迷荡的热气，"冬天老鸦片鬼总生病，不会上班……要是给人家知道了，好在……"她的手狂迷地抓住了张振山的肩头，"你带我……走吧。……"

张振山笨重地转了一下身体，用大手攥住郭素娥的乳房，随后，便像马一般地喷出鼻息，喃喃地用深而阔的声音说："我不想想这些。冬天，有冬天的法子。"

他激烈但是短促地笑了一声，眼睛里泛起青绿色的光，从鼻尖上望着郭素娥。

"我没有办法了。"郭素娥失望地说，声音是沉闷的；而且像堕失到泥土里去似的，这声音在最后突然停止。"你是个怎样的人呢？"沉默了一下之后，她突然提高了她的枯燥的嗓音，问。接着便稍稍地坐起来，摸索着衣服。

"不要穿，呸，羞吗？"张振山带着温和的讥刺说，一面向地上吐着口水。

"你，你，哼，你！"女人敲着多肉的手，"你，我想过，也是一个无赖的恶人！我是婊子吗？"她把衣服蒙住脸，最后一句话是从衣服里窒闷地说出来的。

张振山扯去了她的衣服，用臂肘撑着上身。

"我问你。我这个人也有些好的地方吗？"在黑暗里，他严厉地皱起眉头。

郭素娥不解地怨恨地望着他。

"我晓得？"接着她说，"我问这些干啥子？……你懂得我还想什么？我蹲在这里八九年了；小时候，做梦都不知道有这条山，有你们这些人哩。一辈子可以没闲话地过完……现在呀，啥子都没有了。"她的手在黑暗中抓扑；她的干燥的声音摇曳着，逐渐渗进了一种梦幻的调子，"我时常想一个人逃走哟，到城里去。到城里，死了也干净，算了。……哦，我不想再回家啦！没有亲人！……"她突然昂起头，破裂地叫了出来，但立刻，她的尖厉的声音又变成了柔软而急促的耳语，"你，你也是个无聊的人。……"

张振山弯过硬手去搔着背脊，烦躁地沉默着皱起眼睛从侧面望着激动的郭素娥，望着她的在灰绿的微光里急遽颤动着的，赤裸的胸，她的在空中恼恨地像要撕碎阻碍着她的幸福的东西似的，激烈地抓扑着的白色的手，和她的埋在暗影里，漾着潮湿的光波的眼睛。……他狡猾而讥刺地望着，一面用手指拧着光滑的唇皮。但是当他把手伸向女人的胸膛去的时候，他就恼怒起来，半途掣回手，握成一个威胁的拳头。他为什么要屈服在这小屋子里呢？他为什么要让一个女人批评他，并且告诉他，他应该怎样做，贬抑他的性格的恶毒的光辉呢？

"呀呀，你不晓得。"他冷淡地说，装出一种疲乏的样子吐着痰，"穿上你的裤子吧。"

"你是哪里人？"郭素娥突然问。

"问家谱吗？江苏。"他重重地跃下床来。

"你现在好多钱一个月？"

"没有打听过吗？"摩擦了一下手掌之后他又问，用一种粗暴的声调，"你要钱吗？"

"我——要！"郭素娥同样粗暴地，怨恨地回答。

张振山惊愕地耸了一耸肩膀。他没有想到他会遭到这样的敌手，他没有想到郭素娥会有这样的相貌的。当郭素娥向他叙说她的热望的时候，他避开她的真切，认为只要是一个女人，总会这么说；但是当她怨恨地，以一种包含着权威的赤裸裸的声调说出"我——要"来的时候，他却惊讶，以为除了婊子以外，一个女人是绝不会这么说的了。而郭素娥，能够坦白地怨恨和希冀，能够赤裸裸地使用权威，绝不是妓女，是明明白白的事。

他现在仿佛又听见了她的热烈的叙说，而且仿佛他自己施放的烟幕已经被疾风吹散，再要认为一个女人总会对她所要求的男人这么说，是不可能的了。他在肩上偏着硕大的头，从暧昧的光线里向披着衣服的郭素娥凝望着。一瞬间，在他的内部的某个遥远的角落里，有一种他所陌生的东西震动了一下。他甩着肩上的衣服，垂下手来，缓缓地从齿缝里叹了一口气。

"我的钱花到下一个月去了。这是一种很乐意的过活呀！"他这一次把他的讽刺的毒芒对着自己，"喝一杯，请客，赌一局……不过我们本来就不多。……那些婊子操的老板才多呢。……"他本来想接着说："你找一个老板吧！"但是这句话从他的干裂的唇间化成一个激烈的吹啸曳到空中去了。

他带着一种有些滑稽的亲切走向郭素娥，搂抱了她。

"你很不错呢。"他嘶哑地说，摸索着她的身体。

郭素娥打了一个寒战，挣脱他，扣紧了衣服，向门边走去。在打开了的门框中间，深夜的凉风将清丽的月光吹在女人的灼热的肉体上。张振山挨着女人的肩走出了屋子。站在土坪中间，向远远的山坡上的萦绕着雾霭的肃穆的松林凝视着。但是当他恼怒地触着了裤袋里的两张纸币，转回身子来，准备把它交给女人的时候，屋门已经关上了。

他在门上狠狠地捶了一拳。

"你还不走！人家听见了！"在门缝里探出头来的女人小声说，但是在她的声音里含有一种不可解的希望，和一种不可思议的对自己的话的否认；她的声调使人家暧昧地觉得，当她这么说的时候，她只是表明与她的话句完全相反的意思而已。

"拿去吧。"张振山在奇异地望了她一眼之后，把二十块钱递了过去。一分钟之后，他的庞大的强壮的身影隐没在隔开这小屋与矿洞的风眼厂的，孤独地长着两株小杉树的山坡后面了。郭素娥苦痛地叹了一口气，关上了屋门。

当她在窗洞前借着灰绿色的月光窥看着两张纸币的时候，她牙齿在嘴唇间露出，激烈地磕响了起来。

"你说，这两张纸是啥意思呀！"把纸币捏在发汗的手掌里，她望着窗洞外的晶莹的天空，发出了她的沉默的狂叫。

二

张振山，有着一副紫褐色的，在紧张的颊肉上散布着几大粒红色酒刺的宽阔的脸，它的轮廓是粗笨而且呆板的，但这粗笨与呆板在加上了一只上端尖削的大鼻翼的鼻子，和一对深灰色的明亮而又阴暗的眼睛之后，就变成了刚愎和狞猛。有时候他的薄而锋利的嘴唇微张，露出洁白的大门牙，眼光变得更鲜明的灰暗，流露出一种狡猾、顽劣、嘲弄的微笑，像一个恶作剧的天才似的，但另一个时候，这些狡猾和顽劣都突然隐去，他的嘴唇严刻地紧闭，鼻子弯曲，他的更主要的特性：恶毒的藐视，严冷的憎恨就在他的收缩起来的脸上以一种冷然的钢灰色照耀着，使得人家难以忍受了。

这是一个以武汉的卖报童开始，从五岁起就在中国的剧变着的大城市里浪荡的人。他自己也记不清楚他的穷苦的双亲是怎样死去，他是怎样变成一个乖戾的流浪儿的；他更不能记清楚在整个的少年时期他曾经干过多少种职业，遭遇过多少险恶的事。记忆的黯淡的微光所能照耀得到的那个时候，他已经阅历过短兵相接的战争，刑场，狂暴的火灾，做过小侦探，挨过毒打和监禁，成为一个虎视眈眈，充满着盲目的兽欲和复仇的决心的少年了。一九二九年，当他十三岁的时候，他和一群年轻的工人、农民从湖南逃了出来，以后，在夏天里，他目睹着曾经和他穿着同样的军服的，这些年长的伙伴死去了。在酷热的夜里，当空场上所有的人全散去之后，他狗一般地匍匐着他的强壮的小躯体，爬近尸首，在他们身上摸索，喊他们每个人的名字，喃喃地咬着牙齿说："我明天就回湖南去……"

但他并没有去成。没有多久，他走进了一家机器工厂，成为一个学徒了。他之所以能够挨了多少年，没有逃开那个乌烟瘴气的工厂，是因为那里有好几个他的患难的伙伴，他从他们那里学会了认字，得到了使他能够认为满足的各种知识，而生活知识的增长使他逐渐地懂得了克制自己，学习一种技术的必要，使他懂得了用怎样的一种眼光来回顾火辣的过去，和应该带着怎样的一种精神倾向来使自己生长。

但这里还有一着重要的棋。五年后，伙伴逐渐走散，他也离开了。毒恶的倾向在他身上原来就那样的猛烈，一回到浪荡的生活里来，一失去了劳动的强有力的支撑和抗争的主要目标，就变得更加难以管束了。离开工厂是因为认为自己已经羽毛丰满，不应该再低下地受损害，主要的是因为一个伙伴的不幸的遭遇，因此，是带着极大的仇恨心的。这仇恨像疮疖里的脓一样需要破裂地，疼痛地流泻；他杀死了一个追踪他的伙伴的便衣打手。

这是在黑夜的江边用尖刀干的。发烫的血溅满了他的脸。而整个一夜，一直到灰色的严厉的黎明，他遥望着睡眠的城市的闪烁的灯光，在郊外漂泊。他杀了人了！这是一种最无知的，最疯狂的杀！但是怎样呢？他没有胜利。

城市在安详地昏堕地睡眠，带着它的淫荡的凶残。它不可动摇地在江岸蹲伏着。对于它，年轻的张振山，是显得如何的渺小！他能够移动它的一根脚趾吗？

以后，他带着要过一种强烈的公众生活的愿望到上海去了。但他不能满足；因为这，他就更渴望于获得知识，更渴望于自己的凶狠恶毒。而这也就在内心里生成了一种疑虑，一种生怕会贬抑自己的个性的芒刺的疑虑——这便是他在对日本的战争一开始，为什么不循着他少年时代的路，到战争里去，到另一个地方去，而终于到四川来，在这个工厂里暂时蹲下去的原因。

他在工人里面，因为他的能力，因为曾经是他的师叔的总管器重他，有着优越的地位。无疑的，他是酷爱这种地位的；但他把他的酷爱认为是一种可恶的弱点，所以假如有人像对待工头一样来对待他，奉承他时，他就会变得极乖戾。对待这个人，最适宜的莫过于偶然地安排一个充满着友情的真挚和深的粗暴的玩笑。处在这种温暖的气氛里，他便会短促地显露出他的已经被埋葬的另一面，就像他在这世界上也需要一个家，也有领略家庭的爱情的温和的心似的，他安详地眙着变黑的晶莹的眼睛，浮上稀有的天真的微笑，从荷包里摸出最末一块钱。

对于饥饿的郭素娥，他是带着他的全部的狠毒走近的；对于女人的运命，在起初，他是漠不关心的。他没有要知道这个女人在想些什么的愿望，更没有要和这个女人维持较长久的关系的愿望。但在今天，在这个骚乱的夜里，女人显露了自己，而且强有力地使他承认这显露的真诚，使他承认，不管两个人的生活境遇怎样不同，她是他的值得同情的敌手。

当他的强壮的厚肩上萦绕着从发号房的窗洞口飘来的烟条一样的灯光，向坡路下面慢慢地踱走的时候，这个印象突然鲜明地强烈了起来。他猛烈地吸着烟，在烟雾的灰蓝色的旋涡里，用一种愤怒的力把披在额上的一簇头发掷到脑后去；在突出的额下，他的眼睛严厉地皴起。

"这倒是一个女人！他妈的×！"

三个矿工摇着绿莹莹的矿灯迎着他走来。他们疲乏地寒冷地佝偻，用一种卷舌头的声音微弱地说话。纸烟在嘴唇上昂奋地燃烧着，从他们的污黑的肩上向后面飘着一条长长的朦胧的烟带……当他们越过张振山，渺小地被吞没在卸煤台后面的时候，煤场上和下面的坡路上就呈现出深夜的寂寞，除了由矿洞口传来的煤车的隆隆的单调的震响以外，再没有别的声音，而且再见不到一个生灵了。远处，在山峡的正中，从静静地躺在月光下的密集的厂房里，机电厂的窗玻璃独自骄傲地辉耀着；更远处，在对面的约莫相距电机房一里路的山坡上下，则闪耀着星一般的灯火：坡上的工人宿舍，坡下的办事处，米库，洗衣坊，矿警队营房，都在用它们的微盹的窗户窥视着月光照耀着淡绿色的雾的潮湿的氤氲的山野，和月亮在白色而透明的云的湖沼里浮泛，星星在薄纱似的云片里碎金子似的闪烁着的高空。

张振山在给矿工让路，停在石堆旁眺望了一下整个的厂区之后，又开始沉思似的向前走。他走得笨重而缓慢，香烟在他的嘴唇上和手指间不停地燃烧着，现在已到了第三支了。在跨越铁路之前，他停在一个土堆上，伸开手臂，长长地嘘了一口气。

从女人那里带来的印象现在淡薄下去，或者正确点说，沉落下去了。这主要是因为，在深夜的独步里，他获得了一种坚强而严冷的情感。从这种情感，他感到自己正在胜利地凶暴地扩张了开来，没有丝毫的畏惧和惶惑，把整个的矿厂握在毒辣的掌中。

"我不蠢！我们有多少人！"他在索索的寒风里张开了他的大

手掌。

但在越过铁路，向机电工人的宿舍走去的时候，他就沉在另一样的心情里去了。

"我这个人也有些好的地方吗？——这样问她，糊涂！"他站住，擦燃火柴开始点第四支香烟，然后把揉皱的纸盒摔去，"她说得出来吗？……总之，我干得对！我有我的理智！我恨这些畜生，恨得错吗？你会杀人，我不会吗？好！"他把步子加大起来，"我就是我自己，不懂手段，也不懂策略，忸忸怩怩……"

从右侧，有一个骚乱的尖声喊他。他突然从疾走站住。

"你怎么，不到天亮就回来了。乖乖，×的好吧……"杨福成耸着肩膀，激烈地喷着酒气，用一种狂喜的声调嚷。

"杨福成！"张振山阴郁地喊。

杨福成伸出厚而尖的舌头，做了一个怪相，随即也古怪地阴沉起来了。

"你到哪里去了？"好一会儿之后，张振山问。

很显然，杨福成的阴沉只是一种表面的凝结，因为他立刻就忘记一切，尖细地叫起来了。

"老子在小五那里抽一局。都输了。婊子养的识牌呀！"

"哈哈！"张振山短促地笑。

杨福成有着易于昂奋的倾向，而且，用俗话说：是一个无心眼的人。在平常的时候，他也显出恰当的老成，但一轮到他说话，他就仿佛变成一个十六岁的少年了。他哮喘，在字眼中间急促地吸气，以致有时候把话音吸到喉咙里去，又用一种闷塞的怪声弹拨出来。他时常一连串地贪婪地说，即使乱说几个虚字，也不愿意让自己的话中断，随后便窒息地大笑起来，使人家难以明白他究竟说了些什么。现在，当他和张振山一道爬上升到宿舍去的土坡的时候，他疲劳地，用败坏的声音唱起忧伤的歌来。但刚刚唱了两句，他就使力地跳了一下，先做出一种秘密的神情，然后向张振山问："你那个家伙如何？"

"还不是两条腿的。"

"唉，你知道，魏海清在弄她。"

"魏海清谁？"

"土木股的呀！本地人，死了老婆……那是一个狗种。他跟我说，"看了张振山一眼之后，他又迅速地接着说，用一种张扬的语势，仿佛那个叫作魏海清的真跟他说过一样，"张振山夺人之妻，夺人之妻！……"他用手在灰尘似的月光里绕了一个大圆圈，随后又用臂肘在腰上缩一缩裤子："唉，肚子饿瘪裤带松……你，你，你这有种的老几，说请小弟喝一杯的呀！"

"现在不了！"

"干什么？"

"没有钱。"张振山突然暴戾地睁了一下眼睛，"你，今天喝过了！"

"那是我自己的事。我活了二十五，活得衣破无人补。无味呀！"他在无心地大声说出这句话来之后，便变得苦恼，停顿了下来，用手在发胀的脸颊上摩擦着，说以下的话的时候，他的声调沉落，充沛着真实的酸凉。"没有女人看上我的。我才不做白日梦。我养活人吗？看我这副样子，人家肯嫁我吗？我是做工的人，最苦的人。要是当职员就好了，有米贴，有好房子。嗬，你看呀，那一幢房子！"

"股东老板住的。"

"不错。"他的尖颚咀嚼着。他的手依然指着那远远的一栋掩藏在茂密的树丛里的楼房;这楼房左侧的两个遮着绿窗帘的窗户温暖地亮着。最后,他把指着的手指习惯地向上一抛,继续感叹地小声说:"做工没来头。有时候晚上也自由自在,但……"

"你想吃火腿吗?"在宿舍的竹篱前,张振山停住,坚硬地问。

"唉,不想吃?"

张振山邪恶地凝视着遥远的绿窗户,仿佛那里面的秘密的养生和贪欲很诱惑他似的。

"看吧。我明天就请你吃!要住那一间房子吗?"(绿窗户的灯光在树枝后熄灭了。)"容易得很!好,它藏起来了!你要吃鸡子;你要一个女人!你要……梳两个辫子的,进过大学的!"

杨福成缩着身体。这个人的冷静的骄傲的狂言使他惊悚。他呆看着他,不知道怎样做才好了;但最后,他终于依着自己的方式跃了起来,攀在对方的肩头,在对方的鼻子上一半故意地嗤了一口气,跳到院子里去。

宿舍是公司临时租赁的民房,中间有一个在以前曾经是打谷场的大院子。它的正中,左侧,完全被有家眷的工人所占有,剩下给单身工人的,只是毗连着一个充满灰尘,蛛网和油污的厨房的右侧的长长的一条矮屋。夜里十二点钟以后,在棉絮的爱抚下,真实而浮动的生命们入睡了。连最会喧嚣的右边角落里的一间屋子也寂静了——一个钟点以前,这间屋子里,在床架和破桌椅之间挤满了那些从来不懂得沉静的少年伙计,他们摔纸牌,唱淫荡而凄凉的歌,互相用黑拳头威胁,但现在,肮脏的烟雾沉落,一切全不留痕迹地散去,只有二十五支光的蒙尘的电灯在单调地发着光。

　　杨福成和张振山两个人占有一间极狭窄的后屋。但这两个人的性格是不可调和的：杨福成喜爱一些简单的戏耍，时常在桌子上供一个泥像，替它画上胡子，称为"老板神像"，在春天的时候也大量的砍些粉红的烂漫的桃花回来，插在破泥罐里，而且沾沾自喜地带着一种不必要的勤快去换水，但张振山却嫌恶这些；他望着它们皱起他的灰色的眼睛，在它们使他的动作不方便的时候，便粗暴地把它们举起来，摔得粉碎。不过，杨福成除了当自觉自己需要阴沉一下的时候，才装出一副呆板而尖削的脸相来以外，从不真的和张振山吵架。因为太多的理由，他是极端喜爱张振山的。

　　显然的，这一夜对于杨福成已再不能寻到什么趣味，到了非睡去不可的时候了；而且的确，在急遽地兴奋了之后，他已完全疲劳。他牙痛一般地皱起稚气的瘦脸，默默地摔开鞋子，钻到他的无论白天和黑夜总是密闭着的一直拖到泥地上的蓝布帐子里去。因为床柱太短，帐脚拖到地下，所以帐顶的有着破洞和大补丁的大肚腹也就几乎垂到他的尖鼻子上来。他奇怪地笔直地睡着，向帐顶瞪着梗着沙粒的眼睛，吹着不连续的闷气。刚刚要睡去，原先在另一边床上愠怒地坐着的张振山此刻笨重地走到桌子边来，用一种对于这寂静的房间是过于嘹亮的声音喊他。

　　"喂，什么……事？"杨福成反应地在棉絮里抬一抬手，问。

　　"告诉你，我们要做包工了。"

　　隔了好一会儿，才听见杨福成懒声懒气地从蓝布帐子里回答："包他妈×什么？"

　　"四号。"张振山把大拳头举到鼻子一样高，察看地摇晃着。

为了摔去自己的纠缠不清的对郭素娥的思索，他才突然开始这谈话，但现在他又嫌恶这谈话了。

"四号出什么毛病？"意想不到地，杨福成从蓝布帐子里伸出他的瘦小的，盖着乱发的头颅来。他的黄色的疲乏的脸上迅速地闪烁过一种喜悦的，神经质的战栗。

张振山阴沉地抖了一抖肩胛，带着一种不知道是对于杨福成还是对于那替公司里赚大钱的四号火车头的深深的厌恶，说："坝子摔场了。险一些摔到江里去。"

"哈哈哈，包得稳吗？"

"当然。"

杨福成敛起笑容，滑稽地皱着鼻子，想了一想。

"唉——"他的头突然在蓝布帐子口消失了。

张振山屹立在电灯底下，手插在裤袋里，眼睛眯细地望着石灰剥落，露出竹片的骨骼来的墙壁，继续大步地，野蛮地踏到自己的思想上去。踏烂一切枯草和吹散一切烟雾，让它露出闪着冷然的光辉的本体来！

"她说'我要'，当然是的，多弄一些给她，看看我张振山！她跟我走？"他吐了一口唾液，同时用手摩擦着坚硬的额角，"不能！社会把我造成这样子，我自己，我自己……"他响着嘴皮，在扬起的眉毛中间，他的眼睛变亮，这是一个放射着幽暗的光芒的字，"我自己不是庄稼汉，也不是可怜虫……让一个女人缠在裤带上！她们心疼，随便哪个摸一摸，就完事了。什么魏海清不魏海清！"但是即使在这么凶毒地想的时候，一种严刻的妒忌也依然掠过他的嘴唇和眼角，使他的阔脸幽暗。他愤怒了，辛辣地冷笑了出来："呵呵，'我这个人也有些甜的地方吗'。"

矿厂连梦呓也没有，又掩藏着百公尺下的艰苦的劳动，沉沉地入睡了。夜，深沉地凝结了。但这强壮的人，这旺盛地妒忌着世界，感到自己生命的恶毒的人，这酷爱辛辣、严刻地抗拒着自己的妒火的工人却依然在小房间里，在床架前面，在因电力增强而突然明亮起来的二十五支光的电灯下踱着，他用那么一种沉重的姿势踱着，以至于他的膝盖多次地撞在桌腿上又碰疼在床板上。他的肩胛抖动，脸上清醒地照耀着一种富裕的，考虑着什么是它的必要的抛掷的生命，放射着一种肉的淡漠而又顽强的光辉。在听见远远传来的骚乱的鸡啼的时候，他不同意地摇着头，推开门，绕到大院子里去。偏西的月亮照着左侧的屋子的破陋的屋檐——在右侧的屋子的参差的浓郁的暗影里，他鼓起胸膛，一次又一次地深深吸着气，徘徊了很久。

三

把纸币捏在手里的郭素娥，所以那么痛苦，是因为她原来是存着她的情人可以给她一种在她是宝贵得无价的东西的希望的。她的痛苦并不是由于普通的简单的良心的被刺伤，而是由于，显然的，她所冀求的无价的宝贝，现在是被两张纸币所换去了。她捉不住张振山，当由偷情开始的事件在她现在苦恼地越过了偷情本身的时候，这个强壮的工人的不可解的行为，他的暧昧的嘲讽，他的恨恨地离去，使她绝望。整整一年来，她整个地在渴求着从情欲所达到的新生活，而且这渴求在大部分时间被鼓跃于一种要求叛逆，脱离错误的既往的梦想。虽然她极能勤苦地劳动，虽然她对她的邻人特别和蔼，但由于时常显露的犯罪的相貌，她依然被认为是一个奇特的败坏的女人。然而她不但不理会这些，而且逐渐变得乖戾了。她是有着黯淡的决心的。这就是：她已经急迫地站在面前的劳动大海的边沿上了，不管这大海是怎样地不可理解和令她惶恐，假若背后的风刮得愈急的话，她便要愈快地跳下去了。跳下去，伸出手来，抓住前面的随便什么罢。

畏惧虽然在好几年的险恶而被凌辱的生活里失去，但无论如何，这是痛苦的。尤其，她的手抓住了什么呢？——张振山，毒辣的，冷漠的，用她自己的话来说，无心肠的，无赖的男人！

另外还有一个自己向她诚实地飘过来的人。这就是魏海清。这个人是她的丈夫的极远的表亲，从前也佃地种，但在四年前死了女人之后，不久，地被主人无理由地收回去了，自己就带着刚刚五岁的小儿子到矿里土木股来当里工了。三十几岁，有着端正而晦涩的脸孔，是一个呆板而淳厚的人。他和郭素娥，是一向就保持着简单，拘谨，而且隐匿的亲密的；显然的，郭素娥，尤其当他投到工厂里去之后，是十分注意他的。但不幸的，是他被张振山从头上跨过去了。当他在一个晚上，心跳而羞涩地在这恋爱的屋子里下了异常大的决心，表露他的旧朴的欲求的时候，郭素娥突然变得严正而乖戾（在以前他是不曾见过这女人的这样的相貌的），拒绝了他。当然，这是把他伤得很重的——他原来只以为刘寿春是她的阻障，不久就会死去，不足以使她牵挂，却没有料到这中间还有另外一个严重的角色。但不久，他就朦胧地把这件事探听出来了。积蓄了好几年的痛苦的意念，战战兢兢地在布置着希望的这颗过平凡生活的真心，现在被无情的郭素娥所摒弃，被优越的机器工人所踏碎，对于他，该是如何地怨恨，如何地痛苦！

但是魏海清这种人，对一切都要依照自己的观念探个究竟，把自己范围内的一切看得很重，是不大容易死心的。在这晚上，九点钟后，当他的八岁的男孩在木床里端沉重地睡去了的时候，经过了一番苦闷的内心交战，他熄了小烟袋，从位置在北山坡的工人宿舍走出来了。天上屯集着云，在云的间隙里有朦胧的生了锈一般的星在发光。坡路旁的路灯，它的松弛了的灯泡在偶然疾卷过来的凉风里摇闪着。

他故意避开那一条贯穿过明亮的机电房的平坦的煤渣路，从水池畔的黑暗的堤堰上走。他的步武起初有些犹豫，发出一种拖沓的疲劳的声音，但随后，当他穿过卸煤台，临近那漆黑的山坳的时候，便强烈地紧张起来了。

"我去一趟哩。"当他弯腰爬上风眼厂所在的山坳，胸膛被热辣的昂奋所紧迫的时候，他颤着嘴唇，告诉自己。

这旧朴的人，这一切观念和情感都有着明显的但积满尘埃的限界，像熊一般固定而笨拙的人，现在容许自己去做一件非分的大事了。不管他怎样提醒自己说，他的行为只是想探一探这个女人和张振山的究竟，为着必需的道义，他的全身还是起着一种自觉犯罪的发烫的颤抖。

"我一生从来没有做过——这样的事啊！"倚着一根腐朽的树干，他张开生着几十根零乱的硬髭的嘴唇，向黑夜吐出他的昏乱的叹息。一瞬间，二十几年的土地上的辛劳像一块平坦而阴凉的暗影似的，在他的迸着昏红的火星的眼睛前面闪现。

他的微微佝偻的长身影在小屋子前面出现了。门关着，里面凝固着寂静的黑暗。但在最大紧张以后，他突然对面前的一切都感到不明了，只是走上去，机械地向门缝里窥探着。当他的手举到薄木门板上去的时候，他仿佛在听着别人敲门似的，而且在心里寒凉地惊诧着，这个人怎么会这样大胆。郭素娥在屋子里窣窣走动的声音他没有听见，门板的突然的裂开，使他在新夹袄里打了一个寒战。

"走开，走开！"郭素娥在黑暗里露出白色的脸来，惊慌地说，"他今天说是生病，不上班了。……哦，是你！"当她发现对方并不是张振山的时候，她把一只白手举到松乱的头发上去，屈辱地小声尖叫，"你跑来干啥子？"

魏海清沉默着，在这之间，恢复了镇定。

"和你说句话！"他威胁地说。

"说什么？"郭素娥敏捷地跃出一步，严厉地问。

魏海清什么也没有想地沉思了一下，望着女人的颈子，说："你知道，张振山那家伙不是好东西……"

"怎样？"

"他仗势欺人，是个流氓。你要当心……"因为情急，舌头在最后缠结了起来，使他失去了话句。当他和他的狼狈挣扎的时候，郭素娥迅速地走回去了。现在，只剩他一个人站在这黑暗的土坪上了。

"长得多好的人啊……"他自语，用衣袖揩着发汗的脸，但随即就因自己的赞美恼怒起来，向土坪的外侧走去。

从屋子里传出来的刘寿春的激烈的咳嗽和朦胧的话语使他站住了。

"哪一个？"这鸦片鬼恨恨地问。

"我。"女人的嗓子提得很高。

"你干啥子去？……"

"刚才狗叫，我怕强盗！"女人用一种凶恶的声音叫了出来。

魏海清从屈辱里挣脱，愤怒起来了。他笨拙地把手叉在裤腰上，向地上大口吐着痰。

"世界遭变了。瘟女人！"他蹒跚地向土坡上走，"我为啥子要打我的女人呢？她丑，整年生病，但是她比这骚货好得多！……可惜我们少年时候不知道！"他激烈地向前走，并不辨认路，只是佝偻着，把飘荡不定的大脚一步一步地踏在野斑竹和茅草里，"我愈来愈作难，心中焦苦，成一个糊涂人了。吃白泥巴的日子，也过的呀！怎么现在不想法，跑出来做工呢？我要是有谷子，"他的浑实的手臂在空中抓扑，被他的手掌所击弯的桑树的枝条刷在他的胸上，"要是有，看这瘟女人对我怎样呢！"抚摩着粗糙的下巴，他在枝条之间站住，意识到自己走错了路。但是当他正预备向风眼厂的昏弱的灯光回转的时候，在他侧面，茅草燃烧般地响了起来。他迅速地而且突然涌起一种烈性的愤怒转过身子去，看见了一个比他矮些的方形的人影坚定地在三步外屹立着。他闭紧嘴，严正地站定。

"魏海清！"张振山发出他的深沉的声音喊。

"你是哪个？"魏海清喘息地问；所以喘息，是因为他已经在对方的最初的发音里认出了对方是谁。

张振山向几丈外的隔着一条污水沟的小屋瞥了一眼，随后便向下走了一步，攀住树枝。他在小屋的空了的猪栏后面，在那每一次总坐在那里等待着跃进屋子的时机的石块上，听见了魏海清和郭素娥的谈话的全部；而且，当魏海清激怒地痛苦地在草坡上转着圈子的时候，他已窥伺他好久了。

"我问你两句话，魏海清。"他冷酷地说。

"问吧。"

"我是流氓，这有点像，我夺人之妻，这也对。"他磨着牙齿，"现在你回答我，我仗谁的势欺人，谁的势力？"

魏海清的脸灼烧，愤怒地颤抖起来，热辣的烟雾包裹着他，使他感到自己仿佛腾在空中。

"问你自己！"这鳏夫笨拙地顽强地回答。

"问我吗？"张振山猛烈地把手里的桑枝从树上折断，魏海清因为他的这个动作反应地退了一步，"你们，在女人面前像狗一样地舔一舔，打个滚。我可怜你，你舅子荐你来做工，你有六块钱一天，蛮行。你像个做工的人吗？要站出来正面说话！"他鼓起胸膛，把他的冷冰冰的声音压尖，但这尖声是微颤的，"我不怕谁，也不仗谁！我就是这么一个人，一个人！告诉你，再不准到这屋子里来！"

他把手里的桑枝举起来，狠狠地向屋子那边挥着；光赤的桑枝在夜的冷空气里发出尖锐刺耳的声音。

"这是我们的地方！你凭什么……"魏海清窒息地叫，"你畜生养的，没有人心……"

"哈哈，你们的地方！——今天就这样说了。记牢！"他把桑枝重新扬起来，做成一个威胁的姿势，击断在树干上，然后用强猛的大力缩紧肩胛，咽一咽嘴，大步向风眼厂的电灯光走去。在石板路上他避着风点燃了香烟……

魏海清怔忡着，一瞬间不能明了自己，只是向张振山的凶猛的影子凝视，仿佛这个人的在火柴的晕圈里闪亮的刚硬的头发和扁塌的鼻子有一种特异的美丽，很诱惑他似的。但终于他感到锐烈的失败的痛苦，昏乱地诅咒起来了。

慢慢地，他下到山下去。夜风扑卷着他的夹袄。循着水池畔的黑暗的堤堰，他佝偻地，缩作一团地走着；他蹒跚地摸索着，就像他迫于饥饿和寒冷，是一个无家可归的人一样。

郭素娥并没有睡。在那鸦片鬼发着谵语昏昏地睡去之后，她因了某一种理由，又悄悄地开门走了出来，向风眼厂那边的淡薄的光晕探望，然后，绕到屋后的猪栏旁去。充满情欲和梦的女人的感觉是那样的敏锐，她立刻发觉了草坡上的短剧，伏到猪栏下去了。她的心感到一种庞大而甜蜜的紧迫，惶恐地撞击着。有一种盲目的力量几乎迫使她要急剧地冲出去，但同时她的脚又仿佛牢牢地生根在地上似的，不能移动……现在，一切全梦幻似的过去了；张振山和魏海清消失了。

"啊，他不准！"望着魏海清的消失在风眼厂后面的长长的身影，她带着幸福和酸凉叹息。"这是哪些说法呢？……他不准他再来我屋子里呀！"她伸长赤裸的颈子，在心里狂喜地尖叫了起来，随后，她跃到张振山曾经坐在那里的石头上，把身体向着另一面的沉在深邃的黑暗里的山峡，昂奋地呜咽了。

在这峡谷里，在这重压着它的苦重的暗影在她眼前浮幻着黄色的晕圈，又爆耀着墨绿色的星花的下面峡谷里，在这夜深寂寞，流荡着黑暗的冷风，仅仅模糊地闪着水田的淡光的峡谷里，是充满着她的骚乱，痛苦，悲凄地逗引情欲的遥远的记忆。

……七年前，一个外省的军官在这峡谷里引诱了她。

四

机器总管马华甫，是一个生着灰尘一般的花白头发，有一副温和而洒脱的松弛的脸的，胖大的人。他用一种温和，渗透，严刻的声音说话，几乎从来不激动；但即使从这富于魅力的声调里，人们也可以觉察得出这个四十几岁的饱经风霜的人是怎样的顽固，利己和阴险！现在，当他为了火车头包工的事，把几个出色的机器工人——张振山，杨福成，吴新明（这是一个三十几岁，充满江湖气味，慷慨但有着机智的深算的人）等——请到他家里来用膳之后，他使他们坐在厅堂下端的长条凳上，自己则不停地抽着烟，在堂屋中间缓慢地踱着。谈话刚刚开始。

　　这是矿厂里的一个最大，马力最强的火车头，一九三〇年德国机器厂出品。它的损伤，假若由机器房做正常的里工，需要六个月才能修好，但假若由机器工人自己取消里工工资，来做包工，则仅需要十六天。包工的价钱，鉴于以往的例子和今天的物价，工人方面要一万二千块，但公司方面却只肯出八千。现在，总管马华甫由于对自己的权威的深信，就是负了解决这件事的使命来请工人吃饭的。

　　他和他的家族——一个像衣橱那样肥胖，也像衣橱那样从不离开房屋的，缺齿，有细小的烟黄眼睛的北方女人，一个曾经进过职业学校，现在也在机电股里当职员，醉心于象棋和钓鱼，面孔无特色，性格稍稍带着原始的阴郁的二十三岁的养子，和这养子的温顺而瘦小，面孔洁净的妻——住在这改修过的三间从本地绅粮那里租来的屋子里。正堂是洁净的，和他的衣服一样；但房间里，因为他的肥妻的喜欢赌博，除了希望真的生个儿子以外，什么事都不去操心的性格，就弄得很零乱，凝结着一种阴湿的含着石灰味的酸气。在壁角的大衣橱顶上，永远有十袋以上的面粉囤积着——这女人对于面粉又是异常贪婪的，但是她却不能把它们按月吃完，因此，好几袋面粉都变了色，生着白色的小虫，使得那好性情的工人时常把它们抱出抱进地晒太阳，而每隔一个月，便有新的面粉袋加入到这晒太阳的队伍里来，递补了那些被吃去了的，生虫的。

总管马华甫，对于食物，是并不讲究的。因此，变味的面粉，他也能吃得惯，不想到要去改善。但对于家庭，他却是个表面温和的极端严刻的人。他对他的女人很有礼貌——这就是，也尊重她的生一个真正的儿子的愿望，但却和她几乎从来不说什么话，不谈厂里的纷争也不谈外面的新闻。在他的眼睛里，她只是一个里面装满了赌牌和儿子的，丑陋的面粉袋而已。至于儿子和媳妇，他们除了要和他一同用馍馍，要像厂里的工人一样对他恪守礼节以外，从他那里，也和工人们一样，是接受不到丝毫有希望的，或者有滋味的东西的。但好在他们都还年轻，男的忙于象棋和钓鱼，女的忙于洗粉条和切白菜，从没有想到这些。

然而，使他在内心里震怒的，是工人里面的大半，已经学会了真的乖巧，逐渐地踢开了表面的礼节，开始和他抗争了。

"怎么样？"现在，在明亮的堂屋里，他喷着烟，温和地向工人们说，"我替你们算得对不对？"他把映着的漂亮的眼睛朝着吴新明。

吴新明在多毛的长脸上微笑着，欠一欠腰，同时瞥向张振山。

"为难得很，总管。"张振山从嘴唇上取下香烟来，在烟雾里说，"老实说，我们二三十个人，拼命做苦工，"在向总管的胖身躯扬了一下眼睛之后，他的声音古怪地震动了一下，变得低沉，"一个人摊不到多少的。"

总管在地上缓慢地徘徊，走到供桌前面望了一望两张祖先的丑陋的大相片，又走回来，向地下随便地吐着痰。

"你真是年轻人，你的脾气还是从前样：意气罢了。"他抱着手，眯起眼睛望向窗外，"张振山，你再想一遍，你们和我一样是公司里人；包工是特殊通融。"他的声音从里面僵冷了起来，虽然他的脸上依然浮着灿烂的微笑，"材料，机器，你们不出钱。在这个时候，这些货贵得出奇，昨天总公司转来的政府通令有说……"他望一望房门的门帘，突然改变了话题，"我也不说抗战不抗战，生产不生产，你们赚一点也该，但是太多了就拿不出面子去……"他又踱起来，回到供桌前去，望着玻璃在闪着沉闷的光亮的相片。

　　"不行的！"杨福成用手肘捣了一下张振山，歪歪嘴，悄声说。

　　张振山的冷淡的眼睛随着总管的走动从新漆的家具移到相片上。"这相片真美丽！"他的皱起的黑眼睛说，"你们统统生产，生产得胖呀！"

　　"这不是就一次。以后……"总管掉过头来，严刻地开始说，但他的话被张振山的一个突然的动作打断了。

　　"我们做不得主。一万二。"

　　吴新明和杨福成惊讶地望着他。微笑从总管马华甫的松弛的脸上隐藏了——这脸缩紧，稀有地搐搦着，眼睛变暗。

　　"这态度不好，"他把手抄到大衣袋里去，尊严地站直，"张振山！"

　　张振山皱起嘴唇，嘘着气。

　　"我们全靠这。"他坚硬地说，"总管是熟人，了解的。我们一个月领一斗米，自己都不够吃。到现在还穿单衣服！"他拧了一下自己的肩头，把眼光逼射到对方的脸上去，"公司一个月赚那么多，一个车斗也的确值得上。……"

正在这时候，房门的门帘上的灯光被遮住，一个巨大的东西堵塞在它后面了；马华甫的肥大的女人先伸出一只手，在门框上扶牢，仿佛怕自己滚出来似的，接着便从帘缝里探出巨大的浮肿的脸来，露出残缺的牙齿，以一种清脆得和她的身体极不相称的，疲乏的声音说："还没走呀。要睡啦！"

"就来。"总管简短地回答，因为失去了自制，声音里含着一种奇异的恼怒，就仿佛这门帘后的庞大的女人的形体意外地惊骇了他似的。

"我的天呀！"杨福成喜悦地小声唤，一面用手掌拧了一下大腿。

"这么说，再加一千也好，不过……"

堂屋的玻璃门悄悄地闪开，把马华甫的话打断，同时把他脸上的勉强的笑容也驱走了。他的年轻的整洁的媳妇抱着一个水瓶，温顺地俯着多肉的白颈子走了进来。经过工人们身边的时候，她留神着自己的脚步，用一只手把绿夹袍撩起，就像走过一个池塘似的。

"爹，我上楼去了。"她向马华甫微微鞠躬，耳语一般地说。马华甫的嘴唇歪曲，眼睛里含着一个灿烂的尊严的微笑。

在年轻女人上楼之后不久，楼上便传出了马华甫的养子的重重的脚步声，和他的拘束的但是欢乐的笑语，同时，在底下，马华甫的胖大的女人的影子又遮住了房内的灯光，在门帘后面出现。

"舍嫂，打盆水来呀！"这次她喊女用人。当她的巨影重新消失的时候，一个木凳在地板上翻倒，发出轰然的大声。

张振山抬起眼睛嫌恶地望望头顶上的天花板，又望望房门上的门帘，随后从木凳子上站起来摩擦着屁股。

"我们走了。"他说。

"谢谢总管。"吴新明鞠躬，一面打着呵欠。

总管威胁地看着张振山。

"我明天答复你们。"他阴沉地说。

但第二天并没有得到答复。事情僵持了三天。终于，张振山和他的伙伴们胜利了。

于是，从第四天早晨开始，一直到深夜十二点，被明亮的灯光照彻的机器房里滚腾着油烟。拆卸了下部的巨大的车头在铁架上蹲伏着，电灯照亮了它的锅炉筒，钻眼机使得它一阵阵地发出顽强的战栗。

张振山的巨大的脊背弯曲，头埋到锅炉筒里面去。电焊器在他的手臂底下，从每一次的急迫的间歇里，擦亮自己的声音，锋锐地歌唱着，放出刺目的蓝光。脱下彩色玻璃脸罩来的时候，他的包在现在变得柔软起来的皱皮里的眼睛眯细，闪着深灰色的，潮湿的光芒；他的胶黏着头发的，凸出的污秽的前额低垂，显出劳动的聪敏和忘我的专注；他的大鼻翼搐动，贪婪地向周围火热的气息吸嗅。

当他沉思地磨着钢铁似的下颚，用左手移开电焊器的时候，他的右手慢慢地有力地舒展开来，在铁板上掠着兀鹰一般的大黑影，获取了一把钢剪。

"喂!"他陶醉地拖长声音，唤。他的猛然抬起来的，蓬乱着硬发的头碰击在机车上端竖着的铁板上。"喂!"他歪过颈子来，声音变得恼怒，"弄好了吗，四么弟!"

从爆着凿刀的火花的金刚砂那里，透过油烟，送来学徒四幺弟的尖锐的声音："还等两分钟！"

长腿的吴新明在油烟的波浪里恼恨地舞着手臂，浮泳着，一面干燥地大声嚷："这舅子用不得了。"

"舅子，歪了呀！"张振山用剪刀敲着钢板，向伏在机车底下的大坑里的人吼叫，随后，他微微思虑了一下，跑到刚拆卸开来的活塞杆那边去。

"呸，老子闷气，老子闷气！"从机车底下，陈东天咆哮着钻了出来，把手里的工具狠狠地一掷，向墙边上的大木桌子奔去。当他喘不过气来地向嘴里倾倒着冷水的时候，他的灵活的少年的眼睛被一种要喧嚷的欲望所燃亮，青蛙一般地鼓出。

"今天做了一整天了……呀！"他咳呛，从鼻子里喷着水，"这几个瘟钱不好得……"终于他被迫弯下腰去，揉着鼻子，说不出话来了。

吴新明在慢慢运动的车床面前皱起淡眉毛，烦躁地看着他，就像一个不称心的大人看着小孩子挖泥巴似的。但张振山却从活塞零件上仰起身子来，一瞬间突然得到了轻松的快活，拍着大手，吼叫一般地笑起来了。

"你妈的怪相！"杨福成从金刚砂的暗影里奔出来，把身体碰在木柱上，高高地举着凿刀叫，"老板明天要买一个钻子呀！美国鬼子货呀！"

"有几点钟了？"在机车肚里有人问。

"十二。"吴新明回答，同时把窗架上的肮脏的小钟摇了一下。

"回家睡觉！"

张振山走到钟面前去。当他搓着发烫的手，脸上灼烧着猛烈的红光走回机车的时候，他向每个伙伴坚定地望了一眼。

"我们今天把这个完全拆开检查过！"他严厉地命令，"我们这是替自己干活，可以养老婆呀！"

"要得！"提议回家睡觉的杨福成尖叫，长长地伸着舌头。

油烟一直腾到结满灰尘的密网的屋梁上去。在人们的手臂的奋激而稳重的控制下，车床转动，凿刀喷着火花，机车战栗着；电焊器所放射的强猛而狞恶的蓝光使电灯失色，一直射到广场对面的铁工房的屋顶上。紧张的劳动继续到一点半。

现在，在寒冷而稀薄的夜气里，几个下了工的单身工人踏着煤渣，疲乏地走着。张振山喷着香烟，走在他们十步后面。

"我们是替自己干，对头！"杨福成比画着手，说，一面在单衣里缩紧身体，"在平常，我简直打瞌睡。半个月后，我可以分到几个钱……"

"你拿来做什么用？"陈东天用手掌抱着软软的面颊。"招老婆？"他真切地问。

"你的声气怎么这样涩呀！'招老婆！'"杨福成模仿着他的胆怯的声音，在黑暗里做着鬼脸，"你真是乳臭未干！怎么不敢到坝里去找女人试一试，唉，你就会打太极拳！后辈小子。……快走，他们到前面去了。"

"张振山呢？"陈东天，这少年人，用一种关切的声调问。

"也在前面。"

他们疾走了几步。

"我告诉你，总管那个肥猪老婆不会生蛋的。天天睡觉都不行，我有经验。"走到土坡上的时候，杨福成又把脚步放缓了下来。他的声音异样尖细，带着令陈东天兴奋的隐秘意味，"她那肥×，我有一个晚上冲进总管院子，就看见她光屁股在院角撒尿。不要脸的。"

"唉。明天怕要下雨。"陈东天用手抓了一把空气，嗅着。

"不会的。总管办货，你知道？"

"不知道。"

"张振山知道。他派他家老舍到万县去买皮鞋，已经到了第一批，一百双。他还囤的有纸烟。政府在打仗，忙不过……他们发财了。"

"都该杀呀！我这回剩到钱，要缝几件衣服了。再隔两年，我就娶女人。"

"你今年几岁？"

陈东天不回答，只是狠狠地用手擦着面颊。走了几步之后，他突然肯定地说："张振山一定不在前面，我看见他在后头的。"同时，他掉过头去。

"他找他的床睡觉去了。他行——走，不要淌口水。"

"我家里人还在湖北……"陈东天烦恼地说，向四面张望。这时候，他们已经跨进了宿舍的大院落。

张振山落在伙伴们后面之后，被一种突然聚成火辣的一团的新异的情绪所烦扰，率性改变了路向，朝锅炉房后面的水池区走去。

水池上蒸腾着朦胧的白雾，发出凉爽的清气的茂密的柳树在它的周围排列着。当深夜的山风掀扑过来的时候，柳树们的小叶子上就摇闪着远远射来的灯光的暧昧的斑渍，水面上的雾气就散开去。在雾气散去的黑暗的水面上，闪着淡淡的毛边的光，犹如寡妇的痛苦。

张振山甩去烟蒂，在堤堰的石水闸上坐下来。现在他遗忘了劳动的坚冷的兴奋和肉体的疲劳，变得清醒了。潮湿的气流刺激着他的眼睑，使他缩紧肩膀，猛烈地吸着气。……但逐渐地，由于心里的再度沸起的情绪的扰乱，他感到他的无论怎样的一个发音，一个动作，都和这烂熟的夜不调和——而夜的庄严的缄默，则使他的耳朵感到空幻的刺响。

"他们回去睡了。现在有两点钟。"他在冷风里嗅着，一面向水里吐着痰，"今天我干了十六个钟点，还要有半个月。不过明天晚上我可以不轮到；我可以……呸，我是为着赌豪在这么干的？这可以多缝一条裤子？……我想想看吧。我要一天把这笔钱花光，拿一些给那个家伙。她的确艰难，这几年，凭什么养活的呢。"他停顿，咬着自己的膝盖，"凭什么养活的呢？……哈哈，一个女人，她给我吃得好甜呀！"他的被激发的讽刺的笑声击碎夜的寂静，在水面上传开去，"哈哈！我懂得这世界上的一切，懂得你们！懂得社会……青春！我干些什么呢？做工，在今天我是这样地做工！我轻蔑你们！现在，你想想自己吧。"

思想在一种肉体的紧张里给打断，暂时没有能继续下去。当他皱紧眼睛和鼻子，重新往下开辟的时候，他获得了一种明显地使他不安的力量，和一种照耀着陈旧的光辉的美丽的情调。

"我可以做别的事去的。在这里，我已经蹲了两年。我有力量，我狠恶——但是我决不该蔑视伙伴们！他们现在有时候还哭哭啼啼，愚蠢，像我一样，以后就要明了，不受骗了。……我太使性是错的，应该相信别人的痛苦的经验。"在这之间他费力地擦燃火柴，猛烈地，和夜的潮湿的冷风一同向肺里吸着烟，"我们不能狂纵自己，要选取大家所走的路……但性格又怎样解释呢？张振山何以成为张振山呢？我已经忍不住了！谁都在毁坏我们，我们还多么不自知……哼，打击给他们看，社会造成了我，负责不在我！……我就是这样呀，滚你妈的蛋，什么反省不反省吧。"他在石块上仰下身体去，用臂肘撑着，望向滚动着威胁的黑云的天空，一面猛力地伸开腿，"我要大步踏过去，要敲碎，要踢翻，要杀人……哦，我的头脑里就装满了这样的云！"

风压迫着柳树，在水池里激起沉重的波浪，带着黑暗的潮气疾吹了起来。工厂的大躯体和严厉的黑云联结在一起，似乎在疾风里战栗，逐渐沉到地下去。但不久，当空气突然短促地变明朗的时候，它又显露出它的坚强的，高大的姿影。最后，灰尘从空场上暴躁地升腾了起来，盖没了一切。远处，卸煤台的电灯在煤尘的涡圈里微弱地摇闪着。

"就是这样呀！"一种酷烈的喜悦使张振山的胸膛抽搐着，"我为什么要干这些无聊的事，女人给我什么？……我明天再去试试看。好吧，我承认，因为自己坏，骄傲，才假装毒相的。我其实是，有时候多么甜呀！呸，偏爱自己，轻视伙伴，可恨！"他坐起来，严酷地望着水波，"你有有力的生命，别人没有吗？你其实是昏的，痛苦的，自装骄横！……别人终会明了你的缺点！……"

他的感觉和思绪突然不可思议地锋锐，明亮了起来。

"我忍不住了，要走开，找我以前的朋友试试看去。他们恐怕走得前，不如我一样了吧。有的去打仗了，有的成了党员，我还可以记起几年前……"

穿过干枯的柳树叶，发出沙沙的繁响，寒凉的雨滴洒在水池的堤堰上。在水池的映着远远办事处的灯光的地方，张振山看见了密密的水涡圈。

当他迅速地，狂烈地奔过厂房，土坡，回到宿舍的时候，他的头发和短工衣已完全淋湿了。

五

鸦片鬼刘寿春有着极强烈的想获得任何一点点小东西的欲望，但假若面对着巨大的财物，像一个拾煤渣的小孩子面对着一车煤一样，他就要惶恐得战栗。还是在好几年前，在战争还在中国土地的北方边沿上摸索，飘荡的时候，有一笔相当可观的钱财从他的鼻子上吹过：一个军火私贩愿意给他五百块钱，要他替他藏匿一批被追踪的火器。在郭素娥看来，这是没有不能干的理由的。因为在那些年，这样的事极端普遍，追踪者只要接到一笔钱，就会变得极其聪明或愚蠢，不再追究；而这个肮脏的，周围堆满枯树桩的小屋子，里面住着男人的疾病和女人的空虚，是不大会被人注意到的。但刘寿春却不敢做，战战兢兢地拒绝了。他倒十分甘心于一点一滴地在空酒坛子里搜刮。

三年前，他曾经在他的堂兄，一个狡猾的人所经营的砖瓦窑上投了一百块钱。作为赢利，他甚至于把工人的破棉袄都剥了回来。狡猾的堂兄，他的单薄的机智，是无法对付动不动拼命，哄天吓地的刘寿春和他打交道的。但是，即使还了他一百块钱，他还是不断地去烦扰。失去意志的人，把小欲望当作生存的目的，他们的像苍蝇往玻璃上撞一样的行为，是生意人最难对付的。冬季里刮着冷风的一天，他又在砖瓦窑旁出现了。他的脸青灰而浮肿，在一件破烂的单衣里，干骨头发出碎裂似的响声。他的这样的行为，与其说使人家觉得，他在自己的假装里所经历的痛苦比真的痛苦还要胜过一倍，倒不如说使人家感到比面对着别人的真的痛苦还要难堪。堂兄愈是不出来见他，他就躺在土坡上愈是叫喊得厉害。他闭起呆钝的眼睛，从磕响的齿缝间忽高忽低地叫："看你……看你……打死我，好了！"

整整的，他叫唤了一个钟点。声音由绝望的狂喊到微弱的喘气，最后终于消失了。他也不再战栗，只是伸直腿，把毁坏了的脸向着铅色的天空，僵硬地躺着。开水使他苏醒过来之后，他得到了三十块钱，而他的赌咒发誓的堂兄，则得到了邻人的咒骂。人们始终无法判明这一次事件的真假，即使当他有一次喝醉了之后，说这不过是开个玩笑，讨几个债，人们也不敢相信。果真有这样残酷的"开个玩笑"吗？

人们都惧怕他的骗术，嫌恶他，不再和他打交道了。他又是懒得极出色。虽然当他在年轻的时候，由于极端吝啬，他还能辛勤的经营，一点一滴的积蓄，从而使得邻人羡嫉，但一到了发现欺骗是极好的满足吝啬的方法之后，他就游手好闲，什么事都不做了。现在，当他蹲在筛煤机后面的时候，他吞着灰质太多的烟泡，没有一分钟不打瞌睡。而在人家以为他睡着的那一瞬间，他的手会伸出来，随手摸去近旁的什么：一支烟杆或一根布裤带。

矿山的繁荣也偶尔触动他，使他冗长地说及他的家族的历史。当他谈及他的曾祖父曾经做过知府，现在坟上还有一朵夜明荷花的时候，他的昏钝的眼睛会闪出骄傲的光来。"我们一请客，连山后大堰塘里都浮着一寸厚的油。"他说，用两个腥秽的手指比着一寸，"通房摆满烟灯，昼夜烧，连耗子家蛇都有瘾，爬在屋椽上吸烟哩。呵——哈——"他打了一个呵欠，"这个矿，那时候就我们开啊！……有三个洞，哪里看见现在这样子！后来，就是经我的手，卖给这些家伙了。我们不会画新图，他们硬占去一个洞，老一辈子人，老实像我这样，吃奶的时候就有烟瘾。……啊啊，那些年的刘家湾啊！"

另外，他还说及他前几年几乎又发财的事，但他从不提他为什么几乎发财。所以不提，是因为他的确还抱着那军火私贩会再出现的希望。他深信他现在可以做那种事，决无恐惧。说到女人，他就舞臂咒骂，同时又称赞她的漂亮，说她有着一个有毒的腰，像蛇。

魏海清因为妒忌，虽然同时就悔恨自己不该和这下贱的人说话，但还是说完了话，把郭素娥的事情告诉他。于是，为着他自己的特殊目的，刘寿春不再上班，假装生病，在家里守着郭素娥。

这是一个蔚蓝色的早晨，天气无比的晴朗。在下面的峡谷里，工厂的巨大的烟囱矗立在微紫色的，逐渐在阳光的照耀下散去的雾霭中，有一条长而宽的透明的雾带纱一般地爱抚地环绕着它——喷着愉快的黄色浓烟。二号锅炉的汽管在山壁下强力地震颤着，它所喷出的辉煌的白气遮盖了山坡上的松林，腾上低空，和乳白的温柔的绵羊云联结在一起。早班的工人吹啸着，抖擞着肩膀，跨过交叉的铁道，进到厂房里去。在翻砂房旁边的生铁堆中间，年轻的小伙子向明亮的天空吆喝，翻砂炉的强猛的火焰在阳光里颤抖着蓝紫色，腾起来了。

短锄从郭素娥的发汗的手掌里落下，倒到新翻的，露出潮湿的草根来的黑泥土里去了。举起一只赤裸的手臂，揩着额上的汗珠，她专注地向下面的辉煌的厂区里凝视着。

她的脸颊红润，照耀着丰富的狂喜。在她的刻画着情欲的印痕的多肉的嘴唇上，浮现了一个幸福的微笑。当她把手臂迅速地挥转，寻觅短锄的时候，她的牙齿在阳光里闪着坚实的白光，她的胸膛急速地起伏着。

激动地，她回到她的劳作上来。泥土在锋利的短锄下翻起，蒸发着陈旧的沉重的香气。在锄柄上，她高耸着浑圆的肩，带着一种严肃的欢乐，咬着牙齿，慢慢地摇着头。但很快地，手里的工作就变得无味了。她摔去了短锄，在田地边沿的山石上坐下来，石块后面，干枯的苞谷在微风里发响。

"我累了。"

于是她倚下身子去，用手抚着光滑的苞谷秆，望着天空，在嘴里无聊地咬着苞谷叶的时候，一种疲劳的，梦想的光浪又在她脸上出现。太阳通过单布衫晒着她的濡湿的皮肤，使她伸着懒腰，融化了似的把身体躺到苞谷叶底下去。

"我还来开这块地做啥子呢？喂狗吗？……不想住在里面了，怕等不到明年春天……"

她坐起来，痛恨地望着桑树的光枝后面的破陋的小屋。

"他睡在那里！"她低声痛叫。

沿着平坦的石板路，穿得花花绿绿的农家女人们，翻过山腰，向离这里七里路的五里场走去。郭素娥呆板地望着她们，在心里漠然地批评着一个肥胖的少女的衣服。

"这颜色丑，料子可贵！……"

但她突然怔住，望望自己的穷苦的装束，想起不远的过去来了。

"就在那山坡下跌倒！"带着锐烈的痛苦，她望向农家妇女们从那底下摇摇摆摆地走过去的斜斜的峭壁，"我从前年轻，不知道自己，也快活呢！谁没有穿红戴绿呢？……不过是这一回事，总要走来！……"她迷晕地站起，伸出褐色的手，"这太阳晒得焦人！"她在望了一下天空之后又用妒忌的眼线追向彩色的少女们，"那时候我十六岁。……有一些人，她们这样过几十年……几十年也算了，我……"

"大嫂！"一个身体臃肿，面容却憔悴而俊秀的年轻的农妇站在路上向她喊。

"哦哦。"郭素娥摆手，安静地向她。

"不赶场？"

"不。"

"你在弄啥子？"这女人摆着身体走近两步。

"点一点小麦。"

"你们新弄的地吗？"

"你今年怎样？"郭素娥问。

显然的，这女人烦恼起来了。她站住，带着一种不知是对于谁——郭素娥呢还是她自己——的同情，望着新翻的狭窄的土地。

"我们今年不点了。地转了。"她失望地说，一面在颈子后面搔着干燥的，蒸发着低劣的发油气的头发。

"你当家的呢？"

"我去找他。"

"还是老样不是？"

"他不给我饭吃行？"在这年轻的妇人的憔悴的脸上，显出一种阴郁的，强悍的神情，"我住妈家，他也跟来，昨天打架走了。"她停顿，率直地望向郭素娥的变暗的眼睛，"你看，"她放低声音，"他说，'我养不活你，你另外嫁'……"

郭素娥微笑。

"他游手好闲，年纪轻轻有工不做。……你看我给他打的疤疤。"她撩起长衫，露出膝盖上面的一块凝着血的紫疤，"这些男人现在愈过愈坏了。他动不动拿当壮丁吓我呀！"她放下衣幅，叹息，"你，大嫂，……你有些什么法子？……"

"我想要出去做工。"郭素娥望着对面的山峰，随便回答。

"你，一个女人？"

"嘻嘻。"

"隔天见，我先一步了。"这女人艰难地移动她的穿着肮脏的紫花布衣裳的身躯，走到石板路上去。因为一种难于理解的理由，她在路上站住，回头望了一眼郭素娥。但随后，当她走近那峭壁的时候，她便忘记了腿上的疼痛，以一种粗笨的，难看的姿势扭着腰，反甩着手，不必要地在小石块上面高高地跃着，跑起来了。

郭素娥凝视着她，苦笑。

"她去找他！"她把手抬到额角上，伸直腰，做了一个粗豪的姿势，"她只有去找……我们过得真蠢！"

短锄和新垦地不再像黎明时那样，以一种芬芳的力量和渺茫的希望引诱她了。它们现在在她的眼睛里转成了可恶的存在。即使阳光和下面的辉煌的厂区也不能再给她以青春的自觉；她成为憔悴的，失堕的了。她疲乏地走下山坡，昏眩地望着自己在里面埋葬了十年的小屋子。

刘寿春裹在破棉絮里，没有起来。她在土坪右端的残废的树桩上坐下，机械地望着晒在屋檐底下的蓝布衫。她觉得身体很沉重，再不能移动一步。她又为什么要移动呢？即使她身上有几块钱，她又为什么要跑到场上去打油呢？让什么都离去，都没有好了，住在这个小屋子里，她能够再活半年吗？

但她还是从枯树桩上勉力地站起来，寻着了水桶，下到屋后的坡下去挑水。无论如何，她必须劳作；无论如何，她必须劳作那些最苦重的。这是二十几年来的习惯，这将使时间过得快些，将消磨掉惶恐，使一个失堕的妇人活得容易些。

水塘干枯了。她卷起裤脚，懒懒地转到邻家去。她平常是很少和邻人们接触的，他们也不欢喜她。但这一次，她却苦于寂寞，带着宽解的心情脸厚地进到一家矮屋里去了。

"向你们借一点水，新姑娘！"她装出欢快的声音，向那家的正在推动一个大石磨的年轻的媳妇说。这是一个瘦小，喜欢酸菜根和新鲜的逸事的刚嫁过来半年的女人。她虽然比别的妇人更喜欢在背后议论郭素娥，更酷爱她的不幸，但一当郭素娥和她交涉些什么，或是闲谈几句的时候，她就竭力找寻机会对她表示一种不懂生活的年少的同情；面对着郭素娥的绝望的，饥饿的容颜，她的明净的眼睛里会不知不觉地浮上泪水来。

含着喜悦的微笑，她抢一抢活泼的头部，把水缸指给郭素娥。郭素娥刚小心地舀好水，她就被一种浮动的情绪所鼓跃，离开劳作，迅速地拦在水桶面前了。

"这一向没有见到你呀！你到啥子地方去了？"她把潮湿的手翻过来又转过去，急促地说。

在郭素娥的憔悴的脸上，闪出一个寂寞的微笑。

"我在家里。"

"啊嗬，你那鸦片鬼上班了吗？"

"这几天不上了。他不上了。"

"他为啥不上？"

"我不知。"在对方的骤雨似的问题的攻击下，她气恼地红了脸。"他在生病。"她严厉地加上说，望定对方。

"你不摆摊了吗，现在橘柑便宜？"

"要摆——我们连苞谷都吃不周全。"

"唉，真也是。"这少妇突然因为自己的同情心而喜悦起来了，她哀愁地摇着小头，把手里的湿淋淋的抹布绞干，摔到磨子上去，"比方我们，我们那老鬼婆，"她机警地瞥了瞥周围，随后又对自己的机警发笑起来，一面竖起一根发红的手指，形容她的鄙吝的婆婆，"你坐一下，你坐。"因为恐怕郭素娥离去，她飞速地端了一张凳子过来，并且攀着她的肩膀使她坐下去，"看那老人呀，一天到晚叫唬，什么都不得了。日本人要来炸得一塌平。……卖一点豆腐养活不了人，我当家的又怕拉兵，前天下乡去了。现在一升豆子要十来元。……"她停顿，露出也真的懂得生活的沉思的样子。最后，她欢喜而又秘密地眊着亮眼睛，小声告诉郭素娥："唉，你知道……我快生儿了。"

"对头。"郭素娥回声似的说，嫉恨地望着她。

"哈哈哈，"她颤动身体，清脆地大笑了起来，"你，大嫂，"挤着眼睛里的泪水，她灼红了脸问，"你怎么一向不生呢？"

郭素娥轻蔑地，愤恨地微笑着。

"你近来怎样呀，听说你和公司里的人相好？"

微笑从郭素娥脸上消失了。这脸收缩，转成灰暗，带着全部难看的雀斑和自私的憎恶向对方威胁着。稚气的新姑娘平放下手，恍惚地咬嘴唇，困窘了起来。

新姑娘更矮小，僵硬了，眼圈溃烂的婆婆这时候跨进门来，屈着枯腿在水桶旁边站定，充满恶意地望着她们。

"做活路呀！"她叉着腰，向媳妇叫。

郭素娥恼恨地向水桶走了一步，又怀着一种恶狠的意向站住了。

"看看你呀，我不在家就不行，我们这屋子清清白白的！"婆婆喷口沫，突出肮脏的小牙齿骂，"这种女人，你怎么……"

"太婆！"郭素娥阴沉地截断她，"我来找你老人家的。"

"哎哟哟，你找我！"太婆讥刺地叫，抬起一只脚来不断地拍灰。

"是哩，我来讨那回替你垫的门牌捐。"

"门牌还要捐？"

俯身在水桶的绳索上，郭素娥带着虚伪的恼闷回答："公所里要捐，恰好你没有，跟他们恶吵，我替你垫的。一元六角。"

"胡说八道。"

"我不过提一提。……等会儿我赶场要用！"她伸直腰，扶着扁担，脸上呈现出一种窒闷的红色。

老太婆在磨子前面暴怒地跳了起来，挥着短手，摸摸裤腰又拍拍胸部，然后大声向媳妇叫："替我给她两块钱！门牌捐婊子捐！……"

"我没得。"俯在磨杆上的媳妇沉静地回答。

"放屁，你这小×，三根偷给你，你留着买冰糖吃！"

老太婆伸手到裤腰里去乱摸，终于掏出了一个小布包。媳妇拉长红舌头，在她后面扮着怪相。郭素娥感到快意。

"拿去，在我们这五里场，从来没有像你这样的女人！"

郭素娥狞笑，灰色的唇战栗。

站在石坡底下，她在扁担上摊开烂毛票。这毛票使她体味到复仇的满足。她想她可以用它去买一小方蓝布，修补她的磨损了的衣裳。但这想头是在一种极端昏倦的状态里发生的。在前些时，添置一些小得可怜的物件，补一补衣裳，还能使她暂时忘记冒着焦烟的欲望，得到安静，但现在却不可能。她这么想，是因为她实在已经麻痹，而且极不愿去知道这一块六毛钱原是从张振山给她的里面借出去的。

"她们过得真好！那屋子里尽是浆水，又臭又霉……"她批评，疲懒而又骄傲地向后望了一眼，"我就见过别的地方的人不是这样，我们从前也……"

她向山坡抬头，望着上面的晒着太阳的刺松。难道石坡上面的，刘寿春的小屋子在从前比这底下的屋子好一些吗？郭素娥她会有这样的感觉吗？但她的确是有的。因为那里面埋葬着她的她所难于说明的东西，发生着她的她所难于说明的东西，所以她在把它和那些只知道昏沉钻营的人的屋子比较的时候，觉得它虽然破损，矮塌，充满痰渍和别的一些腥臭的斑点，也还是叫她依恋。消沉和麻痹使她不再觉得她的那么强的欲望是可能的，使她悟到刘寿春原也只能是那么一个人，最后，使她想到，假若能够挣出饥饿的苦境，她又为什么要干那些得罪人的，败坏的事呢。

但一进到屋子里，一看见肮脏的床铺和木然坐在床上的刘寿春，这些消沉的想头便被绝望所代替了；而绝望是有着自弃的强力的。

她原来预备把水倾倒到锅里去煮苞谷羹，但现在却不这么做。现在，她失去常态地走上前去，踢了踢屋角的破篾箩，然后坐在桌边，把昏沉的头埋在肘弯里。她倒宁愿试试自己的饥饿，看自己究竟能支持多久，会不会死。

刘寿春的脸显得特别溃烂和浮肿，他张大嘴，吸着喉管里的痰，发出一种滞涩而又肮脏的声音。在吐了好几口痰之后，他拉一拉破烂的衣襟，出于她预料之外地向她走来，胆怯地擦在桌沿上，触了触她的疲劳的手，接着便歪扭着干嘴唇，皱起狡猾的鼻子，让泪水痛快地打湿胡须，呜咽起来了。

郭素娥以一种使自己也惊诧的大力从破凳子上跃了起来。

"什么事？"她叫。

"哎哟，何必呢女人……告诉过你素娥，我是快死的人了……"刘寿春哭泣着说；当他的声音中断的时候，他就用他的浮着青筋的瘦手绝望地抓着桌子。

"你快死与我有啥关系？"

"不尽妇道天雷殛；看哦，哪有丈夫这样求女人的……"

郭素娥退到屋角去，张开手，踢倒破篾箩；她的这样的姿势使人家觉得，她之所以退后，是为了更残酷的一扑。

"你是我的丈夫？"她叫，牙齿闪着燃烧的光，"不准逼我，我吃饱了一顿没有？我活好了一天没有？"她粗野地举起手，"凭什么我在这里蹲这些年呀！"

"我逼你？我救了你！……"刘寿春走近一步，又被她的凶横的姿势吓退，"我们多么可怜啊！"抖着手掌的时候，他用一种过于胆小的声音说，"我想不到，你却享福！"

他弯腰站住，脸上掠过一道凶残的暗光。

"放狗屁！"

"我晓得，我有一口气总会晓得。我管不了，你作孽自受，上天分晓，像我苦命的刘寿春一样。……哎哟，我的腰杆疼死了。"他突然弯下腰，捶着，又挤出泪水来。

"你晓得——"郭素娥疯狂地瞥了一下门，像准备从那里奔出去似的。

"你做伤天害理之事，欺我残废人。……"

郭素娥冷酷地望着鸦片鬼，等待着。

"你和姓张的相好，公司里机器股的。"鸦片鬼挺一挺胸，威胁地说。

一团酸辣的热气冲上了郭素娥的喉管，但她强制着；最后，她的冒烟的眼睛里浮上了泪水。

"你妈的臭×!"她锋锐地叫。

"他给你好多钱，你……"

终于刘寿春又干号起来，挥舞着手，倒到床上的破棉絮上去了。

"你还要说哪些？"女人坚定地，带着残酷的决心走上了几步。

"让我好好地活完这几天……我要哪些？我这个落魄的，还要哪些？"他的舌头在口腔里纠缠着，和臭气一同发出一种胶黏的，无味的声音，"荷荷，你有得，"泪水沿着额角滚了下来，但他的声音在这里却变得实在而清楚了，"我们没有饭吃，你有得那么多钱!"

郭素娥怔松了一下，随即爆发起来了。她猛扑过桌角，用一只手叉着腰，指着刘寿春狂叫："你要钱! 是的呀，有这么一回事，有这么一个人，就是没有钱，难道我要钱，难道在这块地方，有人会给我一块钱！你快些死，我要讨饭去，做苦工去；我连芦席也不给你睡，你这瘟×养的人呀！"不知为什么缘故，张振山的毒辣的形影晃过她的模糊的眼睛，她哭叫起来了："有哪一个能救一个我这样的女人呀！"

刘寿春从床上坐起来，两颊陷凹，相貌变得阴毒。

"你到坝上去卖——有人给钱的。"他懒声懒气地说，在左手掌里敲着右手的食指。

"你简直，不是人！"女人狂叫，随手抓起桌上的一个饭碗来向他砸去。她是一瞬间变得那样狠毒，像一条愤怒起来的，肮脏，负着伤痕的美丽的蛇。当饭碗裂碎在床边上，刘寿春向围在门口的邻居们狂叫的时候，她冲出邻人们的包围，经过峭壁，向山下的五里场奔去了。她那样急急地奔走，抡着蓬乱的头部，把发烫的手混乱地在空中摇摆，用一种粗野的姿势扭着腰跃过沟渠——就像她在那镇上真的有一个她可以依恃的亲人似的；其实，她只有仅仅可以吃一碗红汤面的一块六毛钱。

六

晚上在小麦地旁边的干苞谷丛里，郭素娥又一次给了张振山。

工厂的汽笛拉过十点很久了。刘寿春真的生起病来，依然不去上工。女人从场上昏聩回来的时候，已经拉过九点。她并不进屋去，只是呆坐在树桩上，望着月亮，偶然地从心里甜蜜地明亮起来，忆及自己不管怎么坏，也还是善良。张振山的鲁莽的出现使她发出了痛苦的欢呼。

欢乐在消沉与绝望之后被激发，就会变得疯狂。张振山又躺在她身边了。虽然他并没有给予生活和逃亡的允诺，但她确切地给自己证明了在鲜丽的月光照耀下的这一瞬间，他除了像一个粗壮而倔强的男人，有着灼热的呼吸和坦率的胸怀以外，并没有顽劣地奔开，愚弄她，遁到自己的恶毒而淡漠的世界里去。从侧面凝望着他的闪着光的前额和丰满的鼻翼的时候，他唱歌似的呻吟着，欢乐得癫狂。

把稀薄微黄的雾霭沉落在它的遥远底下，巨大的澄明的月光，迅速地升高，挥脱了诞生的血丝，耀出明晰的白光来。在干苞谷地侧面的山峦上，扁柏树虔诚地瘦弱地迎月光站立着，像一些痴痴回顾过去生活的老妇人。风溜过，干苞谷叶和野竹发出耳语。

这甜美的世界在这一瞬间就属于郭素娥。张振山今夜，有要求也有正常的希冀，的确并不乖戾。在粗手指间拨弄着香烟的火帽，他高高地支着腿，向女人沙哑地说："那时候我就出来了，在江苏省的无锡县，我从日本人的追赶里开出两个火车头，还带有五列车的伤兵，哈哈，你从来没有见过伤成那样子的。日本人有时候用毒弹。"望着月亮他沉思了一会儿。"那些站长，全是该杀的混蛋。他们又蠢又懦，只会赚钱。"他把多肉的大手响亮地拍在膝盖上，"这些家伙多半不是好种。"

"我们这场上有一个镇长，他嫖了好几十个老婆……他们哪来那些钱的呀！"郭素娥努力在听懂对方的异乡口音之后，深深地叹了一口气，懒懒地说。

隔了一会儿，张振山回答，声音变得破败一些："那些车头，兵还是到不了南京就送终了。……你现在怎么也赞成我的话呀，你是很保守的，没有想过这些。"

"啥子？"

"你不会想到很多另外的事。在这社会上，有很多复杂的事。"张振山玩着女人的手，以一种稀有的忍耐解释，"你一知道它，就简直觉得你周围原来如此。还有好的，还有坏的，但都是大的，你会不想过你现在的臭日子，像臭泥坑。"

郭素娥喜悦地沉默着，眨着眼睛像在竭力理解对方的话和声调。

"我想到城里做工去。"

"女人也多做工的。但是可怜。你不够……"

咬着牙齿，郭素娥叹了一口气。

"我今天一直不回去，和老狗打了架。他知道我们了。"

"知道吧，"张振山简单地说，以后又撑起上身来加上，"一脚踢死他！"

"我好些天吃不饱了，今天就吃了一点面……"

张振山使力地坐起来，瞪大眼睛望着她，一面把手探到荷包里去。

"那拿去。今天吃不到了，明早上喂饱吧……我隔些时给两百块钱你做本钱。"

"你说啥子！"郭素娥攫住几块钱，尖声叫。

"你可以运一点货，摆摊，我帮你忙，叫火车替你弄。"

郭素娥颓唐地倒在坚硬的地上，举手蒙着潮湿的眼睛。

"你不想要我吗？我跟着你到城里去，纱厂里做工，很多人都是这样！"她以一种喘息的，呜咽的声音迅速说，"你以为我只要钱，二十块，四块，两百块，像那种女人？哼，我知道你们的心，我拿你的钱，是当你做我的人。我吃不饱啦，我想跑开这臭泥坑，跟着你。我会做事，会把样样都弄……好……"在这里，她发出一种细弱的呜咽来，狂躁地激动着，说不下去了。

张振山恼恨地拔着眼旁的刺草，严刻地皱起眉头，大声回答："你要跟着？我是一个坏蛋，你不知道？"

"你好。"

"说谎。"张振山恢复了阴郁，他把野草拔起来，在嘴唇上狠狠地吹着，"这月亮大得出奇！"

"嗯，告诉我，你想要我不要？"郭素娥在脸上挥着手，"不想吗？"

突然，张振山把她亲切地扶起来，使她坐好，对着她的脸喷着口腔的热气，用那种今天刚开始说话的时候所用的嘶哑的声音说："这个题目简直演算不出呀，女人！你是不知道什么的，你只知道男人。可是像我这样的男人是一个不顶简单的东西。我从里面坏起，从小就坏起，现在不能变好，以后怕当然也不能。我要很久地试验下去，不想丢掉我自己。这是坏心思！可恶！"他停顿，脸上呈现出深深追索的神情。"也不一定，我总是我这个坏子！……比方说，在你面前，捣了鬼，我觉得我不是张振山，只是一个男人了，这叫我怀恨。想来想去。我老是卫护自己，像一条贱狗一样！"他的声音突然愤怒起来，他皱起狞恶的脸，在一块小石子上狠狠地摩擦着像大蛤蟆一样的手，刺耳地哑响嘴唇，"看吧，别人终会踢开我的；但是我没有甘心被踢开的理由！"

郭素娥脸上严肃的神情被青灰色的疲倦代替了。她失望地望着月亮。

"多好的月亮哩！……"她低切地呜咽起来，"你说些啥子啊……不要我？"

张振山站立起来，粗笨地挥着手。

"不要哭，女人，你让我发火又心酸。我现在正在想法解决，你不懂的。"

"我懂。"女人凄凉地叹息。

"你懂什么？"他愤怒地说，接着便带着心酸的讽刺加上，"你不懂呀，你只会叫乖乖。回到你的老狗那里去吧。"

"你说？……"被伤害的郭素娥叫。

"我说？"他踩倒一根憔悴的苞谷，残酷地走了两步，又回到郭素娥的面前，用一根手指指她的冒汗的前额，"我并不是对你坏，我是对自己坏！我凭什么不喜欢你呢？好，我要走了。"

"慢点呀！"郭素娥失望地扬起手来。

"还缠不清吗？我不会使你吃亏的。"他恶狠狠地站住，然后又踏着枯叶走回来，"哦，这样我问你，鸦片鬼怎么知道的？"

"怕是魏海清说的。"

"魏海清是你什么人？"

"亲戚哩。"女人冷淡地回答。

"你喜不喜欢他？"他嫉妒地望着郭素娥，"他是个无用的蠢货，光会爬地。"

"他？"郭素娥收缩着眼睛，梦想了一会儿。

"他摇头摆尾，一副可怜相！"

郭素娥慢慢吞吞地站起来。

"不要乱骂人吧。"

"唉，算了，骂你心痛的。对啦，今天我跟你讲和吧。"张振山忧虑地向前走了一步，抖着肩膀，仿佛企图抖掉他的阴郁和内心的交战似的。随后，他扭了扭颈子，向郭素娥走去，猛烈地把她举在手臂上，发出了一声短促的欢笑，很久很久地，他在清丽的月光下这样举着女人的丰满而灼热的身体，粗阔的脸上没有丝毫的表情，显得呆板。最后，他激烈地在手臂里抖着郭素娥，往扁柏林那一面走去；在经过一株低矮的小树的时候，他把背脊依着树干俯下紧紧收缩的脸，伸出大舌头来舐着她的嘴唇和鼻子。在男人的强壮的臂弯里的郭素娥，这时候摆脱了一切挂虑，摆脱了一切悲愁，惶恐和怨恨，从有毒的黑暗的沉默里醒来，发出了粗野的淫荡的，放肆的欢笑。

…………

七

一个捧着竹烟袋的疯了的工人慢吞吞地拖着他脚上的铁链，从锅炉房的水池区出来，站定在煤渣路上，向在桥基上工作着的魏海清们开始他的咒骂和宣讲，在叫嚷中间，他轮流地取着手里的五六根点燃的香，贪婪地麻木地吸着烟。

"坏蛋都给我站出来，那些从心里坏出来的坏蛋，你们杀了我也干净，杀我免得我心中作难。……老子那些时吃白泥巴也过过来，没人敢欺，今天倒遇到你们这些。地上无人讲公理，天上有三十三层天，地下有十八层狱，狱下有火烧狱，你们这些混蛋，王八蛋。"他跺着脚，惨厉地扬高他的声音，"哎哟哟，我心中十分作难！"

魏海清的伙伴向达成，一个长发，面孔俊秀，喜欢唱流行歌曲的青年人，从桥柱顶上伸直结实的上身，向他扬着手里的砌刀小声喊："喂，走开些，矿长在这里。"

疯子直勾勾地瞪着眼睛，仿佛在理解对方所说的话，随后，他的脸上抽搐地浮现了一种混合着愤怒和狂喜的神情，像真的寻到了仇敌似的，厉声叫："就是矿长，我也要捅他屁股！"

作为这叫骂的回答，两个穿着黑色新制服的矿警在屁股上按着枪跑了过来。

"你们这些坏蛋来作弄老子，你们狗才！你们砌屋搭机器，叫老子受闷苦。"他举起那一把冒烟的香，在身体的周围画了一个大圈，仿佛这么一画，他的仇敌就不能走近他似的，"你们明天就要让斩尽杀绝！"

当一个矮小的矿警触着他的肩头的时候，他暴烈地跳起来，使铁链银铛作响，把手里的香击打在对方的制帽上。无论如何，他不愿意放弃这一把香，和另一只手里捧着的烂烟袋。他和矿警争夺，暴跳，一直到他终于被绳索绑起。

"你们有枪呀！你们的枪放不出来！"他的惨厉的叫喊在水池上面回荡着，"你们就是一枪一炮把我打死，我也心甘！……"

向达成在疯子被矿警绑走了之后，摇头望了望下午的白色的太阳，从石柱上跃下来，向捋起脏衣袖的魏海清说："关碉堡去了！"他用手在颈子上绕了一个圈，表示被绳子系着颈子的意思。

"明天又得出来！"魏海清弯下腰，在石块上敲着烟锅里的烟灰，感喟地说，"他们关得起他？一天三餐饭哩。平常关工人要工人出伙食钱的！"

"在军队里关人都不要士兵出伙食钱的，他妈的熊！"向达成把砌刀摔在泥堆上，扒开胸前的衣服，野蛮地吸气，接着，他奋激地扬起嗓子，唱了起来，"大刀向鬼子们的头上砍去！"

"你为啥子不当兵了？"魏海清拴好烟杆，注意地问他，但回答的还是粗蠢的歌声："抱着敌人的老婆，前进！"

"哈哈哈,毛延寿你这奸贼呀!"他系好裤子,拾起砌刀,向桥柱跃去,开始工作,使力地搅着泥灰,凿碎石块。好久之后,他把带着工作的严谨的漂亮的脸向着太阳,对旁边的老迈而强壮的郑毛忧郁地问:"你们说,他原先也是土木股的,他怎么疯的呢?"

"他赌光了,后来又在路边上撞翻了油,"郑毛哑声回答,"赔了两百,白做三个月;这么一急,好不转来了。"

"我们今天搞不成这个了。包工划不来,他们有诡计!"魏海清张开卷起衣袖的手臂,带着茫然的失望神情瞧着石柱,加进来说。

郑毛把他的扭曲的老脸向着他,闭起眼睛。

"是啰。机器工做包工才划算的。这回两万。"

"你妈的,那些家伙。"向达成在手里灵活地转一转砌刀,笔直地站在桥柱上,他之所以恨机器工人,是因为他们不为他所希望,把他认作一伙,"看啊!"他羡嫉地叫,"一个家伙弄摆摊子的女人,二十块钱八回!"

魏海清胸膛震动了一下,急剧地弯下腰去,翻起土来。但他还是偷听了伙伴们的对话。

"你说说底细!"郑毛的老脸上闪出一种忧戚的光彩,像这件他原已冷淡地知道的新闻现在被人说出来却触动了他的对某件刚过去不久的事的回忆似的。把强壮的手臂向太阳挥了一挥,他一面把腿在泥地上舒畅地伸直。

"我也不知。魏海清知道吗?"

郑毛的左眉注意地扬高。

"不知。"魏海清回答,"哪个问这些……事?"

太阳像一个白色的，空洞的球体，在魏海清面前恶意地摇闪着。锐烈而深刻的痛苦使他遗忘了周围所有的人，使他的眼睛昏花，胸膛疼痛。但不久，一种沉毅的，忍耐的，音调深沉而少波动的歌声从老郑毛的唇上长着硬髭的嘴里舒畅地倾流了出来，使得秋天下午的空气温暖而融和，爱抚地包围了未完工的石桥，包裹了这痛苦的鳏夫。抖了一抖胸膛，这中年工人从眼睛里流出一种温暖的，凄迷的，潮湿的光波，发出更深沉的声音，加入到这歌唱的忧戚的暖流里去。

魏海清有着各种顽固的习惯，一向是自己烧饭吃，宁愿自己吃隔天的冷饭，都不加入伙伴们的热闹的伙食团的。这种孤独和俭省的癖性使他不大和他的伙伴们，尤其是那些外省来的，当过兵的人接触。这天晚上，刚刚七点钟，当伙伴们还在隔壁屋子里听那个醉心当工头，以当过兵自骄的向达成讲故事的时候，他便独自躲在自己的破朽的小木屋子里，抽着烟，咬嚼着自己的痛苦，不再出去了。

门板猛烈地碰响，他的八岁的，身段粗野浑圆，大脸上有着一对永远露出好斗的防御神情的眼睛的儿子，捎着一个小破布袋跃了进来。

"买了，好多钱？"魏海清问。

"两块钱，一斤一两五。"儿子甩着布袋，大步跨到桌子前面。

魏海清伸手到布袋里去。

"怎么买的是巴盐？要椿！"

"偷不了个懒成！"儿子擦着小手掌，一面昂头恶狠狠地吹着电灯。他没有一秒钟能静止，一下扭着腰跳到门槛上，向外面张望，一下又撤开裤子，在屁股上浑身扭动地搔着痒。

"你怎么这样久。"魏海清沉闷地说，"又跟人打架?"

"不成。"儿子粗暴地仰起头，"我听见说山上刘婶偷人，卖×，二十块钱八回!"

"胡说!"魏海清笨拙地站起来。

从隔壁屋子里，透过来向达成的响亮的，骄傲的声音："那个老头子说：'你们既然要打，我来跟你们喊一二三——一，二——'老头子喊到二喊不下去了，太惨；女人就跑了出来，跟两个连长叫：'你们要是都看上我，你们就把枪给我!'……好，两个爱人都把枪给了女人。你晓得那个卖香烟的女人怎样?"

"说!"

"她呀，哼，说'你们不能死，你们为国家打仗，我是一个没有用的，你们争我不值得!'——砰! 一枪自杀了!"

话音突然停止，有两秒钟，屋子里紧张着沉默。以后，便爆发了一个尖声的叫喊，所有的人嚣张地议论了起来。魏海清的儿子急剧地悄声地，像一头野猫一样，奔了过去。

"高你妈的瘟兴!"在昏暗寂寞的这边屋子里，呆站着的魏海清咒骂。当他重新坐到床板上去，抽起烟来的时候，郭素娥的丰满的，淫恶的肉体的形影就开始在焦闷的烟雾里浮幻地一次一次地闪现，使他惶恐，痛苦。血液升到他的皱作一团的长脸上来，使它灼烧，但在他的内部却有一种冰凉的东西不时震颤着，逐渐扩大。在拼命地吸了几杆烟之后，惶恐和痛苦就被对过去生活的绝望的悔恨所代替了。这时候，他攫得了浮面的安静，清晰地回忆起几件细微的事来。

这些事，遮盖着积年的灰尘，早已不被他想起。现在却放射着全然新异的光芒，刺目地，赤裸裸地呈现了出来。在一个山峡里咆哮着苦寒的风的冬天的黄昏，他为了女人没有在他勤苦地劳作之后替他热好饭，暴戾地捶打了她，使她的头碰伤在灶角上。她是一个丑陋，极能忍苦的强壮女人，无论挨着怎样的毒打，都不呻吟，不反抗；但现在，在六七年之后她却在魏海清的悔恨的心里呻吟，反抗了！那个晚上，魏海清能够极明亮地记得，从风声里，隔壁穷苦的线贩子的凄凉的笛子声呜咽地传来，再隔两天便是送灶神，过年的时候了。

"那年娃儿才一岁。我点三根草的灯，成堆的红薯……过得还算……"他寒战了一下，重新地急剧地抽着烟，竭力摆脱这个回忆，但立刻他又落到另一深渊里去了。

……赶场回去的郭素娥，穿着不怎样干净的青布短衣从石板路上粗野地性急地走过来，在他家门前的一棵老黄桷树下停住，和他坦率地谈了几句话，咒骂她的穷苦，她的抽鸦片的丈夫……这就是全部。这怎么样会有让人回忆起来的魅力呢？但这鳏夫现在回忆起来了。他记得，郭素娥的脸庞，在那棵树下，是粗野，年轻，而且异常红润的；她的乌亮的头发垂在颈上，又是柔顺的；而拿在她的肥腴的手里的一块黑布，是细致的，闪着愉快的光的……

郭素娥的穿着新黑鞋的脚，好几年前走过那棵树下，没在草丛里的最后的一步，现在绕着奇异的光彩，像踏在他眼睛上一样，使他眩晕！

"她那时候就是那样一个女人了！"从桌子上移下手，他站起来，"嗬，人一生作多少孽啊！"

从隔壁房里，传来一个低嗄的兴奋的声音："啊嗬，那女人生毒的！"

"二块五一斤肉，便宜呀……你们都去试试看。"老郑毛说。

魏海清蠢笨地扬起拳头，向灯光扑击着，终于不能忍受地冲出门去了。在土坡上抱头蹲下来，他怨恨地茫然地遥望向对面的山峦。

山峦带着黑暗的威胁，站立在厂区的绚烂的灯火背后。在灯火密积的中心，在远远的两端完全漆黑的山峡中间，厂房的宏大的轰响，大烟囱上面的浓烈的黑色烟带，煤场后面的焦炭炉的猩红的火舌……这一切，以一种雄伟的狂乱，在山峡的顶空上严重地升腾着大片繁响的浓云。

魏海清无法理解这庞大的劳动世界的秘密，在它面前感到惶惑，体会到恶意的嫉恨。在繁密的灯火的摇闪里，在滚腾的浓烟里，张振山的粗壮，强力，凶残的身影浮幻了出来，大步地向前踏走；而在他的臂弯里，郭素娥淫贱地，快意地颤抖着。

"去你们……"他抓起一块小石子，盲目地砸过去；石子落在坡下的水田里。

幻象一瞬间消失了，就仿佛被他的石子砸碎了似的。他伸直酸痛的腿，站了起来，向伙计们的房间走去。

"把我苦伤了。一个……女人啊……"

淫荡的，感到疲劳的歌声和低劣的叶子烟的烟雾一同从狭窄的门框里飘流出来，当歌声中止的时候，跨进门框的魏海清听见了老郑毛的豪迈的，慈和的大笑。

八

张振山和郭素娥偷情的新闻，像饥饿的乌鸦一样，从多嘴的杨福成的嘴里出来，翔遍了矿区的每一个角落，寻找它的食粮。

在工人们里面，它受到了恶意的欢迎；但这欢迎并不持久，仅仅经过一两个钟头的叫嚷，咒骂，嘲笑，它就变得枯燥无味了。然而在那些喜爱闲谈的材料的年轻的职员们那里，它却不但被款待得持久，而且还染上了丰富的色彩。他们把它带到饭厅，篮球场，厕所里去，有两个星期当它为问话的礼节，比方：

"你好，二十块钱八回！"

"我们去看看那个二十块钱八回去。她还在摆摊子吗？"

郭素娥又开始摆摊子，这次在煤场前面，而且生意异常好，但张振山却一点也不知道。因为忙于火车头的完工，他好些时候没有到郭素娥那里去了。在机器的鼓噪里，逐渐让心里面的对于郭素娥的暧昧的情感淡下去，是他所乐意的。

"我张振山不喜欢那些又甜又酸的呀！快要完事了。"他在肉体的愉快的疲劳里对自己说。但这新闻传出来，却异常合他的胃口，使他觉得，事情将要另一样地完结。但听到这消息的内容的时候，他就让自己坦率地挂念起郭素娥来，一变往常的态度，对周围变得阴沉而愤怒。

当他走近杨福成，预备责骂他时，后者正和伙伴们一起坐在石坡上，努力地读一张报。

"喂喂，你来好！念大声我们听；苏联怎样呀！"杨福成招手，哗哗地抖着报纸邀他。

张振山阴郁地望了他一眼，但立刻就把目前的心情按下，接过报纸来。

"基辅城郊激战中！"他粗暴地念，咳嗽，坐在伙伴们中间；往下念的时候，他的声调明亮起来了，"联军曾一度被迫后退……随即坚强反攻，夺回重要村镇共三处。……"

"基辅在哪里？"陈东天认真地问。

"在你屁股上。"杨福成跺了一下脚，转身向他。

"在苏联南边。"张振山瞪着杨福成，一面用手比画着，"你看地图就能找到，有一条大河……就是这个尼泊河。"

"它会失吗？"

"难说。"

"德国哪这凶？"

"凶捶子。隔几个月看吧。"

"说中国的消息。"

张振山伸开腿，抽着香烟，向阴沉的天空瞥了一下。

"中国？自然顶呱呱啦！"他油滑地说，摔掉报纸，笨重地走开去了。

他自己也不知道为什么要离开伙伴们，究竟要走到哪里去，他只是衔着烟，在锅炉房后面的堆着灰渣的空场上慢慢徘徊。因为某种难于解说的理由，他现在又极不甘心回到自己的阴沉的心情上来；所以，当看见几个少年伙子在愉快地向电杆上投铁镢的时候，他就走过去。

"喂，看我的！"他用和读报同样响朗的声音说。他自己也没有料到他的阴沉竟已经消散，发出这样大的声音来。他从一个小伙子手里抢过铁镢，狠狠地舞动它的细绳索，一面咬着牙齿，从齿缝里咒骂着。

但他没有投中。

"唉，真蠢，还是看我的！"

这小家伙投中了。他拉开嘴，露出他的向外突出的黄门牙，骄傲地微笑，摇着头。

张振山摩着手心，不同意地皱起眼睛，含着一个恶意的微笑确信地说："你明天一定要跌掉门牙！"

"哎呀！"小家伙回答，"跌到二十块钱八回上面去了！"

"看准，不要开心！"他懒洋洋地说，接着便阴郁而严厉起来，"你快活得很！"

他离开他们，摇晃地向煤场走去。他现在真的变得阴沉，而且竭力在持续这心情了。当他意外地发现了郭素娥的摊子的时候，他便抱住手臂，准备打架似的站定。

女人在摊子后面垂着头，背脊弯曲，显得异常疲倦。她不伸手拿东西给她的顾客，也不收起放在摊板上的毛票。当人们好奇地望着她的时候，她就懒惰地，直率地用眼睛对着他们。她无希望，像一个不能谋生的女人。那在山峡上空悬挂着的干燥的白云，煤场上的劳动的喧哗，人们的有毒的眼睛，都显得于她全无干涉。

张振山开始，用他自己的话来说，摔开自己，让对女人的怜恤在他心里生长起来。因为这怜恤，他就更恶意更狠毒地看着周围，看着在女人的摊子前面走过的人们。

两个穿制服的年轻的职员走近摊子，买了一包烟，在给钱的时候故意逗弄郭素娥。

"多一毛钱不要补了，送给你——就是她。"戴眼镜，脸部浮肿，嘴唇鲜艳的一个转向他的朋友说。

"嘻嘻，便宜呀！"

"尼采说，到女人那里去的时候，莫忘记带鞭子。"

"莫忘记带二十块钱。"

郭素娥突然倾斜着身体站了起来，在胸前握着手，愤怒地叫："滚开去！"

"哎呀呀，这凶法，有钱就不凶了。"

女人推开凳子，俯下腰，抓了一把煤灰向两个欣赏者摔去。

"叫矿警赶她出去！"没有戴眼镜的一个挥着手喊，闪出他手腕上的表。

张振山的阴沉的咆哮从摊子后面响了过来："我来替你们赶！"

一瞬间，他跃过来，挥着他的巨大的拳头击在戴眼镜的职员的胸膛上。从煤场的两端，工人们向这里奔来，发出粗野的呼啸。在这同类的呼啸里，张振山抽搐着面颊，成了不可抵御的狞恶的野兽。他的隆隆的咆哮震撼着低空，从工人们的冒热气的骨头上滚过："你们吃饱了！看吧，老子不用带鞭子！"

两个职员狼狈地逃开了。

张振山穿出人丛，向郭素娥吼："回去，不要再摆摊子！"

郭素娥沉默地，十分安详地望着他，把手举到头发上去。

"你等会儿来，我跟你说话。"她苦楚地，确信地说，接着便弯下腰，露出刚刚觉醒的猛力，收拾了花生和香烟，背起门板来。

"这女人好大力！"一个老头子说。

张振山把手抄在衣袋里，用鸭舌帽遮着眼睛，下坡向厂房慢慢走去。二十分钟后，他便被喊到总管马华甫的办公室里去了。

总管的胖脸严峻，闪烁着青灰色。当张振山进来的时候，他放下手里的修指甲的剪子，转动头颅，戒备地望了他一眼。张振山走到离大办公桌两步的地方站住。

"你打了职员了！"好久之后，总管望着地面，在喉咙里说。

"对。"

"你做错了。"

"我?"他慢慢地摇头,一面望着在窗外窥探着的伙伴,"我不错。"

总管马华甫移动了一下椅子,锋利地瞧向他。

"你说说看。"

"那是两个狗一样的东西!"

总管突然歪过难看的脸去,向贴在窗玻璃上的陈东天的鼻子叫:"走开!"接着他向张振山说:"你太无礼貌!"

"要怎样才叫有礼貌,一个工人?"

"你连我也不尊敬,你蔑视一切,忘记你的本分!"

"我的本分是什么?"

"听你的长辈的话!"

"我在这世界上从无亲人,谁是我的长辈!"

为了抑止自己的尖锐的愤怒,总管马华甫依身到桌子上去,翻了一下卷宗,随便地取出一张信笺来,读着那上面的字。其实,字在他的眼前浮幻成小黑虫,他什么也没有看到。

"喂,张振山,"他把声音放低缓,"你不听我的话吗?"

"听的。"

他又开始读信笺,这次镇静地读下去了。

"现在你听我说,你以后绝不能这样。因为是你,我们才这样处置的。"

"我?怎样处置?"

"不怎样的。"总管停顿下来,抓起桌上瓷盆里的一根香烟,点燃,"矿长的手谕,要开除你,我的意思不是这样。你懂不？……"

"说啦！"

总管喷着烟。

"罚你包工的钱。"

"多少？"

"全部。"

张振山的手痉挛地抬到胸前。

"不重吧。"总管的粗眉头在锐利的眼睛上面覆压了下来。但出于他意料之外，张振山在屋子里粗笨地走了两步，镇定地站住在壁前，开始抽起烟来了。

"啊哈！"他在椅子上震动了一下，挥着手，用愤怒的，儿童的声音叫，"你……怎样？"

"现在是这样，钱是我做苦工得来的，还我！把我开除！"张振山张开大蛤蟆似的手，蛮横地走上一步，脸上有假装安详的笑容。

"不行！"马华甫站起来，用手攫住公文，仿佛张振山要来抢劫一样。张振山咬着烟，严厉地望着他。

"我揍他们错了吗？你未必会知道我和他们究竟谁无耻。你从前也做过工，但现在不同了，看哪，他们这样可怜，无耻，侮辱一个孤苦无依的女人！"他扶住桌子，声音洪亮，充沛着一种雄浑的激动，"告诉马先生，我们工人知道的是很简单的；但给我们吃甜吃酸，想挑拨也不行。我们是生命之交的朋友！"

"你的行为最不规矩！"

"规矩？养胖的奴才最规矩！"

"住嘴！"总管击桌子，厉声叫。

张振山把灰白的脸朝向窗外。他的眼睛发红，喷射着可怕的光焰；在他的胸膛里，滚动着一个压抑住的，残酷的哮喘。最后，他甩去烟蒂，使整个的房间战抖地跨着大步走出去。

在铁工房前面，少年的陈东天摩擦着手掌，气喘地向他奔来。

"老张，你有种！……"

昂奋地，狂喜地跃上来的杨福成，紧紧攀住张振山的肩头，一面挥着手打断了陈东天的话；但是当他开始自己说的时候，他就倏然变得奇异的严肃。

"老哥，你究竟……"

"老哥，你预备怎样？"吴新明弯着长腿，在两步外挂虑地问。

张振山闭紧嘴，瞪大眼睛望着伙伴们，最后向前跨了一步，战栗着下颚回答："兄弟们，我终归要走了，带那个女人——"

九

刘寿春在黎明时候就出去了，一直到现在，到郭素娥背着木板提着箩筐回到小屋子里的时候，还没有回来。郭素娥感到微微的眩晕，鸦片鬼的不在正好使她不被骚扰，自由地休息一下，等待张振山，等待命运的最后的判决。她在床沿上坐下来，垂着头，开始咀嚼刚才的事，尤其是张振山的行为所给予她的印象。下午的山巅上很寂静，风眼厂的机器的有韵律的鼓动声在杂木里昏昏地波荡着。

一种丰裕的狂喜，首先雾一般地在她里面浮动，使她惶恐，随后就坚实地燃烧了起来，将她的面颊变得柔软，红润。她的眼睛发灰，她的呼吸幸福地急喘了。

"回去，不要再摆摊子。"她咀嚼着，"他今天一定会来；恐怕就来了，要不然，晚上……哦呀，我这个女人！"

她的眼睛里浮上了泪水。她喃喃着站起来，察看自己的打了好几个小补丁的干净的蓝布衫，然后走近桌子，向屋子的光徒的四壁凄楚地注视着。由于一种不可思议的激动，由于平常总是用劳动来稳定颠簸的心绪的强的习惯，她从桌棱上拖下抹布筋，到门前的水沟里去沾湿，开始专注地擦起桌子来。

在擦桌子之后，她的身体温热，萌生了一种要把整个屋子全收拾一下的欲望。她铺床，以细致的心情扫了泥地。她把破扫帚举到头顶上去，擦着墙壁上的灰尘的波痕和蛛网，就像在这生霉的穷苦的屋子里即将进行一件体面的大事似的。几年来，郭素娥在饥饿穷困里变得粗野而放肆，从不曾有过这样细致的心情；几年来，女人无抵御地跌在险恶的波浪里，所有的一切全溃烂，声音也成为昏狂的，从不曾在心里照耀过这样像田园的早晨阳光似的温煦的光明。一种简单的柔和的音乐在心底深处颤动，把多日的暴乱，淫恶，毒辣全淹没；她的身体浸着汗，她的灵魂浸着善良。一个稀有的欲念攫着了她，使她想立刻冲出屋去，向一切认识她的人招供一切，宣说她的屈辱。最后她掷下扫帚，扑一扑衣服，眩晕地吸了一口气。

"这屋子里要只我一个人就好，没有那鬼……"她坦率地想，走近窗洞，以一个长长的凝视迎着烟雾似的落山阳光。在山巅上面的低空里，两只翅膀闪耀着乌蓝色的鹞鹰，把锋锐的头向着阳光，骄傲地翔过蒙烟的林丛。风眼机器的颤动声和平地传过来，此外，还可以听到山峡里上行煤车的笨重的震响和它的汽笛的挑战的吼叫。当郭素娥跨出门的时候，一个中年的庄稼汉正荷着牛轭经过石板路，下到另一边山峡里去。他仔细地捞起他的衣裳，望着下面的安详的田地，牡牛一样慢慢地磨着下颚。一经过削壁，他就吐出了嘴里的什么，扬起尖厉的嗓子，唱起山歌来：

> 天晴落雨不要埋怨天，
> 天干米贵甲子年；
> 十字街头无米卖，

把搁在轭头上的手放下来以后，他依石壁站住，猛烈地昂起头，在声音里充满了烈性的悲愤：

> 饿死多少美姣年！

没有多久，从昏暗的峡谷底下，冲破梦境似的沉郁和疲劳，另一个更锐利更昂扬的声音应和着飞扑了出来，使得黄昏的空气似乎在破裂，在猛烈地闪灼。在这声音划然中断之后，是工厂的汽笛的五点钟的怒吼。

傍着一株扁柏树，站在草坡顶上的郭素娥，被这锐利的歌声逗得焦灼起来。她不安地搓着手，歪着褐色的颈子，微微张着充血的唇，向底下的厂区渴望着。在她后面，从邻家的毗连的屋子的门洞和窗口，浓烈的干柴烟带着盛夏的气息喷了出来，凝滞在草坡上。现在，郭素娥淹没在自己的欲求里，升腾在这平常的晚餐的辛苦的柴烟之上，对自己的邻人更冷淡，而且因为他们永远在臭泥沼里面爬，障碍自己的幸福，对他们怀着骄狂的憎恶。她仰视着对面蓝黑色的山峰，和山峰后面天空上悬挂着的深紫色的云柱，希望在这仰视里，张振山会不知不觉地走近她，向她伸出允诺的手臂。

但她失望了。两只乌鸦掠过她的头顶，做着低旋，向扁柏林里栖去，它们的突发的尖叫把她惊醒。显然的，张振山在晚餐以前没有来的希望了。但刘寿春今天一整天到哪里了呢？他还有什么地方可以骗钱用呢？

"他总要有诡计的。这样的人也能在世上活……"她喃喃地说，用来安慰自己奇异的焦灼，走进屋子，在黑暗里摸索，煮起苞谷羹来。

但她没有吃一点点。她的心绪变得险恶，那些在一点钟以前她为了使她的幸福的自觉持久所做的努力，现在除了疲劳以外，什么效果也没有留下。她感到周围的一切，这黄昏，这山巅，那风眼机的昏沉的晕响，那喜爱人家不幸的邻人，都不给予一点呼吸的空隙似的，向她不吉地迫来。她从窗洞茫然地向外面张望；那升浮在山坳里的厂区的灯火的眩晕，在她，仿佛是一场无声的火灾的映照。不幸绝不会离开她这样一个女人的，她想，同时感到不幸正在像凶横的军队似的向她围拢来。她紧紧地扳住窗洞的木柱，就像一个落水的人情急地攫牢一根枝条似的；仿佛这世界是这样的迫害她，她除了这一根窗洞的木柱就别无所依似的。她在锐烈的失望，不，被摒弃的打击里，发出痛苦的呻吟。

她不大清楚她是怎样挨过这几个钟点的。她焦苦地坐着，守着油灯，张振山没有来，现在已拉过九点钟的汽笛了。她开始盼望任何一个人来，不管是魏海清或是刘寿春，由他们的来，她会更感到那种绝望的希望的变态的欢乐；她会奋身哭号，骂，声言她要永远脱离这种生活的，不管到哪里去，纵然去死，去了也就算了。但现在，埋在屋子的荒凉的空虚里，由焦急而糊涂，她逐渐不能明白自己的处境了。

"人家骂我，管我屁事——这样才受不了啦！"好久之后，张振山的思想，以她的声音在她里面不可捉摸地浮荡了起来，"一个人活在世上，一生总在挨骂，遭打，这是凭啥子！为啥子要挨下去呀，我恨煞他们，这次再不成，吃不饱，挨穷，我就杀死了……哎哟，我的姆妈呀！"

门板轰然的碰响，惊得她跳起。接着是短促的寂静。

"啊，他——来……了！"

她奋力扬起手臂，像挣脱什么东西似的，然后跃到门前。但当她看见跨进门来的是刘寿春和别的几个镇上的人的时候，她就浑身凉却了。

刘寿春用手里的灯笼照着门槛，恶毒地俯身向地下张望着；轻轻地跨进门之后，他把灯笼提到嘴边，从肮脏的短须里吹熄。

"进来！"他向站在门口的人招手。

顶前面跨进门来的，是绰号叫黄毛，黄色的眉毛在扁平的额上连起，在粗黑的胶黏地下垂的眼皮底下闪出一对含着恶意的窥探神情的眼睛的，场上有名的光棍。第二个是刘寿春的高大的年轻的堂侄，一个简单的长工，他到这里来，并不起什么作用，只纯粹地探听一下，看这个被所有的人憎恨的漂亮女人究竟是怎样，以确定自己的飘摇不定的道义心。第三个，是保长陆福生，当他跨进门来的时候，他庄严地除下他的新礼帽，把平板的黄脸仰一仰，露出两颗金牙，向主人带着毫无意义的严肃说："就这吗？"

刘寿春狡猾地转动一下眼睛算作回答，同时，他挺直身躯，用手在空中画了一个大圈向郭素娥狠恶地说："替我跪下来!"——在说话的时候，他顺着手势吃力地俯下腰。

女人动着失色的嘴唇，摇着头，明白了自己的绝望。在喉管里震响了一下之后，用一个郭素娥这样的女人在最后的绝望里所能有的愤怒的一击，她以一种充满不可侵犯的尊严的声音叫："哪个敢动我!"

黄毛展开阔肩，抖着手里的绳索，就像郭素娥的话是一个邀请似的带着惬意的微笑走近来："对不起!"

女人跃向桌子，攫着盛满冷汤的大碗。

"我是女人，不准动我!"她伸直嗓子狂喊，接着就将大碗猛力砸过去。这碗击中了刘寿春的脑部，使他呻吟了一声，带着汤水和碗的碎裂声一同向壁角翻倒下去。

黄毛扬起胶黏的眼皮，跃过来，用绳索鞭打郭素娥，在保长和长工的帮助下将她紧紧地捆起。在捆绑的时候，不管他的颊上怎样被抓破，他把大手伸到女人的衣襟下去，使劲地，狠毒地捏着她的乳房，以至于使她疼痛得厉叫起来。

"你们是畜生，你们要遭雷殛火烧；你妈的，我被你们害死，你们这批吃人不吐骨的东西!"她的惨厉的，燃烧的吼叫从小木屋子里扑出来，冲过围在屋前的邻人们的头顶，在黑夜里，在杂木林上回荡，"好些年我看透了你们，你们不会想到一个女人的日子……她挨不下，她痛苦……"最后，她侧身向刘寿春的堂侄，"哦，你是怎样的人呀，你也变成这样……"

在屋外的土坪上，一个老头子从嘴上拿下烟杆，在众人的沉默里批评："好厉害的女人啊! ……确实，确实如此!"

"我早知道这手哩!"那个郭素娥曾经向她借水的新媳妇说。

"岁月坏，尽出这些事；要是不穷苦呢，这女人也不坏。"

"黄毛一来就无好事！"这是一个中年男子的奋激的声音，"陆福生专门顶王八。刘寿春尝得吗？"

而在屋子里，当女人的叫声裂断了之后，临到了一个仅仅一瞬间的紧张的沉默，可以听到昏暗的空气的颤动。刘寿春的堂侄，那单纯的长工，从黄毛捏着女人乳房的时候她的号叫，尤其是她的最后的一句话里，体会到一种不属于目前这毒辣的小屋子里的世界的，使他的心冷凝的东西，惶悚地把手从她的发烫的手臂上移下来，然后独自走到屋角去，蹲下来抽着烟。从此他不曾触动郭素娥一下，而在以后的日子里，当郭素娥事件的真相明白地被宣露出来之后，对于他的简单的道义心他就变得疑虑。

女人正叫骂得激烈的时候，因昨夜的热病而衰弱的魏海清爬上了山巅，挤在观看的邻人们中间。就在今天下午，他从一个路过这里的亲戚那里，知道了鸦片鬼受着黄毛和陆福生的怂恿，要抓郭素娥，假若她不答应把她卖给一个因为一种生理病态，死去了四个女人的绅粮这件事的话，就要以家族的名义，仿照上一代的残酷的实例来惩罚她。这事情后一步可以公开，但前一步，即出卖，是守着秘密的。

魏海清，听着这不幸的消息，在起初，是异常快意的，但到了晚饭之后，这快意就变得苦涩。他睡下去又爬起来，苦闷地在煤渣路上彷徨，思虑这件事的各方面，思虑他的内心；他对女人的怨恨是不可战胜的，但更不可能战胜的是他对那他曾经在他家里做过工的绅粮，对保长陆福生和地痞黄毛的憎恨。最后，他不再让自己继续想，蒙懵地拄着木棍爬上山巅，决定向郭素娥告发。

怀着一种暧昧的激动奔上山来的魏海清，现在是落在失望里了。他挤在一个抱着手臂的男人背后，从后者的肩上探出他的紧绷的长脸，向屋子里愤怒地凝视。在郭素娥的叫喊中止之后，他排开前面的人，尊严地提着木棍走进屋子。他的直视的长脸上战栗着愤怒，显得坚决，丑陋。

"告诉我，你们做啥子！"他低而急迫地问，拄定木棍。

从屋角里，年轻的长工坦率地望着他，当保长陆福生把手抄在大衣里，朝他走来的时候，向他做了一个切断的，但不是他所有暇理解的手势。

保长仰着平板的黄脸，屈尊地拍了一拍魏海清的肩头。

"一向好？"他低低地说，吹着气，"你顶晓得这个女人的，这是地方上的事，我们负责在身，不能容许。"

"她做了一些啥子事？"

保长望望坐在床沿上抱着头的刘寿春，微微显出困窘。同一瞬间，被绑在凳子上筋疲力尽的郭素娥，以一个悲愤绝望的凝视向魏海清投来。

"这明明是家事，保长，怎么是公事呀！"魏海清粗壮地跨上一步，叫。

保长陆福生把礼帽从头上取下来，威胁地望着他。

"地方上一直如此，你不懂。"

"她是我的亲戚！"

"哎呀，不要这样甜！"黄毛冷冷地插进来说。同时，刘寿春奋舞着手臂，喷着口沫，在床铺那里毒喊起来了："我不承认你们，你们平常不认得我。……我要重整她呀！我要叫你们全看看……"

"不要叫吧。"保长严肃地转向他说。但他在吞了两个字之后，还是继续叫完："看你们以后欺不欺我。"他转向女人："看你，哼，你可朗个办我!"

"做鬼也杀死你!"郭素娥咬着牙齿回答。

黄毛侧身走向她，从眉毛底下瞟着她的脑部。

"我们走!"

魏海清在窘迫和孤单里挣扎着，横着木棍走到门口，突然向门外咆哮："各位看啊，天下有这种事! 他们要把这女人卖给绅粮吴朗厚，我在他家干过活，我知道底细……"

当门外像狂风啸过森林似的腾起一阵兴奋的，惋惜的，呼喊的时候，郭素娥从凳子上跃了起来，把身体疯狂地击向刘寿春，和他一同滚在地下，发出她的最后的，令人战栗的厉叫："我们都可以死了!"

同时黄毛走向魏海清，险恶地扬起左眼皮，喷着恶臭的酒气说："还有话说吗? 这与你何相干——不卖给你吗? 哈，改天请你喝一杯!"

魏海清抑制着自己，倾斜着身体握紧拳头站住。但他的身体还是摆动的，就像他立刻就要摔倒一般。他昏迷地告诉自己，他已经尽了最大的力，不要再干涉下去了，但是当郭素娥的含着明显的要求的眼睛射向他时，他就为自己的这样的想头战颤起来，退到门板上。

"要我去喊——张振山吗?"他在心里怯懦地说，"我不……来不及了，那要闯多大的祸!"

郭素娥失望地望着门外的人群。当保长命令黄毛拖她走的时候，她迅速地退了一步，倚在桌子上，使劲地在绳索里扭动丰满的肩膀，像在替决心和杀戮找寻力量似的。走过门边，她给了她的邻人和魏海清以仇恨的一瞥。这一瞥在魏海清的以后做苦工的日子里，将永远从内心怨毒地照耀，不会被忘掉。

女人跟着刘寿春的一群，走上石板路，走上她十年里梦想着从它走开去的石板路，下到峡谷里去了。在他们后面远远地跟着，不停地吸着烟的，是那年轻的长工。

一个老头子走向呆站在落了锁的门板前面的魏海清，愁虑地问："究竟朗个回事，你说说看！"

"他们卖她，她不肯就杀死她！"魏海清举起木棍，以麻木的大声回答。

"可以报官吗？"

"官今天就来了一个！"

"狗命的！"

邻人们逐渐走散了，吮吸着烈性的痛苦，魏海清拄着白木棍在落了锁的门前，在黑暗的土坪上蹒跚地徘徊着。以后就抱着头，把木棍夹在膝盖中间，坐在枯树桩上。

"要是张振山那混蛋来了会怎样呢？"他自己问。接着回答："不成的。张振山也不是比他们好一些的人。况且他一个人有捶子用！……他们是贱狗狼群，可杀！"

他倏然站起，望向黑暗的山峡。

"那是一个瘟臭的地方，我魏海清决不回去，宁愿在外面饥饿而死，啊！"他摊开手，喘息，想起女人的刚才的惨叫来，"'你们不晓得一个女人的日子，她挨不下去，她痛苦！'……啊，确实如此！"

十

从酒铺的茅屋的矮门上端，透过窒闷的油烟，可以看见远远煤场上的灯火的绚烂的环节。坐在伙伴们中间的张振山，用手支着面颊，把肌肉狠狠地挤到眼部，使眼睛显出一种沉思的半闭神情，尖锐地穿过对面吴新明的高耸的肩头，射向门外，射向隐在煤场的灯火背后的，郭素娥所在的山巅。

当伙伴们举起酒杯来的时候，他急剧地从颊上松下手来，俯头到自己的杯子上去，贪婪地吮光，以后，他咂嘴，又回复他的姿势。

"老弟们，不用心焦！"吴新明舔一舔嘴唇，用老练的，激越的声音开始说，"哪个都不在乎这狗地方的！我们湖海漂泊，是到处可去的人！……"他吹了一口气，继续说，"他们先前说待遇如何之好，但一来了，也还是如此。我们难道会被高帽子压碎么，哈，"他得意地笑，"我们的脑袋并不小！老张，我比你岁数大些，你此去的时候，我劝你心要放宽……"

张振山放下手耸一耸肩，把变暗的眼睛从烟雾里瞧向他："为什么？"

"一个人生活了几十年，总要看透一个真理的。老张，我把我的经验奉劝你。请酒？"

所有的手在委顿的灯光底下晃动着。但是当吴新明愉快地擦了一下嘴唇，正要继续往下说的时候，张振山的深沉的，洪大的声音震响起来了。

"老哥，我不想和你讨论真理。"他把眼光向伙伴们扫了一圈，"我谢谢你们替我送行。这是我的光荣。真的我很惭愧，对大家这两年毫无好处……我想说，"顿了一下之后，他把脸锋锐地朝着他的对手，"看吧，我的真理和你的，一定是不同的东西！真正的我们的真理是怎么样？那当然是：一个工人要认识他自己，他的朋友，他的工作关系；他不要单独一个人捣鬼。他们要发展工作关系，自己团结，休戚相关。你的真理如何呢？你要第一，吓，讲义气，讲尊严。义气一空，你就可要到老婆肚子上去歇凉了！"（话在几声抑制住的大笑里中断了一下）"至于我，我是一个会犯规矩的。我明白一切，老弟们，只是我心里面有多少坏的东西呀！……时常说不要这样，不要这样，结果又这样了……多糟，我希望你们过得好，不像我这样！……"

"我不是说的这些空意思呀！"吴新明带着显明的不满，说。

"你说的是——"

"待人接物，机警理智。"

张振山站起来，吞下嘴里的嚼烂的肉片，打了一个狂妄的呵欠。

"买一本酬世大全看看吧。喂，你们也相信我老张吗？"他抓住身边陈东天的手，又把它摔开，他的浓眉头在凸出的额上游动，向眼睛覆压了下来，"我这回是定准又要做一件坏事了。真不甘心呀！"

"你从哪里不甘心？"吴新明露出企图再试锋芒的样子，站起来，在凳子上踏着一只脚。但他的话被嘴里包满了酱肉的杨福成的嗡嗡的大声遮没了。

"你是先上城去……明天，一早？"

"打算这样。"

"你那三百块钱够吗？"陈东天仰着脸问。

"不够也只有这样。看吧，马华甫刚才敢不拿出两百来吗？什么费什么费，你扣吧，做工的总是做工的，我们……"

"我们一共同要求，他就没法了。"

"记好这个教训，老哥们！……"

吴新明从柜桌那里端了一壶酒过来，站在杨福成身后，尖厉地说："就是你自己会忘记这个教训，刚才说过的。"

"我认错！不，我并不这样无理智，这样糊涂！"张振山的大脸灼烧，当他扭曲着颈子往下说的时候，可以看见他的尖锐的大喉核的可怕的痉挛，"我一下有点事，要走了。我想再说几句话。我在这里做了两年，干了不少叫人恨的事，这叫我高兴，但是最后，我自己要笑我自己，恼火……无聊……带走一个不相干的女人！"他的粗肥的大手指在烟雾里比画着，"隔几年我们又可以相见了！那时候你们看我姓张的究竟是怎样吧。够不够朋友。我会倒霉，看不见……"他在眉毛底下愤恨地凝视，"但是……兄弟，我们是不会倒霉的！"

"你还要说什么？"一个沉默了好久的伙伴问。

张振山严厉地，带着深深地藐视和坚冷的热爱，从鸭舌帽底下凝望着在他的前面变得像黄色的斑渍似的山坡上的灯火。

"你还要说什么？"

张振山把大手急剧地扬到和鼻子一样高。

"你还有什么话说？"

激昂地，悲痛地，张振山把鸭舌帽狠狠地从头上撕下来。

"你就走吗？"

"是。"

"再喝三杯！"

从俯头在膝盖上的杨福成嘴里，像在夜风里缓缓拉动的二胡的弦音一样，歌声和谐地，凄楚地，带着向渺茫的远方的深的倾慕，流了出来：

> 哥子呀……
> 你不必再回来。

当他甩着头发，把头猛然抬起的时候，在昏疲的油灯的映照下，他的平常老是浑浊的眼睛是明亮的，潮湿的；另外两个声音渗了进来，歌声起着奋激的波浪，拍击着烟雾，掀到茅屋外面去。

> 灾难遍地黎民苦，
> 家乡的疮痍呀——妹难数！

张振山把鸭舌帽紧紧捏在手里，嘴唇尖着，含着一个坚决的，慈和的微笑，在墙壁前面张开腿凝然站立着。歌唱的半途，郭素娥的丰满的形象在他眼前浮现，使他体会到辛酸的屈服和稀奇的悲凄。

"我做错了吗？"

他微微摇头，脸相变得乖戾，不自觉地涌出一个自恕的微笑。

"兄弟们，"他亲切地说，声音温暖，"我先走一步了！"

所有的人从凳子上站起来，发出一阵惋惜的喧哗。

"祝你得胜归来！"

"明天早上我们送你！"

他大步跨出酒铺的茅屋，跃下土坪，把鸭舌帽摔在头上，在铁道旁边微微凝了一下神之后，就匆促地向煤场奔去。

他预备把女人夺出小屋子来，立刻赶煤车离开这里，到江边的镇上去下宿，明天黎明搭船下城。这个念头是在走出酒馆之后才突然决定的——他现在不得不这么决定了；他现在终于不能以恶毒的翼越过一个女人的爱情，预备带走她了。这屈服，这温情，在以前，他是以为决不会在他的险恶的世界里出现的，所以使他感到苦闷和极端的焦躁。

在奔上山巅的时候，酒精的力量发作了起来，使他微微地昏晕。他扒开胸前的绿工衣，露出凸出肌肉的山峰的多毛的胸膛，跃到一块巨石上去，转身凝望着山下的，他即将离开的筋疲力尽的劳动世界，猛烈地吐了一口气。

"不要追我！"从内面迸发的一个无声的咆哮使他自己的耳鼓鸣响，"我还要——再来！"

失去了惯常的镇定，他跨着蹒跚的步子走近了小屋子前面的土坪，但一个突然从土坪侧面升起来的长长的黑影使他惊愕地站住了。

"谁？"把拳头掣到胸前，他低厉地问。

黑影举着木棍静静地，骄傲地走近来，不回答。

"谁？"他把声音变得深沉，恢复了镇定。

黑影踱到离他一步的地方站住，弯下腰，怠慢地察看他。

"是张振山吗？"

"魏海清！"张振山残酷地喊。

"来找她吗？"魏海清的手指着屋子。

"对！"

"你打算做什么呢，老哥？"

在灰色的微光里，可以看见张振山的眼睛的愤怒的闪光。

"那么，"魏海清依然骄傲地说，但声音有些颤抖了，"请去找吧！"

一瞬间，张振山无理性地跃上去，给魏海清的下颚以猛烈可怕的一击。木棍从手里飞落，它的主人无声地张开手，翻跌到枯树桩背后去了。在这使力的一击里，张振山全身震动，被盲目的毁坏欲望所鼓跃，向屋门冲去。

但是，他的猛扑过去的坚硬的大手落在更坚硬的黄铜锁上。

"魏海清。"停了好久，他凶恶地叫，但显然的，这声音里含有强烈而苦楚的失望。

回答的是从山坡上的杂木林里呼啸而来的寒凉的夜风。于是，他在烈风里倾斜着大身躯，向魏海清从那里倒下的枯树桩跨去。

"喂，魏海清！"他俯下腰，伸出手。

魏海清痛楚地呻吟着，用手在空中抓扑，抱住了他的粗腿，奇异的是，他除了向这被自己伤害的人更凑近身体以外，没有想到别的。

"说，魏海清，发生了什么事？"

魏海清咒骂着，用一种吮吸的声音在风里回答："她——完——了！"

"什么？"张振山失望地叫，同时弯下腰，把大手扶住了对方的战悸的肩膀。

在张振山的帮助下站起来的魏海清，突然在风里掀动着手，发出了儿童的，冲动的哭泣。

"她完了。……她怕再不会回到这里。十几年，一个女人……好难挨啊！"

张振山在这哭诉里战栗。他的大脸灼热，胸脯麻痹而寒冷。他开始抽烟，焦急地在土坪上徘徊。

"这有×用！……"他责备地嚷，接着又以抚慰似的大声加上说，"你讲吧，怎么一回事？"

于是，魏海清制止了哭泣，坐到树桩上去，把跟邻人说过的话夹着咒骂重说了一遍。说完了之后，他感到疲劳和寒冷，逐渐糊涂，什么情感也没有遗留。当张振山抱着膝盖坐在门前石块上恶意地思索着的时候，他站起来，寻到了白木棍，预备走开。

"慢点。他们带她到哪里去了，你知道吗？"

"不知。"魏海清大声回答，"你去寻她吧。"他说，用白木棍指着山峡底下，"我作难些什么呢，我决不……告诉你，那些全是贱狗狼群，不讲人性！"

"他们有些什么把戏？"

"他们比你还贱毒！"

张振山跳了起来。

"什么，我贱毒？这是真的吗？"他嘶哑地叫，笨重地转动他的躯体，"看，我不是完全失败了！我失败，并不是我……"他的腮部可怕地战栗，"好，她会怎样？——会从不会？"

"她？不会的！"

"为什么？"

"她会死的！"

一阵风猛扑过来，将魏海清的痛苦而甜蜜的叫喊挟带到漆黑的山峡里去。这叫喊像一个胶质的实体似的碰在山壁上，发出强韧的，在中间被风击断的回声来。

张振山耸一下肩膀，走近来，递给魏海清一根香烟，但魏海清严正地拒绝了。

"我去了，老哥。……我想告诉你，你有很多地方是坏透了的。"

"你说得对！"张振山无表情地回答。当魏海清的身影艰难地摇晃着，隐没在土坡后面的黑暗里之后，他衔着烟，把手抱在胸前，在土坪上急剧地踱着。

"现在完了。狗萌的，你自以为行，你满意吧。你可以奔开去，没有责任，一个人炒辣椒吃。……你现在说你同情这个女人，又说她靠不住，你究竟说些什么？终归，她牺牲了！在你的笨手里……你无知狠毒，你胡为……为什么这样说？"他大步跨走，晃动拳头，"啊，活了二十五年的张振山，你的苦痛就在这里！……"他站住，向风眼厂那边的光晕凝视，发响地咬牙，"好，走吧，向前向前……她葬身在那边了，为了自由的生活……你也要在机器底下灭亡吗？向前去吧，领受你应得的报酬！……再来一次，为什么不！"

他拉了一下鸭舌帽，转身向低矮的小屋子。一瞬间，像面对着仇敌似的，他的喉咙鸣响，白色的大牙齿在卷缩的唇皮间突了出来……

于是，向前面阴险地望了一望，他奋身跃近小屋，搬开屋门，进到里面去。

一刻钟以后，这阴湿，矮塌，破陋的小屋子在山风的煽炽里狂烈地燃烧起来了。火焰从树丛里涌出来，昂奋地舞蹈着，火灾照亮了两个峡谷，以完全不同的感奋给予了两个峡谷里的居民。

十一

这是一个位置在房屋旧朽而麋集，人烟相当稠密的五里镇镇尾的张飞庙的积满灰尘的后殿。插在神座背后的墙壁缝里的一支红蜡烛，从仿佛溃烂的肌肉似的烛头里，流下胶黏的泪，在布满蜘蛛网和垂挂着乌黑的烟尘絮的顶板下，摇闪着昏晕的黄圈。正对着神座背的厚笨而腐朽的后门被大木柱牢牢地顶住了，但通到那黄毛的巢穴，一间阴森的房间的门却洞开着，里面浮动着诡秘的人语，不时从炉灶的被拉开的膛口里闪出熊熊的，猩红色的火光。郭素娥躺倒在神座侧面临时搭的板床上，一只手蒙着眼睛，一只手则恐惧似的在胸前扭曲着。她的头发在木板的边沿披散，像是一大绺陈旧的干燥的黑纱。她的软软下垂的腿不时在轻微的抽搐里颤动；只有这颤动，表示生命尚未离开她。

从侧房里，送出来刘寿春的堂姐，一个阴鸷，猥小的老寡妇的像沙粒似的干燥的声音。

"不能再捶打她……我说些……好哇，"声音在这里变得决断，"你去再问一道，不要打！"

刘寿春的干瘦的身影在门框中出现了。他拖着烂布鞋，发出粗涩的声音，兴奋地用猛力佝偻着腰，慢慢向前移动，一面神秘似的向烛光窥察着。他的阴毒的，蕴蓄着陈旧的力量和新异的决心的面容使人家感觉到他现在已不再是一个无能的，好哭的鸦片鬼，而是一个替郭素娥的命运安排下的，一直都被掩蔽着，到现在才显露出本相来的最刮毒，最贪婪的幽灵。当这幽灵无思想地考虑着，走近女人，在她的脸上使劲地摇着他的手的时候，小眼睛里就爆射着一种在暑热里快要倒毙的人的昏狂而猩热的光芒。

"怎样，装不装？"他从齿缝里说。

在被小老人移开的手底下，郭素娥的憔悴可怕的脸在烛光下显露。浮肿的眼睑无知觉地半阖着。

"瞧打二更以后，最后……说！"

"进来，老刘！"房里黄毛大声喊。

刘寿春狞笑了一声，走进房去了。这狞笑仿佛得意他现在竟然也发现了自己的权威和用途，发现了自己除了是一个渺小的鸦片鬼以外，还是一个有价值的，被自己的一群所重视的人，仿佛向这以前践踏他的人报复似的。

"你怪叫些啥！"堂姐严厉地责备，闪着残忍的呆钝的小眼睛，把干瘪的胸膛压在桌沿上，"朗个，她不肯？……"

"哎哟哟，以我的见解，明天清早送她去，干干净净！"保长陆福生烦闷地说，摇着收拾得很干净的头，一面把左手掌抬到鼻孔上，狠狠地嗅了一下："问呀，打呀不中用的；这个女人吃软不吃硬。"他又嗅了一下仿佛有女人的肉体的暖气的手掌，缩起短上唇，把金牙齿露出来，并且习惯地用舌尖舔一舔。显然的，现在即使他自己也明了他不是在办公事了。在办公事的时候，他是决不用这声音说话，这样的姿势表情的。他现在的确很坦率，敢于承认他所以参加在这里，是因为这里需要公家的力量，从而他可以得到够给他的美貌的女人扯一件绸衣料的酬劳。

虽然房间异常小，但四个人挤在里面，各人打着各人自己算盘的时候，还是显得空虚。默默地相对了一下之后，黄毛用发怒的大步一步跨到灶边，打起一盆热水，烫得嘘着气地洗起自己的手来。在这瞬间，老太婆的薄嘴皮被凶恶的决心所扭曲，鹰一样地耸起肩头，望定刘寿春说："我去！"

于是，她迅速地，像飞扑一般地闪晃着她的重重叠叠，长短不一的衣服，走出门去，坐到郭素娥旁边。有两分钟工夫，她眯起眼睛，在耸起的肩上侧着头，仔细地端详着毫无防御的郭素娥；最后，她用尖锐的小声开始说话了。

"你醒一醒，女人，听一听，是我这个老人对你说话。"她摇着郭素娥的肩膀，"往常老人的话是不能不听的，现在可好，把老人都丢开了，我说一说，看你听不听。我是再明白不过的人了，在我们刘家里头。你自己作歹，又有啥方法呢？"她微微仰起头，咳嗽着，"你自己触犯了菩萨，人不能做主。"

郭素娥的胸脯震颤着，像有一个疼痛的叹息在里面回旋；当她突然睁开眼睛来的时候，她就以一种绝望的愤怒的目光射向像玩偶一般在指画着空气的老女人。

"说，朗个主意？"收回干枯的手，老女人说。

郭素娥又闭上眼睛。她的嘴唇微弱地颤动，发出无声地诅咒。

"你算狠，你败坏门风的女人！"老妇人挺起胸膛，残酷地扬高了声音，"刘家自然不要你，哼，有吃有活你不去！……"

突然，一个恶魔出现了。这恶魔甩着头发，喷着口沫，张牙舞爪地扑在老妇人的颈子上，扼住她的脆弱的喉管。

"哎哟！……你们！"她窒息地喊，"这贱×造反了。整她整……她！"当三个男人奔出来把她解救回来之后，她哭泣似的蒙住眼睛，跳着小脚怪叫："不让她活，整死整死她！"

跃起来去夺蜡烛的郭素娥，被刘寿春一拳头击倒在门板上。

"现在？……"刘寿春急迫地问。

"不行的，她一定要闯大祸，先整她，隔几天再看风！……"老妇人呻吟，奔到房里去，一分钟不到，擎着预备好了的烧红的火铲奔了出来。火铲碰在门框上，迸出鲜红的火星。

这是他们的家族用来惩罚犯罪的女人的刑法中间的一种。它是在郭素娥一被推倒在床板上的时候就预备好了的；不过，在这一瞬间以前，他们除了把它当作恐吓的方法以外，并没有想到它有，而且也不希望它有实际的用途。但现在，那里是被捆起手脚的犯罪的女人，这里是不知多少年以来就擎在严酷的家长手里的火铲，在火铲的暗红的灼热的光焰里，族人们和不是族人的外人们都迷失了理性，甚至迷失了利欲打算的自身，变得疯狂了！

黄毛剥去郭素娥的衣服，用它包裹着她的头，塞住她的嘴。在她的赤裸的胸膛上，她的巨大的，丰满的乳房恐怖地颤抖着。

刘寿春平举着火铲，伏到木板上去，磨着牙齿；他的长长的从乱须间垂下来的唾液，落在女人身上。在火铲的灼烧的热力里，女人的陷凹的黝黑的腹部收缩，一直到胸口浸着汗液，显出黑色的纹路和棱角。

正当火铲晃动，将要落到郭素娥的胸膛上去的时候，老妇人磕响牙齿，残酷地叫了出来："不行，这里不行；大腿！"

黄毛带着难看的庄重与喜悦混合的神情，望了望矮得只到他胸部的老妇人，然后把呆钝的贪婪的眼光落到女人的乳房上去。刘寿春转侧了一下身躯，手臂在过度的紧张里神经衰弱地颤抖着，猛烈地从腹部下面拉下女人的裤子来。火铲在他手里起初慢慢降落，有些闪动，最后就迅速地贴到女人的大腿肌肉上去，使丰满的肌肉哑哑发响，变黑，冒出一股混着血的焦气。女人无声地痉挛着，每一块肌肉浸着汗，像石子一般可怕地突起。

保长陆福生嫌恶地吐着唾液，极端严厉地皱起短眉毛。

"呀，不要烧焦那地方！"歪着嘴的黄毛，在身侧勾曲起手指，以一种苦闷的声音说。

……刘寿春从短髭里喷着气，摔下火铲，奔进房去了，当陆福生摸着制服的纽扣冷冷地走进房来的时候，他正昏迷地扶着桌子耸起肩膀，向积着烟尘的屋顶张开小黑洞一般的口，接连吞下三颗烟泡。

"这事情……"沉默了好久之后保长说，声音缓慢而阴冷，含着不可思议的权威，"我看你们弄糟了，你们能养她一辈子吗？"

刘寿春崛出肮脏的尖须，忘记把吞烟的手收下来，用呆钝的眼睛望着他。但不一会儿，他的眼睛忽然直直地转动，他把手臂伸直，带着可怜的假装的兴奋叫："她伤不了。……死也算，我姓刘的在五里场不在乎……"当他把手收缩到扁平而多毛，给人以一种溃烂的印象的脸上来的时候，他就打了一下喷嚏似的，冲动地哭泣起来了："我对不起祖宗……我对不起姓刘的祖……你们看，你们看我……"

老妇人用手抵住桌角，阴鸷地向他凝视着。

"你这狗×不要脸的！"她突然跃起，凌乱地奋舞着手臂，"看你不要脸的怎么办！这样一大笔……"

"是你要我用火的呀……"半蹲下身体，跺着脚，刘寿春号啕大哭了。

"我是尽我老人的心。我走了。"

保长假装愤怒地望了刘寿春，转过身子，在殿堂口追上了老女人。

"不要紧，隔两天就成，她会答应的。"他在黑暗里大声向她说。

"陆保长，这门槛我看不见，你拉我。"

"讨厌！"保长用同样的大声回答，把手伸给她。

"保长，你借五块钱给我；我想扯……"走出张飞庙，老妇人用甜甜的小声要求保长，但保长没有回答，喷了一下鼻息，便向场口烦躁地走去了。

"这些雷劈火烧的！"她骂，酸毒地狞笑了一声。

人一走光，刘寿春在嘶哑地喊了两声之后，就不想再哭了。他望着打开的灶门里的熊熊的火焰，呻吟着，躺到黄毛的床上去。

"我们这家人……从此完了……"

而在房外，在神座背后，蜡烛已经熄灭了。郭素娥昏晕着，全身冰冷，在烧伤的地方淌着血水。但黄毛的大手却从血水中间，在她的赤裸的身体上摸索着。他带着一种胆怯的昏狂，注视着她的肌肉的白色，一面向自己说着暧昧的话，但当他突然想起什么一件东西来的时候，他就伏下身子悄悄爬到她的身体上去。

没有多久，刘寿春的瘦身影在门缝间出现，停留了一下，又移开去。但黄毛没有注意到。

十二

在农历一月初旬，强劲而潮湿的山风三昼夜地吹扑着，使天穹低沉，变得铅块一般阴郁。风止息了的时候，云的蠢笨的大帐幕覆盖了天空，峡谷里又灰茫茫地飘起冷雨来。在雨里嗅不到春天的尘埃的气息；土堰上的柳树摆着细弱的光枝，没有抽芽的意思；鸟雀也飞不高，只是在灰绿色的竹丛里凄苦地抖擞着稀湿的羽毛。它们召唤春天，但春天还得隔一些时候才会来！

人们在整个灰暗的，狡猾的山地的冬天里给弄得异常疲劳，生活变得更重，像装载了五吨煤的小车子；脸丑陋下去，青下去，憔悴下去了。即使那些顽健的，怠慢的机器工人，也沉闷地抖着肩膀，忧郁地咒诅着。酒和烟消耗得很多，因此，像郭素娥所摆的那种摊子现在繁衍起来了。矿工们几乎睡完了一个冬天；在做工的时候他们打瞌睡，在不做工的时候他们就无论在什么地方都贪婪地睡眠。但他们的睡眠是惊悸的，发着谵语，就仿佛他们再得不着睡眠了，一只大手正立刻要把他们攫到另一个可怕的世界里去似的。到处生着火，在卸煤台上，筛煤机旁，矿洞口，煤火的小堆积冒着青烟，人们在冷风里偷偷地聚在一起，擦着鼻涕，拼命地抽烟。而在夜里，无枝可栖的临时工，那些异乡的或本地的流浪汉，就把他们的从破裤子里露出来的屁股向着猩红的火苗，在火炭炉边沿上睡觉。当女人的惨厉的哭泣突破劳动的颤音，突破死板板的天空从山坡上飞扬开来的时候，人们就彼此交换一下麻木的眼光，表示说："你知道吧，她的丈夫昨天在炉子里烧死了；一不小心，连蓑衣一起滚下去。但他是一个很老成，很能做的人啊！"

很老成，很能做的人的薄木棺材被抬到工人坟区，其实是乱葬坑去。

一到十二月底，人们就忙碌一些了，就仿佛在生活的怠惰的外表下，原来就存在着某种秘密的力量似的。穷人和单身汉用他们的眼睛忙碌着，从这个厂房卖力地踱到那个厂房，望望天空，嗅嗅鼻子又望望地面，似乎在等待奇迹发生。除夕的夜里，很多单身汉在酒醉之夜拥在一起不害羞地哭泣。哭泣也是用力的。这时候，厂区上笼罩着安详的烟云，鞭炮在每个山坡上轰响；这时候，异乡的蜡烛闪晃在祖先的旧画像面前，老祖母虔诚地跪拜，孙儿则扬起拳头向天空诅咒。最后，哭泣完毕的流浪汉们开始在破陋的屋子里豪兴地跳跃起来。他们唱着，变得悲伤——唱着生活的无穷的痛苦和希望的美丽，农村的荒凉，战争的创伤和姑娘的忧愁……

黄昏，天就开始落雪。初一黎明，雪止了，迎接戏班子的特派车，倾斜地、迅速地、喜悦地从覆雪的轨道上滚过去，喷出鲜丽的浓烟。天空是晴朗的，阳光闪耀着；人是喧嚣的，在融雪的辉煌的寒冷里，他们呼叫，歌唱，把雪踏成泥浆。彩娘船、化装高跷队、机电工人的武术班，它们拖着撒野的群众，红红绿绿地在雪地里流去，一面招展大衣袖，做媚眼尖声地叫："看哪，幺妹来了！"

"幺妹在家里想哪，明年回去！"杨福成吼。

"幺妹替日本人养儿子呀！"

最后，特派车载来了汉戏班。好几年来都是如此。好几年来都搭起松柏牌坊，挂起写着"春节劳军游艺大会"的红布档，在装置得颇为华丽的芦席棚子里由高级职员领头敬太上老君，然后点戏谢神。但是在台子上唱起《苏三起解》，人们踮脚吼叫，批评着青衣的时候，太上老君，除了有两个矿警不耐烦地守卫着以外，就被所有的人遗忘了。虚伪、恐惧，最后，属于那些老矿工的微微的一点虔诚，落在泥泞里，踩得稀烂。

公司当局是庄严的。他们的脸每每变得那样严峻，像窑子里着了火或是发了水的时候一样。但工人们晓得，他们是等候大老板的来临。

以后是工人演高脚狮子给大老板看。以后是每个大职员和本地大地主住宅的欢迎，让工人演员们在雪地里翻滚，流汗。但最后，终于来了狂妄的风和悄然的冷雨。

冷雨继续了一星期了。过年的情热扫兴地完结了。人们把手抄在裤袋里，懒懒地向工作走去，偶然地把今年和去年比一比，想起去年的事，想起放火的张振山和摆摊子的好看的女人来。

曾经被刘寿春的邻人疑为放火者的魏海清，在整整的一个冬天，衰老了十年，落在自愿的寂寞和孤伶里，仿佛负荷着什么重大的隐秘的痛苦似的。在他的长方形的脸上，黄色的疲倦的皱纹向呆钝的眼睛聚拢，胡须从下颚暴躁地突出。他说话很少，声调每每阴沉得像一个怀疑一切的人。从特异的温柔变得神经衰弱地愤怒和从卖力的劳动突然变得疲懒的次数一天一天地增多了。他也偶然跟伙伴们一起喝酒，也笑闹；但他的笑声是被扼住的，令人难堪的。在笑过之后，他的眼睛里就流露出悔恨和盲目的愤怒来。

当人们看到这个刻板而又贫穷的人怎样宽纵他的横暴、狡黠的儿子的时候，他们是多么惊奇！他时常望着他温和地笑，不再责骂一句。在过年的时候，他花去一个月工资的伙食以外的剩余，八块四角，替他买了糖糕和鸡蛋；当他在煤场上打伤了鼻子回来的时候，他用颤抖的手替他揩擦，不说一句话，仅仅自己在事后捶胸，悄然地叹息。

"日子是他自己的。"他说明他的理由。

有一个晚上，孩子探索地望着他，晃动自己的包在破棉袄里的脏手臂向他大声说："爹，你变种了！"

"你说什么话？"父亲尖细地回答，瞪大眼睛。

"你不是不想做工?"孩子在腰上叉起手。

"小冲!"

小冲眨了一下突出的眼睛,严肃地,像大人一样地跨到桌子旁边,把手举到肩膀高,搁在桌沿上。

"你钱不够用,我来下井!"

做父亲的沉默着,眯起眼睛。他的胸膛痛苦地收缩起来了。

"少说胡话,下年我……"但他没有说下去。他歪过颈子,从溃湿的冒烟的眼睛里望着黑暗的窗洞外。

"我不在乎!"小冲敏捷地翻身,用颈项抵住桌角,一面抢着拳头,"他们骂你哩。我要逞强!"

魏海清看着他的头顶,严肃地命令:"过来!"

小冲走近两步,叉开腿停住。

"你想做什么?"

"做工。"

"答得好。"魏海清站直,在手里敲着烟杆,"答得好,儿子。"父亲的嘴唇战栗,眼睛变细,里面藏着病态的狂喜,"我们也是无家无地的人,你懂不?你懂的!你要争气,你要替人家敲石头,替人家挖地,替人家……折断筋骨!"在他的瞪大的眼睛里浮上了热烈的、愤怒的泪,"你答得好。""你走你的路,我过我的桥!"他的声音突然猛力地扬高,转成激越,"老子吃亏一生,有你这个儿子算……好,你说你记着我的话!"

儿子被他的暴烈的状态所惊吓,长久地抱手站着,带着单纯的敬畏望向他。最后,他使劲地挥了一下手臂,跃起来,向他兴奋地叫:"爹,有便宜油你买不买?"谁也不知道他怎么会叫出这句话来的,但随后他就用同样的声音加上叫:"你说得对!……

你说得不差池，你说得……"

过年以后，杨福成曾来访问过他的木屋子一次，说及张振山，主要的是探问郭素娥的结果。

"他托我告诉你，"杨福成庄重地说，面孔拉长，坐到床沿上去，把鸭舌帽（他也学张振山，戴起愈油污便愈好的鸭舌帽来了）在手里微微挥了一下，"他讲：'告诉魏海清，我问候他；那个女人，他帮点忙吧，我不管了。'他在失火以后就走了，背一包东西，我一直送他到江边，他不叫我送，我说不送不行，就是这样。"他停住，把鸭舌帽摔在桌子上，凝想着，"他说他并不曾对不住人，打了你老哥一拳，也是一时气急。打职员倒顶乐意。"他放低声音说，直视魏海清，眼睛变亮，"不过他认为他有时候也不挺对，像流氓……这可不容易呀！"杨福成气喘，在鼻子前面摆着手，"他，承认一个人向一个人里面钻，做不出事来，反而碍大家。……以后大家穷朋友要互相帮忙。"他结束他的话，像卸脱一个过重的负荷似的，站起来，抖着肩胛。

"他怎么样了呢？"魏海清搓着手，困惑地问。

"他？无消息。走了。"杨福成失望地说，又坐下，"他这个家伙是有些火。"隔了一下他说，用粗涩的、兴奋的喉音，在"家伙"两个字那里拉长，并且点缀着一个贴切的微笑。这两个字把他和张振山拉得很近，因此使他的年轻的，因为过年刚刚修饰过的脸上闪耀着神经质的鲜明的快乐，"但是他是一个很能行的人，"他挺直腰，严峻起来了，"有知识，敢作敢为，不责朋友！"

"请烟。"魏清海递过烟杆来。不知为什么，他的脸上牵动着一个虚伪的微笑。

"女人怎样了?"

魏海清在半途缩回烟杆，皱起脸，变得难看。

"她遭惨死，死了!"他大声说，竖起耳朵听自己的声音。

"瘟天气，看你下到哪一天!"在临走的时候，杨福成望着门外的浸在雨里的峡谷说，并不是真的诅咒天，只是为了说一说，"这个年过得好呀! 肉是人家吃的，戏是人家看的。老哥，我跌伤了腿。"他急遽地笑，牵起裤管来让魏海清看他的腿。以后，他就蹒跚在泥泞里，用拳头威胁着天空，向坡下走去了。在坡底下，不知遇到了什么事，使他发出了假装的惊呼和一串冲动的大笑。

魏海清知道郭素娥是怎么死的。在张飞庙那个可怕的晚上的第三天，她苏醒，向殿门外摸索走去。她走，因为她觉得张振山在等她；因为她觉得自己还可以活，最后，因为她饥饿。但她刚摸到院子里，便惨叫了一声，腹部以下淌着脓水倒下去了。魏海清也知道刘寿春是怎么活着的。他失去了一笔横财，招惹了祸患，被所有的人摒弃，弄得连栖身的洞穴也没有。当他被黄毛从小房子里驱走，到别的什么地方游荡了几天又在五里场上出现的时候，他就提着篾篮，哭哭啼啼，开始沿街讨饭。

魏海清所不知道，也不想知道的，是张振山。他对他的态度是暧昧的。他嫉妒他，痛恨他，惧怕他，也乐意他，钦佩他。前者，因为他截断他的路，无情地夺去他的希望；后者，因为他明白自己只会一味地守着自己的偏狭和软弱，永不能在郭素娥周围扮一个严重的角色。但不管是嫉妒，痛恨，或是钦佩，都带着无比强烈的热力。不像他过去所经历的那么迟缓；相反，却像在夜风里被点燃的不幸的小屋子的鲜明的火焰那样蓬勃。

杨福成为了探知郭素娥所带来的话，他是竭力使自己不相信的。机器工人，外省人的话，他认为是没有可信的理由的。但这些话却给他以极深刻极难忘的印象，竟至于到最后他自己都不能辨别他究竟相信了没有。但无论如何——虽然女人已经死去，再不能帮什么忙，他觉得他应该回五里场去转一趟了。

正月十五的早晨，天气放晴。新剃了头，穿着干净蓝布衫和新草帽的魏海清，黯然地越过山巅上的陈旧的瓦砾场，回到五里场去。他奔走得很急剧，很匆忙；越过田坝中间的水沟的时候，他扭动腰，愤怒似的高扬起手臂。

镇上正当场。在镇口的土坡上，一条破旧的龙在锣鼓的疲乏的喧闹里懒惰地胡乱地翻舞着，人们密密地围住它成为一个大圈。

魏海清心情紧张地站住，向人群，和人群两侧的他所熟悉的水田凝视，把手掌展开在短眉毛上。随后，他怀着秘密的不安，跃过被阳光暖暖地照着的石桥，挤到人群里去。

两分钟后，他的长长的躯体暴露在人群中间的空场上。曲着长腿，在额上喜悦地闪耀着滋润的阳光，他向龙头走去，抓住了偶然被他发现的他的朋友的肩头。

"你不行。"他的眼睛微笑着说。

"那么看你行。"这朋友兴奋地嘲弄地回答，把木杆高高地在手里举了起来，一面眨着单薄的，汗湿的眼皮。但是当他从濡湿的眼皮底下看见了对方是魏海清的时候，他就跳着脚，痛切地欢呼："啊哈，你鬼儿子呀，你过另外一种日子了！你怎么……喂，你们看。"这兴奋的朋友用儿童的尖音向街坊叫："这就是魏海清。他是崭新的呀！看他的，他顶会耍花门的！"

"呜呜——呀!"人丛里有人尖声无意义地叫。

魏海清佝偻着腰,长脸上充血,浮着一个歉疚的,自觉有罪的微笑,但却毫无犹豫地把长衫解了开来,向舞龙的伙伴和人群确信地鞠了一个躬之后,他把龙头的把柄接过来,高擎在手里。

"来,敲起来!"朋友拍手,带着无邪的欢乐嘶声叫。

魏海清向太阳眨了一下眼睛,仿佛决意牺牲似的绷紧脸,咬着嘴唇,转动了强有力的,习于做苦工的手臂。于是,在锣鼓的喧嚣里,破旧得成为黑色,而且失去了一只蛋壳做成的眼睛的穷苦的龙昂起来,忍耐地,兴奋地翻舞起来了。它逐渐迅速地缠绕着舞着它的汗流浃背的汉子们,冲上炫耀着阳光的天空又滚在地下,扇春天的醉人的尘埃,从远方望去,仿佛在骚乱的斑斓的群众上奔腾着一团紫黑色的,风暴的,狂响的浓云。

"着力呀,魏海清!"

"晚上等你斗空柳。呀花呀!"

"嗬嗬,这就是我们的魏海清!"

使平静的明亮的阳光颤抖,喝彩的春雷轰滚过人群。

十三

魏海清红着脸,坦率地幸福地微笑着,用长衫的襟幅揩擦额上的汗珠,从人群里,从众人的闪烁的目光里挤了出来。从这他凄苦地,带着孤儿亡命出去的乡镇,他意外地得到分内的迎迓了。他又被淹没在他的同胞,他的朋友们的热烈的欢呼里了。没有什么比这更使他幸福的。他的三十几岁的胸膛为了欢喜而像少年人一样慌张地颤抖着。

带着深深的热切的注意,他挤过沸腾喧闹的乡民们,在街上走着，向四面看望。似乎他所以要回到五里场来，只是为了受迎迓，然后再这样善意地向一切他所熟知的，所热爱的看望似的。那些低垂的蒙着烟尘的屋檐，那些闪耀着颜色的货摊，那些残破的石柱、石碑，烧焦的店家的门板，最后，那些叫嚷的，脸上愠怒或带着并无目的的昂奋的和他同一类的人，对他是多么亲切呀！他们让路给他，像他让路给他们一样，彼此都满足，毫不妨碍；彼此都有着过多的精力，对极细微的事物都给予注意；彼此都互相从属，争吵仿佛是假装的，或者唯其争吵着细微的事物，所以就像家庭里一样。魏海清几乎想叫喊了，他想叫给山那边的那些异省工人听，现在，在五里场，所有的一切颜色，一切耀动、光彩，都是属于他贫穷的魏海清的。这一切不要一毛钱去买，什么人都买不到。

他在一个脏臭的茅厕巷口站住，让开挤到他胸膛上来的一个卖灯芯草的老妇人；所有的地方都可以去，因此他不晓得到底怎样处置自己才合适了。

最后，他带着异样和善的安静（面孔却是严肃的），走向壁角的皮匠摊。

"红瘤，近来生意好？"他低沉地问，狡猾地但善意地眯起眼睛，望着佝偻在膝盖上的老皮匠的眉峰中间的一个深红色的大肉瘤。

皮匠迟缓地抬头望他，像望着一个刚才还见面的人一样，用锁柄敲敲手里的鞋底算作回答，同时快意地，报复地歪了歪干枯的嘴唇。

魏海清仔细地撩起长衫蹲下去，摸着皮匠手里的鞋底，嘲弄地问他做好多钱。

"我的小鞋（孩）当壮丁去了。"皮匠对起眼珠，望着自己的肉瘤说，并不直接回答魏海清，"瘟气得很。这场上多背霉呀！"他咳嗽，把手背抖索地移到唇边，"你怎么混这多久还穿草鞋？"他用钻子指着魏海清的脚，嘲笑地诙谐地说，"你这草鞋倒不错；不比布鞋贵我不信。"他猛烈地咳嗽，喷出绿鼻涕。

"真的贵，你不姓红。"魏海清讥笑，用粗手指按着鼻子，"你做多少钱？"他认真起来。

"一角半，老弟。"皮匠懒惰地回答，随后便艰难地仰起脸，让满脸的黑皱纹迎着光变得明亮，从肉瘤的两侧庄严地望着茅厕巷上面的狭窄的天空，"唉唉，太阳不在这边，人不能知道时辰——几点钟了呀！"他动着嘴，慢慢地说。

"有十大十点。"

"这巷子真臭。"

魏海清突然也觉得真臭。他转头向侧面，发现一个穿破制服的小学教师在不远的地方丑陋地小便。

"我要骂绝五里场！"皮匠说，"杀人谋财，包庇壮丁。不给老子地方，说老子不缴捐，赶到臭巷里头来！"

"要缴多少捐？"

"还是你们轻一些啊！"皮匠摇头，同时迅速地回到他的工作上去，在鞋底上锤，恨恨地磨着钻尖，仿佛突然觉得时间已经不早，他还一味偷懒，连一件活都没有完成似的。但不久，他又不赞成地睒着狡猾的眼睛，伸直瘦手臂，放下了工作。"那个女人，听说你知道得详细，有些关系。"他诡秘地说，叹息，浮上一个枯燥无味的笑，"她死得惨，大十五连烧香上坟的都没有。"

凝了一下神之后，他又俯下脸上的肉瘤，工作起来，不再理魏海清。

魏海清痛恨地望着老皮匠。嘴里变得苦涩。当他悄然地离开对方，往臭巷的腹部走去的时候，他的脸拉长，成为难看的，不幸的，呈现着黑绿色的斑点。

啊，五里场的确是可憎恶的，无望的，他不该回来！

似乎为了证实他的悔恨似的，当他走到菜场前端的土坡上的时候，他看见了一件令他痛苦得颤抖的事。

保长陆福生和另外一个穿着短得只到胸口的黄制服的，像壮丁一样的人，凶横地、猥琐地从菜摊的排列中间走过，向每一个菜箩伸手，像取自己的东西似的，攫取里面的蔬菜。他们每一个人手里提着一个大篾篮，在篮子里，绿色的菜叶和从去年冬天贮藏下来的红萝卜闪耀着潮湿的光泽，像在淌汗。

"你不能拿，你不要拿，保长，我捐你别的，捐你六把莴苣，"一个矮小，丑陋的农妇叫，召唤着陆福生手里的五个鸡蛋，"鸡蛋，它们一冬天才四十。你打捐打多了，保长，保长，它们八块钱十，它们……"她急剧地挥手，跨过蛋箩，绝望地跺脚，"保长，菩萨看见好保长，今天大十五，我捐莴苣添一把。……五个……我男人要打死我呀，保长……捐……呜呜呜……"她哭，用手盖住已经哭枯了的脸。

整个菜场寂静。保长和他的伙计走近一个在阴沉地等待着的强壮的老头子。

"你这里好多豆？"保长用自己也料不到的焦急的声音问，仿佛他正处在极危险的境地中。

老人在石块上盘起腿，阴鸷地，安闲地望了他一眼。

"七斤一两三钱差一点点吧。"他嘶哑地说，望着篮里的黄豆；他应该报几升几合的，但他装作蠢笨，故意报一个下江人（他以为）的量法。

"打半合。"保长愠怒地命令，挥手。他的伙计弯下腰来。

"保长，十斤才打半斤，你算多了！"老人向左右睐眼，仍然说斤。

"胡说，你有十斤。量一量。"保长吩咐伙计。

"没带合子。"

"那就称一称。"

"也没秤呀！"伙计说，四面张望。

"不带秤，保长，"老人说，半阖起眼皮，在健康的褶皱的脸上露出强有力的，明亮的讥刺，"你可用手抓不准。你们手大，一抓就八两。……"

"借一个合子，借一个秤来！"陆福生咆吼，单薄的脸涨红了。

所有的农妇的合子和秤都藏到菜箩底下去了。

陆福生奔向捐鸡蛋的女人，因为他曾经见到她的放在莴苣堆上的秤。但她低着头，凄苦地，仔细地，丑陋地数鸡蛋，没有看见他。

"嘿……太婆，收起秤！"邻摊的姑娘捣她的背脊，压抑地叫。

但保长的手已经伸向莴苣堆了。女人恐怖地从鸡蛋上抬起头来，对陆福生的白手发出了尖厉的叫喊。于是，开始争夺秤。

"我的秤，我的……"

保长说不清楚话，脸战栗。这时候，魏海清乖戾地，愤恨地，违反本意地走进菜场，掏出钞票，向邻摊的姑娘大声喊："买两个鸡蛋！"

活泼的姑娘代接了钱。魏海清拣了蛋，拦到保长和已经夺回了秤的女人中间去。

"陆保长，我请你吃蛋。"他阴惨地笑，说。但保长愤怒地喘气，不回答。

"回镇公所找一杆秤来！"最后，他跃了一步，向他的伙计叫。

但在这争秤，叫骂，回去拿秤的一段时间里，那卖黄豆的老人，却不知道以哪一种奇异的方法，把黄豆藏起了一半而在篮子里的另一半里面掺进了足够的沙土。眼睛闪得更狡猾，更明亮，他伸直腿抽烟，愉快地等待着愚蠢可怜的保长……

魏海清，像有什么紧要的事似的，伸直腰，大步跨出菜场。他在场外草坡顶上的一块石碑上坐下，把两个鸡蛋放在被踏平的黄绿色的草上，开始抽烟，收缩面颊，向鲜明地闪耀着颜色，浮飘着烟雾的菜场痛恨地凝视。在他不远的后面，破烂的龙拥簇在人流上，响着疲乏的锣鼓，隐到一个富裕的庄院的竹篱里去。

"我跑来做什么？吓，看看老人的坟！死了早就算了，死去……"他在心里大叫，使他的起皱的扁额冒汗，想起了郭素娥，"呀呀，造孽呀！这叫作什么，这些混蛋！"

他站起，望着在紧紧编织起来的草上互相可爱地挨着的两个圆润的干净的鸡蛋。

"她擦它多洁净呀！她哭，那样丑！一冬天，有两只咯咯母鸡。"他歪着嘴，眼睛皱起，变得深沉而湿润，"狗萌的，老子走！"他突然叫，咬牙切齿。

但狗的恶叫使他止住。一个瘦小、衰老、狼狈的形体从菜场中间被狗逐了出来。他跌踬地在石板路上旋舞，摇闪着他身上的布片，在地上急促地敲着一根下端破裂的竹竿，等到这也无效的时候，他就用膝盖爬跑着逃上草坡，在地上抓了一大把草根和泥沙向狗们摔去。他在草坡上昂奋地，仇恨地旋舞，最后仰首向天，唱着破败的歌，号哭了起来。

"啊呜……狗萌陆福生，我的篮子，我的肺呀……"他狂叫。显然的，丢失在菜场里的他的破篮，尤其是刚偷到的猪肺使他痛苦。

魏海清拾起鸡蛋，严峻得可怕地从他的侧面走过。但乞丐忽然在眼睛里露出迟钝的喜悦，拦住了他。

"走开！"他气急地叫，望着对方的垂挂在肮脏的胸前的一块鲜艳的，奇特的三角形红布。

乞丐则贪婪地望着他手里的鸡蛋。

"鸡蛋……鸡蛋……老哥！"他仰头向他。

"滚开！"魏海清大叫，忘记了自己也能够走动。

"哎呀呀，我今日是落在冤府里了……"乞丐微弱地，模糊地说，抽搐着肩头，装得更可怜，"我刘寿春活不得，做了坏事，做了坏事。……"

魏海清不看他，退了一步，预备绕开。

"不看僧面看佛面，小哥，"刘寿春一只手按着胸前的红布，一只手按着赤裸的肚皮，弯下腰，吃力地转动着狡猾的，凄苦的眼球，"看我可怜的女人面上，给……鸡蛋！"

魏海清站住，带着安静的愤怒望向他，随后跨向前，脸色发白，向他的胸上阴鸷地击了一拳。但同时，刘寿春向前冲跌，挥落他的鸡蛋。

当他痛恶地，失望地走到草坡下面的时候，他听见刘寿春欢乐地骂："鸡蛋，鸡蛋……你们这些狗萌的鸡蛋呀！"

他告诉自己今天不吉利，应该迅速走开，不要掉头，但还是掉了头。刘寿春在太阳下撅起屁股，用手在地上抓爬，舐吃鸡蛋。

他又进到场里，而且又走到茅厕巷口来了。老皮匠还坐在那里，在膝盖上异常严肃，异常勤奋地忙碌。发觉他走近，他微微抬头，发出一种无意义的鼻音招呼他。

"我就收摊了。"以后，他庄重地说，用老年人的声音，"老弟，我们好些年不在一起了，"他说，一面在手里熟稔地工作，"今天大年，我们等下喝一杯，稍午后我得去还债，看女儿。"他说，缓缓地揩擦发红的鼻子，停止了工作。

"大妹过得还好？有苞谷……"魏海清向巷口张望，声音晦涩，脸涨红。

"她男人脾气倒好！"老人简要地说，咂嘴，带着看透一切的人的表情嘲弄地摇头。"喂，你看什么呀！"他望着不安的魏海清，从胸膛里喊出强壮的，讥讽的声音，似乎突然间把对五里场，对整个世界的讥讽和对魏海清的讥讽混淆在一起了。

魏海清在追瞧一个闪过布摊的漂亮的女人。脸色狼狈。

"我看到一个朋友。"他向老人懒懒地说。

"一个朋友，那是万成宏，对吗？"红瘤快活地说，用响朗的声音笑，仿佛所提到的名字要求他这样，"旁边还有一个，那是谁？"他突然把手指间夹着钻子的手举到小耳朵上，歪嘴，做了一个丑陋的歪脸，"你的鼻子掉在场口，你快捡回来！"

"红瘤，我今天请你！"魏海清走近摊子，艰难地说。

老皮匠俯下头，又锤了两下。"我早知道你要请我。"他用古怪的声调说，拧一拧自己的耳朵，仿佛这声音是从耳朵里出来的，"你现在好了，不一钱如命了。"红瘤叹息，声音又转成老年人的，"做工究竟哪些好，我说……"但他没有说下去。把鞋面摔在篓子里，他开始用一种假声唱起歌来。

"天圆地方，五里场的皮匠啊……儿子呀……"他佝偻着老年的腰，一件一件地仔细收拾东西，但为了不妨碍唱歌，他又不时把脖子鹅一般地伸直，"儿子呀，泪汪汪……"他嘶哑地快乐地叫了出来，"他娘走进尼姑庵……"

望着他的滑稽的，多精力的姿态，魏海清想起二十年前的那个闹事，酗酒，嫖女人，被外省的军队抓到一千里外又勇敢地逃回家乡，一个人能做十个人的事，但常常不去做事的红瘤来。

"红瘤红瘤，"他大步跨上去，牵动脸颊和眼角，甜蜜地笑，像十岁的魏海清奔近二十六岁的红瘤向他报告好消息一样，"郑毛说会来看你。他记挂老朋友。"

"哈哈哈，我们穿连裆裤的老朋友！老朋友，他偷媳妇不带我，让我老子光屁股。哈哈哈！"

十四

下午一点钟以后，场上停滞着温暖，昏倦，烟尘在从互相垂头拉拢的屋宇中间直射下来的耀眼的阳光里迟钝地回旋，有小苍蝇在中间盲目地飞舞，发出可嫌的，黏腻的小声。魏海清在红瘤之后不久从小酒铺里昏晕地撞了出来，经过疲劳的，无期待的人群，走向菜场所在的场口，在那里犹豫地站定。他的两颊发红，松弛，下颚战栗，眼睛眯细，朦胧地闪着贪求的目光。

他摸索着裤腰，带着朦胧的屈辱感，懊恼他花去了借来的钱里的最后的十块。懊恼红瘤，红瘤的女婿蔡金贵比他生活得好。他现在特别地感到自己的生活糊涂，特别地感到自己无依归，是没有家的人。他原想去看看家坟，看看几个亲戚，但现在因为买不起香烛，因为不必要，所有的亲戚都不欢迎他的穷苦，立意不去了。但他也不想回转，仿佛在这块土地，这些人里面，他还有某些徒然的期待，或者，还有什么细小的东西遗留着似的。他在午后沉寂的菜场里走，绕过几株蒸发着暖香的槐树，无力地爬上草坡的土路。遇到几个熟识的人的时候，他和他们慌乱地，昂奋地打招呼，那样子，就仿佛他企图掩藏他袖子里的什么东西似的。

他为自己的糊涂、迷醉而恼怒。

"今天十五，有龙吗？你妈的×，我为什么要来呀！"

在草坡后面，他看见一条向张飞庙走去的，破烂但却快乐的龙。快乐，因为今天是大节日，因为舞龙的都是心胸赤裸的少年人。这条老龙魏海清是认识的。十年前，他在龙头底下欢乐地打滚，烫焦皮肤，博得全街坊的喝彩；十年前，他修饰它，望着它笑，敬它三杯老曲酒。但他突然觉得，这一切隔得并不远，像昨天和今天。舞龙的不都还是少年人吗？龙也并没有旧。

他被吸引，向张飞庙走去。在半途，他不断地提醒自己，郭素娥是在那里死去的。

龙在庙前的大黄桷树下歇息，等待最后的装饰，少年们快乐地吼叫着。当魏海清怀着戒备和异样苦涩的心绪走近的时候，一个披着短衫，包着蓝头巾的青年起先显得犹豫，最后便带着坦率的欢乐跃近他。他认得他是刘寿春的堂侄，那长工。

"魏叔，有空来！"

魏海清变得阴沉。

"今天晚上不走吧。"长工说，歉疚地望着他的眼睛。他想拉倒，但因为现在谁都快乐，又变得不相称地活泼。"我们刚才在讲你，这条龙……"他叉着腿，做手势，"今天晚上斗空柳，有五条，三百朵花。"

魏海清被抬举，望望倚在庙墙上的龙，嘴部不动，在眼睛里闪着一个迷惑的微笑。

"太少。"他摇头，故意叹息，"那年子有一千。"

"什么时分啊！"长工快乐地感慨，"一朵花五块钱，那年子就几个铜圆……"

魏海清和善地向少年们点头，迅速地跨进庙门，企图在不知忧愁的人们面前表现出他有多么急迫的，繁重的事。

但他有什么事呢？经过几个月前郭素娥在那里惨死的院子，他有昏狂的兴奋；经过烟雾迷蒙，人影杂沓的殿堂，望着粗暴的神像，望着磕拜下去的女人的鲜艳的腰，他有迷惘和锋锐的痛恶。他笨拙地跨过殿堂，在侧门的旧朽的门框上倚着肩膀阴沉地站住，向面前的摇摆的人影注视。似乎他所以要到这里来，并没有别的事，除了用这样的姿势看一看。

他微微张嘴，口边上留着黯淡的表情，半闭起变绿的眼睛，显得苦闷，焦灼。那个肥胖，在苍白的脸上抹着黄胭脂，穿着红色的新颖的绸旗袍的女人从蒲垫上爬了起来，在肩上偏着洁白的颈子，向两边虚荣地看望。他认识她是保长陆福生的女人。

通过女人的肩膀，他望了一下布满阳光的院落，嘴唇颤抖，似乎在喃喃说了些什么。

"放他妈火……"他的脸歪曲，露出凶横，"一样……一样……"

女人转身，扭着腰走出，但这时候，从魏海清背后，一个兴奋的大声叫了出来："陆太太，走了么，嘻嘻……"

女人回头，骄傲地诱惑地微笑，仿佛回答："他在等我！"

黄毛露出猩红的牙花，手里捧着一大堆花爆，出现在魏海清面前了。迎着魏海清的恶意的视线，他的脸怪异地歪曲了一下，肩膀耸起。

"喂喂，老哥，这叫作有缘才相逢。有空过来耍的？"他跨过门槛，站住，声音含着压倒的轻蔑，"这一阵子好？"

魏海清想和他敷衍一下，但立刻又改变了主意，在长而尖削的脸上难看地浮上一个艰难的冷笑。

"你好！"他威胁地说，忘记把眼睛从对方的大鼻子上收回来。

"听说你在厂上加了钱了！"

魏海清突然离开门柱，站直身躯。

"你今天来得巧，大十五。"黄毛响朗地说，让殿堂里的人都听见，露出所以还要和这不值价的人说话，只是为了逗弄他一下的样子，"你来烧香吧。……我近来……"

"你近来肥。"魏海清替他说。显然的，在他的热烈的声音里，鼓跃着不可抑止的冲动，虽然在他的脸上还僵凝着同样难看的冷笑。

黄毛向香桌走了一步，放下花爆。魏海清的容颜改变，露出可怕的决心。

"我说过我要请你一杯。你太不懂礼。你……"黄毛高叫，一面捋衣袖。

魏海清伸出战栗的手去，指着院落。

"就是，在那里……死了一个人！"

两个中年妇人屏息，从香桌的另一端向这边看望。

"今天大正月十五！"黄毛叫。

殿堂紧张。魏海清一瞬间冷却，明白了自己现在所处的可怕的绝望。但迅速地，复仇的烈火在他里面燃烧了起来，毁去了他的恐惧。

"你怕鬼！"他吼，声音极端昂奋与冷酷。

"你上坟去吧。"黄毛甩着头，走上一步。说底下的话的时候，他每个字中断一下，同时有节奏地在左手心里敲着右手的食指："她、葬、在、草、场、坝！"

魏海清的脸转成青灰。他闭起眼睛，仿佛凝想了一下他的生活，仿佛下了一个艰巨的决心向缠绕着他的什么东西辞别。他遇到在世界上他所最怕的东西了。这就是黄毛，这就是殿堂里的这种兽性的紧张。但他的本能鼓跃他向前。

"你们害死一个女人……卖她！我看着你的下场！"他用闷住的声音回答。

"看着，对！我该你妈十块钱你要不要！"黄毛愤怒地颤抖，狂妄地张开手臂，"十块钱一个老×，她也葬在草场坝。"……他在脸前拍手，像拍倒一个蚊子似的。他的声音波动，失去了它的强旺和平稳。"你上坟去，有油舐。……"

魏海清立意先下手，破裂这根难堪地紧张着的弦。但他不能从站立的地方移动。他向四面张望，眼睛里闪出困苦的，绝望的黑光。他吼叫了一声。黄毛扑上来了。

殿堂里的妇人们奔近来又恐惧地逃开去，发出难于理解的尖叫。一个老妇人在供桌被翻倒的时候给打伤了脚，在地上爬滚哭喊，好久不知道怎样才能逃开去。竹凳跳过空中，蜡烛和烛叉横飞，生锈的铁香炉猛烈地颤抖，最后从香板上跌下来，摔在地上。在火辣的烟雾里，两匹野兽互相追逐，挥着拳头，闪着流血的，青灰色的脸。

当舞龙的青年们和别的一些男人涌进院落来的时候，殴斗已处于绝望的境地，无法接近，无法排解了。起初，两个人还互相咒骂，希望用咒骂来占去殴打的工夫，但现在已完全沉默。只彼此用眼睛里的血腥的光相望，渴望着对方的生命。他们奔突，旋转，冲击，撕破脸上的皮肉，彼此努力不让对方抓住，而渴想抓住对方。

咆哮又起来。一瞬间，两个人各抓住一片从对方衣服上撕下来的破片，躬着身躯，隔着被推倒的桌子互相交换了疯狂的一瞥。

四只眼睛移开去的时候，同时发现了殿角的那曾用来灼死郭素娥的火铲，于是，它们突然在血污的额下明亮，爆射出黑色的，狞恶的，欢乐的光焰。

"不要给他抢到，魏海清！"殿门口人涌进来，努力迫近，一个壮年的声音叫。

"嗤……拉开他们，狗黄毛！"老郑毛在人丛中间挤着，挥着手臂。他喘气，向周围所有的人发怒。显然，他刚刚偶然走到这里。

"哎呀……好惨，"一个农妇尖叫，"他们——打——死——了呀……"她啼哭，掩住脸。

但正在这些吆喝发出来的时候，两个人已经同时向火铲奔去。在中途，魏海清因为急迫，在一张四脚朝天的凳子上绊倒了。黄毛夺到了武器。

三个青年，那长工也在内，在这之间绕着圈子奔了过去。人群里滚过一阵失望的，恐惧的，痛苦的呼喊。火铲发出沉闷的残忍的声音，击在正在挣扎爬起的魏海清的脑门上，同时也从黄毛手里震落；在殿门这里，一个小竹凳从郑毛手里猛力地摔了过去，击中了黄毛的脸。跟跄欲倒的黄毛被一个阔肩的青年从背后抱住。

"捆他起来！"老郑毛吼叫，敏捷地解下了有四尺长的布裤带，把裤腰卷好。在他的发绿的左腮上，那一丛微褐的长毛映成黑色战栗着。人围拢去，察看着血泊里的软软的魏海清。青年的猛烈的拳头落在黄毛的从灰色破衣下赤裸出来的，生着稀疏的黄毛的胸膛上。

"他作恶为歹，占镇公所的势。你们见死不救！"郑毛发怒，磕响着结实的大黄牙。

沉默。

"他强奸了十几个女人！"

"天哪天哪！"女人的惨厉的声音，她舞手，跺脚，"整死他！"

黄毛迷糊地睁开黏血的眼皮；一种眩晕的，无人性的笑哭一般地在他脸上爬过。他向人吐口沫，痛恶地用含血的嘴嘶声叫："黄毛生来吃人，从来不怕！你们打死——他？"

"陆保长，人命案子！"一个青年从人丛中伸直脖子，眼睛奇特地放亮，向走进殿门来的陆福生压迫地嚷。人群的骚扰低抑了下去。

"什么……什么？"保长问，用一种微弱的大声，一面向四面窥探，仿佛他另有目的，为了这个在这里达不到的目的，他的装出失望的神情来的眼睛表示，他即将走开。

"打死人了！""黄毛……"

陆福生的脸收缩，左腮不住地发颤。他走近，骇异地观看。

"陆保长，你，陆保长……"黄毛抬头望他，声音突然颤抖，无力，含着失望，"我看这事，我要声明……"他在青年的手臂里挣扎。

"你要声明……"保长转开脸，不看他，露出恐惧的神情，"人命案子，要县里才办得了！"

"要县里？……公所不行吗？"黄毛说，怯弱地战栗着嘴唇，眼睛里涌出了大粒的泪珠，"我……"

"诸位，我去报告镇公所！"保长用空洞的声音叫，低下眉毛，不看人群。

"镇公所有花头，我们自己报县！"郑毛坚决地抗议。

"陆福生是混蛋！"人丛里吼。

"他们要串通！"

走向殿门去的陆福生突然转身，下了决心似的向火辣的群众凝视，用闷住的，难堪而残忍的尖声叫，指画着手："我陆福生决不如此，各位。"（他的眼睛里含着卑微的乞求）"这是冤仇，我知道底细。"他努力说，"黄毛要除掉！"

"狗萌陆福生，你变种！"黄毛重新恶叫，"老子帮你弄那个女人……他那个女人是骗来的呀，人家的老婆呀！"

陆福生张嘴，想叫喊，但是终于转身逃开去了。

"你们全是混蛋！你们霸占庙产，骗兵捐，卖女人……"

"打扁他的嘴！"

"你们亲眼看见！"黄毛仇恶地顽抗。

"我看见……"从殿角传来已经恶意地观望了好久的刘寿春的哭泣一般的叫号。他弓着破烂的小身躯，舞着手臂，昏迷地，急剧地冲过来，挤进人丛，瞪大眼睛望着在血泊里抽搐的魏海清。

"鸡蛋……魏海清，你要死了呀！"他叫，眼睛里迟钝地闪过疯狂的恐怖，"我看你这个狗黄毛，"他奔向黄毛，揪住他的衣服，"我看见，你奸死我那女人，我那可怜的……"他咧开嘴，大声号哭，击打着黄毛的脸颊。黄毛徒然地躲闪着，吐口沫。

"我，我担当！"黄毛凶横地睐眼，发出破碎的声音，"起先你们要卖她，卖给那个大×……你们烧死……有陆福生！"他喘息，多量混血的唾液从嘴角垂了下来。

人群严肃地沉默，为这意外的供述所骇异，做着兴奋的思索。但一瞬间之后，又爆发了愤怒的，深沉的，痛苦的呼喊。

"揍死他！"

老郑毛鹰一般地张开手臂，粗大的拳头击在黄毛的鼻子上。这时候，魏海清苏醒，撕去了包在他破碎的头颅上的血布，在地上痉挛，用胛肘和膝盖爬行。

"包好他的头，不能叫他动！"一个妇人急叫，四面找寻帮手。

魏海清垂下头，向地上流注着深红的热血。从齿缝里，他喷着灼热的呼吸，无声地，痛苦地哭泣着。最后，手断折了似的向外撇开，发出骨头碎裂的声音，他又倒到地上。郑毛轻轻跨向他，屏住呼吸。两个妇人，一个年老的，一个年少的——尤其在那年少的丰满的苍白的脸上呈现着不可侵犯的，有教养的庄严，弯腰向他，接了一个青年抛过来的白帕子，重新替他包裹头颅。

"魏海清！"老郑毛喊，声音深沉，"魏海清！"

魏海清在妇人的手底下睁开昏狂的，染血的眼睛。老郑毛俯腰，眉毛和手指战栗。

"魏海清！"

"你的女人死得早，好苦啊！"年老的妇人说，揩眼睛。年少的一个可怕地严峻起来，脸变得尖削。

"魏海清！"老郑毛吹气，喷着鼻涕。他的老眼充血，被泪水湿润了。

"哦……呜……郑毛！"魏海清微弱地回答，嘴唇做着狂喜的歪曲，"你来了。你看见了，郑毛……我悔……"他的手指在地上抓着泥污，"记挂小冲，让他去上工……"

"办得到！"

十五

穿中山服，眼睛烟黄而细小，两颗松弛的矮镇长带着四名壮丁走了进来，仔细地讯问了事情的始末，然后以不可侵犯的下了大决心的神情向人群声明，这事情非到县里去办不可。于是，捆走了黄毛，抬起了魏海清。魏海清被抬出庙门的时候就死去了。

以后的事情是，黄毛判了十年徒刑；因为没有亲人领尸，魏海清就以公款安葬。在举行简单的葬仪的那个明亮的春天下午，郑毛，长工，魏海清的儿子小冲，都到了场。

已经到了在西方不远的蓝紫色的五里山上闪耀着落日的金光的微寒的黄昏。人从张飞庙里散出来，向进行节日的场上去。青年们擎起了龙，起初严酷地沉默，接着开始叹息，谈魏海清，最后便恢复了正常的喧嚣。

乡民们从荒僻的山里来，沿着狭窄的田垄去，在水田的白色的，沉静的积水里，映着他们的兴奋的，愉快的，蓝色和红色的影子。在街上，人拥簇在一起，闪着烟火的红光，向亲戚致候，高声议论。女人们谈难解的郭素娥，男人们交换着对于魏海清的意见，在等待龙的行列出现的时候，有足够的时间让他们聚拢情绪，想起往昔的、他们曾在各种处境里度过的十几个或者几十个节日来。龙将要在焰火里飞舞，像往年一样；年轻人将要被绅粮的火爆烧焦皮肤，愉快地高喊，然后喝完所有的酒，像往年一样；像往年一样，许多人死去，流徙开去了，刚刚成长的年轻人阔步加了进来；像往年一样，有的女人要触景生情，躲在破棚屋里啼哭，有的女人要打扮得异常妖冶，向年轻的绅粮递媚眼。在固定的节日，人们有着不同的命运。

烟雾滚腾到屋檐上。火爆到处发响，被孩子们掷到空中，因为没有空隙落下去，便在人们的肩膀上爆炸，引起咒骂。三个女人在街角里谈论郭素娥，其中的有胖而白皙的脸庞的一个，因为把自己的对于节日的感动误认作完全属于郭素娥，便快乐地诉说着自己的同情，流下泪来。

"我们不谈这些不谈这些……今天打得那凶，怎么人不救呀！……"最后，她负疚地笑，抚摩着自己孩子的干净的头顶，向丈夫追去。

龙出现了。它在人群上颠簸，摇摆着它的已经被挤毁一半的巨大的头。在它前面，火灯笼引导着，上面写着暗红色的方体字："五里镇老黄龙。"

另外几条出现在街道的另一端。看不见灯笼上的番号。

"空柳的来了呀，后面那一条！"

"大家使劲，啊喝！"

龙旋舞了起来，火花哔哔发响，向街心美丽地进射了过去，人群被冲击到屋檐下。那些手里高擎着火花筒的衣着堂皇的年轻的绅粮，他们的面色严峻，仿佛并没有节日的欢乐；仿佛他们所以要向舞龙的赤膊的年轻人喷射火花，只不过尽一尽与自己的地位相称的法官执刑似的义务而已。露出洁白的牙齿，眼睛在火花的强光里眯细，他们的整个的脸部有一种冷淡的，甚至残酷的表情，仿佛舞龙的人果真是他们的仇敌似的。但那些年轻人，他们的心就像他们的赤裸的胸膛一样，却并不曾注意到这个。他们只是注意自己，逐渐陶醉。以一种昂奋的，不知疲劳的大力，他们使自己的龙迎着另一条在身边的空中疯狂地旋绕。他们高叫，善意地咒骂，在地上跳脚抖落灼人的火星。于是，在火花的狂乱交织的白色的壮丽的光焰里，龙的大破布条带着醉人的，令人抛掷自己的轰响急速地狂舞起来了。那残破的龙头奋迅地升上去，似乎带着一种巨大的焦渴，一种甜蜜的狂喜在沉默地发笑！哦，它似乎就要突然脱离木杆，脱离白色的焰火和群众的哄闹飞升到黑暗而深邃的高空里去，把自己舞得迸裂！

……一直到十二点，人们才逐渐散去。在凉风吹拂着的黑暗的田野里，人们疲劳地走着，又开始谈及每年过年都要发生的不幸，谈及郭素娥，小屋的火灾和魏海清。但谈话兴奋不起来，它以叹息结束。郭素娥的事是去年的事，去年过去了。它将和前年的事，大前年的事放置在一起，传为以后训诫儿孙的故事或茶馆里的谈资；它将在夏天的多蚊蚋的夜晚，当人们苦重地劳动以后，由一个喜爱说话的女人增加一些装饰复述出来，使整个的院落充满情欲，咒骂和感慨自己幸而没有堕落的叹息。

几朵火把的猩红的光焰在山峡的黑暗里摇闪，迟缓地隐没在林丛背后。

最后，两个青年的黑影从镇口的菜场出来，在草坡上的石碑旁站住。其中的一个向草坡下甩去烟蒂，用说服的大声叫："哪里，你喝醉了！"

"哪里。……你知道魏海清想那女人想了好几年吗？"后一个用泄露秘密的口气说，但违反本意，他的声音是响朗的。

这是刘寿春的堂侄，今天舞老龙的长工。"我们坐一坐。老弟，我做了怎样倒霉的事啊！"他的声音朦胧而奋激，"我悔我上了当……"

"你喝醉了。回家去。"另一个说，但显然的，他也并不像自己的声音那样坚持。

"不。我今天臂膊烫破了。魏海清想那女人，所以怀恨。他是一个厚道人。……就是这样，打死了。黄毛是恶性的。"

"郑毛哪里去了？"

"跟到镇公所做证，闹了好久，转去了。说是要到县里去探底细。"

"郑毛偷媳妇。……"另一个说，怪异地笑，一面坐在草地上点烟，"你抽。"他笨拙地递烟给长工。

"今天真是想不到，魏海清就死了。"长工说，望着奔驰着黑云的队伍的天空，不变声调，"他少跟人家闹的。这半年变些，耐不住。"

"死了也痛快，这些日子……好吧，我就要入队，当壮丁，到下江去打仗。……我今年二十一岁……明年我不得在家过年了。"他放低声音，努力地冷笑了一声，"吓吓，什么时候才回来！"他叫。

"在家里也没得好蹲头，一个人总要在外面跑。"

"对的。当兵我一些也不在乎。只要有得吃，有指望，哪些不好，强于在家里遭瘟。瘟呀！"他举起手臂，在变得潮湿起来的空中使力地画了一个大圈，"没田没地，没钱做生意，没得老婆没得……"

"我也要去。"长工性急地截断他。

"哪里去。"

"……我要去做工。"

"堂客也带上?"

"哎——过日子艰难，物价涨，米谷贵，你自然比我轻多了。"长工停顿叹息，"哪个问黎民疾苦呢? 把人烧死，奸死，打死，卖掉……这一批狗种! ……"他咬牙切齿，"我倒了多大的霉啊! 魏海清怕还要怨我呢。"

"那女人也不好。"这一个说，突然下决心站起来。

"哪个又好些?"

"走吧。你喝多了。"

"没有。天怕要落雨。……"

"他要是死在战场……"这青年人说，指魏海清，"倒划算些。……唉，走吧。"他急躁地说，在黑暗里皱起脸。

"看不见星星。我们赶上那个火把。"长工突然站起，指着张飞庙侧面的一朵火把的迸射着火星的光焰，"赶上它。它一定也到弯里去。快些。"他向自己催促。

春天真的到来了。在农历二月初旬，有过一次持续了三天的气候的骤然的转变，意外的寒冷侵袭着峡谷，使人们重新翻出了脏污的冬衣，但随后天气便又突然辉煌，明亮，和煦了起来。太阳每天确切地从山谷左边升起，射出逐渐强烈的白光。在峡谷上空高远地行走过去的白云，是轻淡而透明的。鸱鹰在云片下停翅，傲慢地凝视峡谷，然后猛然高飞，没入云片里。从山谷的年轻的怀抱里，槐花的幽暗而强烈的香气向工厂飘过来，充满引诱。地主的庄园里有橘柑花的暖香在蒸腾，桑树叶油绿。在工厂水池畔的土堰上，柳枝丰满了。芙蓉开始含苞。芙蓉丛后面的水田里，鸭子们成天吼叫，追逐伴侣。

工人的老婆在水浅的堰塘里用篾篓捕鱼。她们高卷衣袖，把手臂浸在水里，用赤裸的，强壮的腿在泥水中跃走，一面彼此愉快地泼水，尖叫。从山坡上，男人们的粗野的，放肆的笑声掷了下来。爬上坡顶的时候，他们唱着女人的歌。……

在机器房里，电灯一直亮到深夜，马达咆哮，油烟滚腾，人们在赶做又一次的火车头包工。

魏海清葬后，小冲，如他所渴求的，被送到窑子里上工，管理风门，拿三块半钱一天去了。因为父亲的死，他哭泣了一次。但这哭泣是凶横的，愤怒的，他捶打跑来安慰他的老郑毛，把凳子踢翻。此后，他便充满兴趣去上工，和小伙伴打架，晚上回来住在老郑毛床边的地上。他剃光了头，脸部长得浑圆。在肮脏的眼眶里，他的突出的小眼球闪着惊愕的，戒备的光。

在这孩子的早熟的容颜上，时常呈现出不正常的狂喜和难于理解的对一切的敌意。他酷爱窥探一切秘密，已经知道了很多工人男女间的猥亵的故事。……

在一天早晨，在一个太阳特别荣耀地升起，每一个人都用大声说着并无特别的意义的话，甚至想高喊的早晨，带着他的年轻，丰腴，一向忧戚的面孔因新奇的环境而活泼，穿着起皱的蓝布衣的女人，那瘦长，面孔俊秀的年轻的长工，刘寿春的堂侄，来到矿区里了。用乡里人赶路的方法，他们是二更的时候就离开五里场的。

年轻的夫妇脸上淋着汗，男的卖力地担着篾箩，前面是一口旧锅，几只碗，后面是一床红花的沾着煤污的（这是在经过煤场的时候被弄脏的）刚刚洗过的旧被盖。在女的所艰难地背负着的箩篦里，放置着日常的农民衣服。当男的用兴奋而严峻的脸望向蹒跚行走的女的的时候，女的，回答他的"你背得动吗"的目光，摇一摇手，皱起淡黑的短眉，仿佛说："我自己有数，不要管我！"

他到土木股里来当里工了。介绍的是老郑毛。老婆是顺从的，生命力强旺的女人，为了离开她的可留恋的五里场，她独自向她的妹妹哭了一次，但丈夫的暴躁的坚决，使她和眼泪一同充满了新的意向。她向她的和蔼的，未出嫁的妹妹说："那里也一样过生活。一种不同的生活……他说，我们每个月都可以拿到钱。不愁年岁……"

老郑毛从山坡上迎下来，身后跟着魏海清的儿子小冲。

"你……来了！"他低沉地说，站住，仿佛吃惊他真的会来。

长工严肃地笑，不自然地看一看脸颊红润，眼光乞求的女人。

"我来了！"他大声回答。

小冲跨到郑毛前面，望着年轻的夫妇，像在考验他们是否合他的意。

"那就成，带他去报工！"他老练地说，挥动手臂。

郑毛的多皱纹的，憔悴的太阳穴在阳光下战栗着。战栗停止，他的脸变得洗练而坚决。腮上的黑毛异样地发亮。

"成。你们先把家伙，"他说，咂嘴，迅速地瞥了一眼他们的行李，"放在我那里，以后要分宿舍，得出一些租。"

"得租吗?"女人嘶哑地说,放下箩筐,望丈夫。

"你们是有家眷的。就是这个规矩。"小冲痛恨地叫,在这一点上,他像他父亲。

走进老郑毛所住的宿舍,观察了虽然给人的感觉全然两样,却也并不比自己的佃来的棚屋坏多少的房子,而且被丈夫的突然的温和所安慰,年轻的女人又竭力在老人和小人面前做出活泼的面容来。她谈话,问老郑毛伙食怎样,夸赞小冲的结实,最后挥着手,脸红地宣说要老人和小人以后都在她家里搭伙食。

"你家里!"郑毛弯着阔腰,用老年人的低声说,脸上浮起愉快的,讽刺的笑。

"你今年好大?"长工问小冲。

"哼哼,不比你们吃的盐巴少!"小冲喊叫。

"你想爹?"

"不想。"思索了一下之后,小冲回答。

"他一点也不像他爹,一点也不像……只有一丁点像……不,小冲,他不像,是不是?"妇人转向丈夫,又望望自己的堆在郑毛床上的行李,眼睛里浮上了晶亮的泪珠,"哦,他要行些呀!"

他们就要和面前的这顽健的老人与结实的小人一同开始他们的新生活了。他们就要投入这不可思议的,庞大的劳动世界里去了。在她的含泪的单纯的眼睛里,她看见死去的魏海清和郭素娥,她丈夫的强壮的手臂和坚持,冷淡的面容,她自己的善良的心地和污黑的窗洞外的辉煌的天空。"我们会好些的。"她想。

第二天,年轻人开始上工了。

桂林希望社1943年3月

李有才板话[①]

赵树理

一 书名的来历

阎家山有个李有才，外号叫"气不死"。

这人现在有五十多岁，没有地，给村里人放牛，夏秋两季捎带看守村里的庄稼。他只是一身一口，没有家眷。他常好说两句开心话，说是"吃饱了一家不饥，锁住门也不怕饿死小板凳"。村东头的老槐树底有一孔土窑还有三亩地，是他爹给留下的，后来把地押给阎恒元，土窑就成了他的全部产业。

阎家山这地方有点古怪：村西头是砖楼房，中间是平房，东头的老槐树下是一排二三十孔土窑。地势看来也还平，可是从房顶上看起来，从西到东却是一道斜坡。西头住的都是姓阎的；中间也有姓阎的也有杂姓，不过都是些在地户；只有东头特别，外

① 本篇于1943年12月由华北新华书店出版，标为"大众文艺小丛书"之三。次年3月再版，以后多次重版、翻印。本书以开明版《赵树理选集》为底本。

来的开荒的占一半，日子过倒霉了的本村的杂姓，也差不多占一半，姓阎的只有三家，也是破了产卖了房子才搬来的。

　　李有才常说"老槐树底的人只有两辈——一个'老'字辈，一个'小'字辈"。这话也只是取笑：他说的"老"字辈，就是说外来的开荒的，因为这些人的名字除了闾长派差派款在条子上开一下以外，别的人很少留意，人①叫起来只是把他们的姓上边加个"老"字，像"老陈、老秦、老常"等。他说的"小"字辈，就是其余的本地人，因为这地方人起乳名，常把前边加个"小"字，像"小顺、小保"等。可是西头那些大户人家，都用的是官名，有乳名别人也不敢叫——比方老村长阎恒元乳名叫"小囤"，别人对上人家不只不敢叫"小囤"，就是该说"谷囤"也只得说成"谷仓"，谁还好意思说出"囤"字来？一到了老槐树底，风俗大变，活八十岁也只能叫"小什么，小什么"，你就起上个官名也使不出去——比方陈小元前几年请柿子洼老先生给起了个官名叫"陈万昌"，回来虽然请闾长在闾账上改过了，可是老村长看账时候想不起这"陈万昌"是谁，问了一下闾长，仍然提起笔来给他改成"陈小元"。因为有这种关系，老槐树底的本地人，终于还都是"小"字辈，李有才自己，也只能算"小"字辈人，不过他父母是大名府②人，起乳名不用"小"字，所以从小就把他叫成"有才"。

　　在老槐树底，李有才是大家欢迎的人物，每天晚上吃饭时候，没有他就不热闹。他会说开心话，虽是几句平常话，从他口里说出来就能引得大家笑个不休。他还有个特别本领是编歌子，

---

　　① "人"前，初版本有"别"字。
　　② 大名府，即今大名县，在河北省。

不论村里发生件什么事，有个什么特别人，他都能编一大套，念起来特别顺口。这种歌，在阎家山一带叫"圪溜嘴"，官话叫"快板"。

比方说：西头老户主阎恒元，在抗战以前年年连任村长，有一年改选时候，李有才给他编了一段快板道：

> 村长阎恒元，一手遮住天，
> 自从有村长，一当十几年。
> 年年要投票，嘴说是改选，
> 选来又选去，还是阎恒元。
> 不如弄块板，刻个大名片，
> 每逢该投票，大家按一按。
> 人人省得写，年年不用换，
> 用他百把年，管保用不烂。

恒元的孩子是本村的小学教员，名叫家祥，民国十九年（1930）在县里的简易师范毕业。这人的相貌不大好看，脸像个葫芦瓢子，说一句话眨十来次眼皮。不过人不可以貌取，你不要以为他没出息，其实一肚肮脏计，谁跟他共事也得吃他的亏。李有才也给他编过一段快板道：

> 鬼眨眼，阎家祥，
> 眼睫毛，二寸长，
> 大腮蛋，塌鼻梁，
> 说句话儿眼皮忙。

两眼一忽闪，

肚里有主张，

强占三分理，

总要沾些光。

便宜占不足，

气得脸皮黄，

眼一挤，嘴一张，

好像母猪打哼哼！

　　像这些快板，李有才差不多每天要编，一方面是他编惯了觉着口顺，另一方面是老槐树底的年轻人吃饭时候常要他念些新的，因此他就越编越多。他的新快板一念出来，东头的年轻人不用一天就都传遍了，可是想传到西头就不十分容易。西头的人不论老少，没事总不到老槐树底来闲坐，小孩们偶而①去老槐树底玩一玩，大人知道了往往骂道："下流东西！明天就要叫你到老槐树底去住啦！"有这层隔阂，有才的快板就很不容易传到西头。

　　抗战以来，阎家山有许多变化，李有才也就跟着这些变化作了些新快板，还因为作快板遭过难。我想把这些变化谈一谈，把他在这些变化中作的快板也抄他几段，给大家看看解个闷，结果就写成这本小书。

　　作诗的人，叫"诗人"；说作诗的话，叫"诗话"。李有才作出来的歌，不是"诗"，明明叫作"快板"，因此不能算"诗人"，只能算"板人"。这本小书既然是说他作快板的话，所以叫

---

①"而"，初版本作"尔"。

作《李有才板话》。

二　有才窑里的晚会

李有才住的一孔土窑，说也好笑，三面看来有三变：门朝南开，靠西墙正中有个炕，炕的两头还都留着五尺长短的地面。前边靠门这一头，盘了个小灶，还摆着些水缸、菜瓮、锅、匙、碗、碟；靠后墙摆着些筐子、箩头，里面装的是村里人送给他的核桃、柿子（因为他是看庄稼的，大家才给他送这些）；正炕后墙上，就炕那么高，打了个半截套窑，可以铺半条席子。因此你要一进门看正面，好像个小山果店；扭转头看西边，好像石菩萨的神龛；回头来看窗下，又好像小村子里的小饭铺。

到了冷冻天气，有才好像一炉火——只要他一回来，爱取笑的人们就围到他这土窑里来闲谈，谈起话来也没有什么题目，扯到哪里算哪里。这年正月二十五，有才吃罢晚饭，邻家的青年后生小福，领着他的表兄就开开门走进来。有才见有人来了，就点起墙上挂的麻油灯。小福先向他表兄介绍道："这就是我们这里的有才叔！"有才在套窑里坐着，先让他们坐到炕上，就向小福道："这是哪里的客？"小福道："是我表兄，柿子洼的！"他表兄虽然年轻，却很精干，就谦虚道："不算客，不算客！我是十六晚上在这里看戏，见你老叔唱焦光普唱的那样好，想来领领教！"有才笑了一笑又问道："你村的戏今年怎么不唱了？"小福的表兄道："早了赁不下箱，明天才能唱！"有才见他说起唱戏，劲上来了，就不客气地讲起来。他讲："这焦光普，虽说是个丑，可是个大角色，唱就得唱出劲来！"说着就举起他的旱烟袋算马鞭子，下边虽然坐着，上边就抡打起来，一边抡着一边道：

"一出场：当当当当×令当令×令……当令×各拉打打当！"他煞住第一段家伙，正预备接着打，门啪一声开了，走进来个小顺，拿着两个软米糕道："慢着老叔！防备着把锣打破了！"说着走到炕边把胳膊往套窑里一展道："老叔！我爹请你尝尝我们的糕！"（阴历正月二十五，此地有个节叫"添仓"，吃黍米糕。）有才一边接着一边谦让道："你们自己吃吧！今年煮的都不多！"说着接过去，随便让了让大家，就吃起来。小顺坐到炕上道："不多吧总不能像启昌老婆，过个添仓，派给人家小旦两个糕！"小福道："雇不起长工不雇吧，雇得起①管不起吃？"有才道："启昌也还罢了，老婆不是东西！"小福的表兄问道："哪个小旦？就是唱国舅爷那个？"小福道："对！老得贵的孩子给启昌住长工。"小顺道："那么可比他参那人强一百二十分！"有才道："那还用说？"小福的表兄悄悄问小福道："老得贵怎么？"他虽说得很低，却被小顺听见了，小顺道："那是有歌的！"接着就念道：

> 张得贵，真好汉，
> 跟着恒元舌头转：
> 恒元说个"长"，
> 得贵说"不短"；
> 恒元说个"方"，
> 得贵说"不圆"；
> 恒元说"砂锅能捣蒜"，
> 得贵就说"打不烂"；

---

①"起"后，初版本有"人"。

恒元说"公鸡能下蛋"，
得贵就说"亲眼见"。
要干啥，就能干，
只要恒元嘴动弹！

　　他把这段快板念完，小福听惯了，不很笑。他表兄却嘻嘻哈哈笑个不了。

　　小顺道："你笑什么？得贵的好事多着哩！那是我们村里有名的吃烙饼干部。"小福的表兄道："还是干部啦？"小顺道："农会主席！官也不小。"小福的表兄道："怎么说是吃烙饼干部？"小顺说："这村跟别处不同：谁有个事到公所说说，先得十几斤面、五斤猪肉，在场的每人一斤面烙饼，一大碗菜，吃了才说理。得贵领一份烙饼，总得把每一张烙饼都挑过。"小福的表兄道："我们村里早二三年前说事就不兴吃喝了。"小顺道："人家哪一村也不行了，就这村怪！这都是老恒元的古规。老恒元今天得个病死了，明天管保就吃不成了。"

　　正说着，又来了几个人：老秦（小福的爹）、小元、小明、小保。一进门，小元喊道："大事情！大事情！"有才忙道："什么？什么？"小明答道："老哥！喜富的村长撤差了！"小顺从炕上往地下一跳道："真的？再唱三天戏！"小福道："我也算数！"有才道："还有今天？我当他这饭碗是铁箍箍住了！谁说的？"小元道："真的！章工作员来了，带着公事！"小福的表兄问小福道："你村人跟喜富的仇气就这么大？"小顺道："那也是有歌的：

　　一只虎，阎喜富，

吃吃喝喝有来路，
当过兵，卖过土，
又偷牲口又放赌，
当牙行，卖寡妇……
什么事情都敢做。
惹下他，防不住，
人人见了满招呼！

你看仇恨大不大？"小福的表兄听罢才笑了一声，小明又拦住告诉他道："柿子洼客你是不知道！他念的那还是说从前，抗战以后这东西趁着兵荒马乱抢了个村长，就更了不得了，有恒元那老不死给他撑腰，就没有他干不出来的事，屁大点事弄到公所，也是桌面上吃饭，袖筒里过钱，钱淹不住心，说捆就捆，说打就打，说教谁倾家败产谁就没法治。逼得人家破了产，老恒元管'贱钱二百'买房买地。老槐树底这些人，进了村公所，谁也不敢走到桌边。三天两头出款，谁敢问问人家派的是什么钱；人家姓阎的一年四季也不见走一回差，有差事都派到老槐树底，谁不是荒着地给人家支？……你是不知道，坏透了坏透了！"有才低声问道："为什么事撤了的？"小保道："这可还不知道，大概是县里调查出来的吧？"有才道："光撤了差放在村里还是大害，什么时候毁了他才能算干净，可不知道县里还办他不办？"小保道："只要把他弄下台，攻他的人可多啦！"

　　远远有人喊道："明天到庙里选村长啦，十八岁以上的人都得去……"一连声叫喊，声音越来越近，小福听出来了，便向大家道："是得贵！还听不懂他那贱嗓？"进来了，就是得贵。他一进来，除了有才是主人，随便打了个招呼，其余的人都没有说话，小福小顺彼此挤了挤眼。得贵道："这里倒热闹！省得我跑！明天选村长啦，凡年满十八岁者都去！"又把嗓子放得低低的[①]："老村长的意思叫选广聚！谁不在这里，你们碰上告诉给他们一声！"说着抽身就走了，他才一出门，小顺抢着道："吃烙饼去吧！"小元道："吃屁吧！章工作员还在这里住着啦，饼恐怕烙不成！"老秦埋怨道："人家听见了！"小元道："怕什么？就是故意叫他听啦。"小保道："他也学会打官腔了：'凡年满十八岁者……'"小顺道："还有'老村长的意思'。"小福道："假大头这回要变真大头了呀！"小福的表兄问小福道："谁是假大头？"小顺抢着道："这也有歌：

> 刘广聚，假大头：
> 一心要当人物头，
> 抱粗腿，借势头，
> 拜认恒元干老头。
> 大小事，强出头，
> 说起话来歪着头。
> 从西头，到东头，
> 放不下广聚这颗头。

一[②]念歌你就清楚了。"小福的表兄觉着很奇怪，也没有顾上笑，又问道："怎么你村有这么多的歌？"小顺道："提起西头的人

---

① "的"后，初版本有"道"。
② "一"，初版本缺。

来，没有一个没歌的，连哪一个女人脸上有麻子都有歌。不只是人，每出一件新事隔不了一天就有歌出来了。"又指着有才道："有我们这位老叔，你想听歌很容易！要多少有多少！"

小元道："我看咱们也不用管他'老村长的意思'不意思，明天偏给他放个冷炮，攒上一伙人选别人，偏不选广聚！"老秦道："不妥不妥，指望咱老槐树底人谁得罪得起老恒元？他说选广聚就选广聚，瞎惹那些气有什么好处？"小元道："你这老汉也真见不得事！只怕柿叶掉下来碰破你的头，你不敢得罪人家，还不是照样替人家支差出款？"老秦这人有点古怪，只要年轻人一发脾气，他就不说话了。小保向小元道："你说得对，这一回真是该扭扭劲！要是再选上个广聚还不是仍出不了恒元老家伙的手吗？依我说咱们老槐树底的人这回就出出头，就是办不好也比搓在他们脚板底强得多！"小保这么一说，大家都同意，只是决定不了该选谁好。依小元说，小保就可以办；老陈觉得要是选小明，票数会更多一些；小明却说在大场面上说个话还是小元有两下子。李有才道："我说个公道话吧：要是选小明老弟，管保票数最多，可是他老弟恐怕不能办。他这人太好，太直，跟人家老恒元那伙人斗个什么事恐怕没有人家的心眼多，小保领过几年羊（就是当羊经理），在外边走的地方也不少，又能写能算，办倒没有什么办不了，只是他一家五六口子全靠他一个人吃饭，真也有点顾不上。依我说，小元可以办，小保可以帮他记一记账，写个什么公事……"这个意见大家赞成了。小保向大家道："要那样咱们出去给他活动活动！"小顺道："对！宣传宣传！"说着就都往外走。老秦着了急，叫住小福道："小福！你跟人家逞什么能！给我回去！"小顺拉着小福道："走吧走吧！"又回头向老秦道："不怕！丢了你小福我包赔！"说了就把小福拉上走了。老秦赶紧追出来连声喊叫，也没有叫住，只好领上外甥（小福的表兄）回去睡觉。

窑里丢下有才一个人，也就睡了。

三　打虎

第二天吃过早饭，李有才放出牛来预备往山坡上送，小顺拦住他道："老叔你不要走了！多一票算一票！今天还许弄成，已经给小元弄到四十多票了。"有才道："误不了！我把牛送到椒洼就回来，这时候又不怕吃了谁的庄稼！章工作员开会，一讲话还不是一大晌？误不了！"小顺道："这一回是选举会，又不是讲话会。"有才道："知道！不论什么会，他在开头总要讲几句'重要性'啦，'什么的意义及其价值'啦，光他讲讲这些我就回来了！"小顺道："那你去吧！可不要叫误了！"说着就往庙里去了。

庙里还跟平常开会一样，章工作员、各干部坐在拜庭上，群众站在院里，不同的只是因为喜富撤了差，大家要看看他还威风不威风，所以人来得特别多。

不大一会儿，人到齐了，喜富这次当最后一回主席。他虽然沉着气，可是嗓子究竟有点不自然，说了几句客气话，就请章工作员讲话，章工作员这次也跟从前说话不同了，也没有讲什么"意义"与"重要性"，直截了当说道："这里的村长，犯了一些错误，上级有命令叫另选。在未选举以前，大家对旧村长有什么意见，可以提一提。"大家对喜富的意见，提一千条也有，可是一来没有准备，二来碍于老恒元的面子，三来差不多都怕喜富将来记仇，因此没有人敢马上出头来提，只是交头接耳商量。有的说"趁此机会不治他，将来是村上的大害"，有的说"能送死他自然是好事，送不死，一旦放虎归山必然要伤人"……议论纷纷，都没有主意。有个马凤鸣，当年在安徽卖过茶叶，是张启昌的姊①夫，在阎家山下了户。这人走过大地方，开通一点，不像阎家山人那么小心小胆。喜富当村长的第一年，随便欺压村民，有一次压迫到他头上，当时惹不过，只好忍过去。这次喜富已经下了台，他想趁势算一下旧账，便悄悄向几个人道："只要你们大家有意见愿意提，我可以打头一炮！"马凤鸣说愿意打头一炮，小元先给他鼓励道："提吧！你一提我接住就提，说开头多着哩！"他们正商量着，章工作员在台上等急了，便催道："有没有？再限一分钟！"马凤鸣站起来道："我有个意见：我的地上边是阎五的坟地，坟地堰上的荆条、酸枣树，一直长到我的地后，遮住半块地不长庄稼。前年冬天我去砍了一砍，阎五说出话来，报告到村公所，村长阎喜富给我说的，叫我杀了一口猪给阎五祭祖，又出了二百斤面叫所有的阎家人大吃②一顿，罚了我五百块钱，永远不准我在地后砍荆条和酸枣树。猪跟面大家算吃了，钱算我出了，我都能忍过去不追究，只是我种地出着负担永远叫给人家长荆条和酸枣树，我觉着不合理。现在要换村长，我请以后开放这个禁令！"章工作员好像有点吃惊，问大家道："真有这事？"除了姓阎的，别人差不多齐声答道："有！"有才也早回来了，听见是说这事，也在中间发冷话道："比那更气人的事还多得多！"小元抢着道："我也有个意见！"接着说了一件派差事。

---

① "姊"，初版本作"姐"。
② "吃"后，初版本有"了"。

两个人发言以后，意见就多起来，你一款我一款，无论是花黑钱、请吃饭、打板子、罚苦工……只要是喜富出头做的坏事，差不多都说出来了，可是与恒元有关系的事差不多还没人敢提，直到晌午，意见似乎没人提了，章工作员气得大瞪眼，因为他常在这里工作，从来也不会想到有这么多的问题。他向大家发命令道："这个好村长！把他捆起来！"一说捆喜富，当然大家很有劲，也不知道上来多少人，七手八脚把他捆成了个倒缚兔。他们问送到哪里，章工作员道："且捆到下面的小屋里，拨两个人看守着，大家先回去吃饭，吃了饭选过村长，我把他带回区上去！"小顺、小福还有七八个人抢着道："我看守！我看守！"小顺道："迟吃一会儿饭有什么要紧？"章工作员又道："找个人把上午大家提的意见写成个单子作为报告，我带回去！"马凤鸣道："我写！"小保道："我帮你！"章工作员见有了人，就宣布散了会。

这天晌午，最着急的是恒元父子，因为有好多案件虽是喜富出头，却还是与他们有关的。恒元很想吩咐喜富一下叫他到县里不要乱说，无奈①那么许多人看守着，没有空子，也只好罢了。吃过午饭，老恒元说身体有点不舒服，只打发儿子家祥去照应选举的事，自己却没有去。

会又开了，章工作员宣布新的选举办法道："按正规的选法，应该先选村代表，然后由代表会里产生村长，可是现在来不及了。现在我想了个变通办法：大家先提出三个候选人，然后用投票的法子从三个人中选一个。投票的办法，因为不识字的人很多，可以用三个碗，上边画上记号，放到人看不见的地方，每人

---

① "奈"，初版本作"如"。

发一颗豆，愿意选谁，就把豆放到谁的碗里去。这个办法好不好?"大家齐声道:"好!"这又出了家祥意料;他仗着一大部分人离不了他写票，谁知章工作员又用了这个办法。办法既然改了，他借着自己是个教育委员，献了个殷勤，去准备了三个碗，顺路想在这碗上想点办法。大家把三个候选人提出来了:刘广聚是经过老恒元的运动的，自然在数，一个是马凤鸣，一个就是陈小元。家祥把一个红碗两个黑碗上贴了名字向大家声明道:"注意! 一会儿把这三个碗放到里边殿里，次序是这样:从东往西，第一个，红碗，是刘广聚! 第二个是马凤鸣，第三个是陈小元。再说一遍:从东往西，第一个，红碗，是刘广聚! 第二个是马凤鸣，第三个是陈小元。"说了把碗放到殿里的供桌上，然后站东过西每人发了一颗豆，发完了就投起来。一会儿，票投完了，结果是马凤鸣五十二票，刘广聚八十八票当选，陈小元八十六票，跟刘广聚只差两票。

选举完了，章工作员道:"我还要回区上去。派两个人跟我相跟上把喜富送去!"家祥道:"我派我派!"下边有几个人齐声道:"不用你派，我去! 我去!"说着走出十几个人来，工作员道:"有两个就行!"小元道:"多去几个保险!"结果有五个去。工作员又叫人取来了马凤鸣跟小保写的报告，就带着喜富走了。

刘广聚当了村长，送走工作员之后，歪着个头，到恒元家里去，一方面是谢恩，一方面是领教。老恒元听了家祥的报告，知道章工作员把喜富带走，又知道小元跟广聚只差两票，心里着实有点不安，少气无力向广聚道:"孩子! 以后要小心点! 情况变得有点不妙了! 马凤鸣，一个外来户，也要翻眼;老槐树底人也起了反了！"说着伸出两个指头来道："你看危险不危险？两票！只差两票！"又吩咐他道："孩子，以后要买一买马凤鸣的账，拣那不重要的委员给他当一个——就叫他当个建设委员也好！像小元那些没天没地的东西，以后要找个机会重重治他一下，要不就压不住东头那些东西，不过现在还不敢冒失，等喜富的事有个头尾再说！回去吧孩子！我今天有点不得劲，想早点歇歇。"广聚受完了这番训，也就辞出。

这天晚上，李有才的土窑里自然也是特别热闹，不必细说。第二天便有两段新歌传出来，一段是：

> 正月二十五，打倒一只虎；
> 到了二十六，虎老更吃苦，
> 大家提意见，尾巴藏不住，
> 咕咚按倒地，打个背绑兔。
> 家祥干眨眼，恒元屙一裤。
> 大家哈哈笑，心里满舒服。

还有一段是：

> 老恒元，真混账，
> 抱住村长死不放。
> 说选举，是假样，
> 侄儿下来干儿上。
> （喜富是恒元的本家侄儿，广聚是干儿。）

四 丈地

自从把喜富带走以后，老恒元总是放心不下，生怕把他与自己有关的事攀扯出来，可是现在的新政府不比旧衙门，有钱也花不进去，打发家祥去了几次也打听不着，只好算了。过了三个月，县里召集各村村长去开会，老恒元托广聚到县里顺便打听喜富的下落。

隔了两天，广聚回来了，饭也没有吃，歪着个头，先到恒元那里报告。恒元躺着，他坐在床头毕恭毕敬地报告道："喜富的事，因为案件过多，喜富不愿攀出人来，直拖累了好几个月才算结束。所有麻烦，喜富一个人都承认起来了，县政府特别宽大，准他呈递悔过书赔偿大众损失，就算完事。"恒元长长吐了口气道："也算！能不多牵连别人就好！"又问道："这次开会商议了些什么？"广聚道："一共三件事：第一是确实执行减租，发了个表格，叫填出佃户姓名，地主姓名，租地亩数，原租额多少，减去多少；第二是清丈土地，办法是除了政权、各团体干部参加外，每二十户选个代表共同丈量；第三是成立武委会发动民兵，办法是先选派一个人，在阳历六月十五号以前到县受训。"老恒元听说喜富的案件已了，才放心了一点，及至听到这些事，眉头又打起皱来。他等广聚走了，便跟儿子家祥道："这派人受训没有什么难办，依我看还是巧招兵，跟阎锡山要的在乡军人一样，随便派上个谁就行了。减租和丈地两件事，在阎家山说来，只是对咱不利。不过第一件还好办，只要到各窝铺上说给佃户们一声，就叫他们对外人说是已经减过租了，他们怕夺地，自然不敢不照咱的话说；回头村公所要造表，自然还要经你的手，也不愁造不合适；只有这第二件不好办：丈地时候参加那么多的人，如何瞒得过去？"家祥眨着眼道："我看也好应付！说各干部吧！村长广聚是自己人。民事委员教育委员是咱父子俩，工会主席老范是咱的领工，咱一家就出三个人。农会主席得贵还不是跟着咱转？财政委员启昌，平常打的是不利不害主义，只要不叫他吃亏，他也不说什么。他孩子小林虽然算个青救干部，啥也不懂。只有马凤鸣不好对付，他最精明，又是个外来户，跟咱都不一心，遇事又敢说话，他老婆桂英又是个妇救干部，一家也出着两个人……"老恒元道："马凤鸣好对付：他们做过生意的人最爱占便宜，叫他占上些便宜他就不说什么了。我觉得最难对付的是每二十户选的那一个代表，人数既多，意见又不一致。"家祥道："我看不选代表也行。"恒元道："不妥！章工作员那小子腿勤，到丈地时候他要来了怎么办？我看代表还是要，不过可以由村长指派，派那些最穷、最爱打小算盘的人，像老槐树底老秦那些人。"家祥道："这我就不懂了，越是穷人，越出不起负担，越要细丈别人的地……"恒元道："你们年轻人自然想不通：咱们丈地时候，先尽那最零碎的地方丈起——比方咱'椒洼'地，一亩就有七八块，算的时候你执算盘，慢慢细算。这么着丈量，一个椒洼不上十五亩地就得丈两天。他们那些爱打小算盘的穷户，那里误得起闲工？跟着咱们丈过两三天，自然就都走开了。等把他们熬败了，咱们一方面说他们不积极不热心，一方面还不是由咱自己丈吗？只要做个样子，说多少是多少，谁知道？"家祥道："可是我见人家丈过的地还插牌子！"恒元道："山野地，块子很不规矩，每一处只要把牌子上写个总数目——比方'自此以下至崖根共几亩几分'，谁知道对不对？要是再用点小艺道买一买小户，小户也就不说话了——比方你看他一块有三亩，你就说：'小户人家，用不着细盘量了，算成二亩吧！'这样一来，他有点小虚数，也怕多量出来，因此也就不想再去量别人的！"

恒元对着家祥训了这一番话，又打发他去请来马凤鸣。马凤鸣的地都是近二十年来新买的，不过因为买得刁巧一点，都是些大亩数——往往完一亩粮的地就有二三亩大。老恒元说："你的地既然都是新买的，可以不必丈量，就按原契插牌子。"马凤鸣自然很高兴。恒元又叫家祥叫来了广聚，把自己的计划宣布了一番。广聚一来自己地多，二来当村长就靠的是恒元，当然没有别的话说。

第二天便依着计划先派定了丈地代表，第三天便开始丈地。果不出恒元所料，章工作员来了，也跟着去参观。恒元说："先丈我的！"村长广聚领头，民事委员阎恒元、教育委员阎家祥、财政委员张启昌、建设委员马凤鸣、农会主席张得贵、工会主席老范、妇救主席桂英、青救主席小林，还有十余个新派的代表，带着丈地的弓、算盘、木牌、笔砚等，章工作员也跟在后边，往椒洼去了。

广聚管指划，得贵执弓，家祥打算盘。每块地不够二分，可是东伸一个角西打一个弯，还得分成四五块来算。每丈量完了一块，休息一会儿，广聚给大家讲方的该怎样算，斜的该怎样折，家祥给大家讲"飞归得亩"①之算法。大家原来不是来学习算地亩，也都听不起劲来，只是觉着丈量的太慢。章工作员却觉着这办法很细致，说是"丈地的模范"，说了便往柿子洼编村去了。

---

① 飞归得亩，丈量犬牙交错的土地互相折合的计算办法。

果不出恒元所料，两天之后，椒洼地没有丈完，就有许多人不来了。到了第五天，临出发只集合了七个人：恒元父子连领工老范是三个，广聚一个，得贵一个，还有桂英跟小林，一个没经过事的女人，一个小孩子。恒元摇着芭蕉扇，广聚端着水烟袋，领工老范捎着一张镢，小林捎着个镰预备割柴，桂英肚里怀着孕，想拔些新鲜野菜，也捎着个篮子，只有得贵这几天在恒元家里吃饭，自然要多拿几件东西——丈地①弓、算盘、笔砚、木牌，都是他一个人抱着。丈量②地点是椒洼后沟，也是恒元的地，出发时候，恒元故意发脾气道："又都不来了！那么多的委员，只说话不办事，好像都成了咱们七八个人的事了！"说着就出发了。这条沟没有别人的地，连样子也不用装，一进了沟就各干各的：桂英吃了几颗青杏，就走了岔道拔菜去了，小林也吃了几颗，跟桂英一道割柴去了，家祥见堰上塌了个小壑，指挥着老范去垒，得贵也放下那些家具去帮忙，恒元跟广聚，到麦地边的核桃树底趁凉快说闲话去。

　　这天有才恰在这山顶上看麦子，见进沟来七八个人，起先还以为是偷麦子的，后来各干其事了。虽然离得远了认不清人，可是做的事也都看得很清楚，只有到核桃树底去的那两个人不知是干什么的。他又往前凑了一凑，能听见说说笑笑，却听不见说什么。他自言自语道："这是两个什么鬼东西，我总要等你们出来！"说着就坐在林边等着。直到天快晌午，见有个从核桃树下钻出来喊道："家祥！写牌来吧！"这一下听出来了，是恒元。垒堰那三个人也过来了两个，一个是家祥，一个是老范。家祥写了

---

① "地"后，初版本有"的"。
② "丈量"，初版本作"出发"。

两个木牌，给了老范一块，自己拿着一块：老范那块插在东圪嘴上，家祥那块插在麦地边。牌子插好，就叫来了桂英、小林，七个人相跟着回去了，有才见得贵拿着弓，才想起来人家是丈地，暗自寻思道："这地原是这样丈的？我总要看看牌上写的是什么！"一边想，一边绕着路到沟底看牌。两块牌都看了，麦地边那块写的是："自此至沟掌，大小十五块，共七亩二分二厘。"东圪嘴上那块写的是："圪嘴上至崖根，共三亩二分八厘。"他看完了牌，觉着好笑。回来在路上编了这样一段歌：

> 丈地的，真奇怪，
> 七个人，不一块；
> 小林去割柴，桂英去拔菜，
> 老范得贵去垒堰，家祥一旁乱指派，
> 只有恒元和广聚，核桃树底趁凉快，
> 芭蕉扇，水烟袋，
> 说说笑笑真不坏。
> 坐到小晌午，叫过家祥来，
> 三人一捏弄，家祥就写牌，
> 前后共算十亩半，木头牌子插两块。
> 这些鬼把戏，只能哄小孩；
> 从沟里到沟外，平地坡地都不坏，
> 一共算成三十亩，管保恒元他不卖！

五　好怕的"模范村"

过了几天，地丈完了，他们果然给小户人家送了些小便宜，有三亩只估二亩，有二亩估作亩半。丈完了地这一晚上，得贵想在小户们面前给恒元卖个好，也给自己卖个好，因此在恒元家吃过晚饭，跟家祥们攀谈了几句，就往老槐树底来。老槐树底人也都吃过了饭，在树下纳凉，谈闲话，说说笑笑，声音很高。他想听一听风头对不对，就远远在路口站住步侧耳细听，只听一个人道："小旦！你不能劝劝你爹以后不要当恒元的尾巴？人家外边说多少闲话……"又听见小旦拦住那人的话抢着道："哪天不劝他？可是他不听有什么法？为这事不知生过多少气，有时候他在老恒元那里拿一根葱、几头蒜，我娘也不吃他的，我也不吃他的，就那他也不改！"他听见是自己的孩子说自己，更不便走进场，可是也想再听听以下还说些什么，所以也舍不得走开。停了一会儿，听得有才问道："地丈完了？老恒元的地丈了多少？"小旦道："听说是一百一十多亩。"小元道："哄鬼也哄不过！不用说他原来的祖业，光近十年来的押地也差不多有那么多！"小保道："押地可好算，老槐树底的人差不多都是把地押给他才来的！"说着大家就七嘴八舌，三亩二亩给他算起来，算的结果，连老槐树底带村里人，押给恒元的地，一共就有八十四亩。小元道："他通年雇着三个长工，山上还有六七家窝铺，要是细①量起来，丈不够三百亩我不姓陈！"小顺道："你不说人家是怎样丈的？你就没听有才老叔编的歌？'丈地的，真奇怪，七个人，不一块……'"接着把那一段歌念了一遍，念得大家哈哈大笑。老秦道："我看人家丈得也公道，要宽都宽，像我那地明明是三亩，只算了二亩！"小元道："那还不是哄小孩？只要把恒元的地

①"细"后，初版本有"丈"。

丈公道了，咱们这些户，二亩也不出负担，三亩还不出负担；人家把三百亩丈成一百亩，轮到你名下，三亩也得出，二亩也得出！"①

得贵听到这里，知道大家已经猜透了恒元的心事，这个好已经卖不出去，就返回来想再到恒元这里把方才听到的话报告一下。他走到恒元家，恒元已经睡了，只有家祥点着灯造表，他便把方才听到的话和有才的歌报告给家祥，中间还加了一些骂恒元的话。家祥听了，沉不住气，两眼眨得飞快，骂了小元跟有才一顿，得贵很得意地回去睡了。

第二天，不等恒元起床，家祥就去报告昨天晚上的事。恒元听了，倒不在乎骂不骂，只恨他们不该把自己的心事猜得那么透彻，想了一会儿道："非重办他几个不行！"吃过了饭，叫来了广聚，数说了小元跟有才一顿罪状，末了吩咐道："把小元选成什么武委会送到县里受训去，把有才撵走，永远不准他回阎家山来！"

广聚领了命，即刻召开了个选人受训的会，仿照章工作员的办法推了三个候选人，把小元选在三人里边，然后投豆子，可是得贵跟家祥两个人，每人暗暗抓了一把豆子都投在小元的碗里，结果把小元选住了。

村里人，连恒元、广聚都算上，都只说这是拔壮丁当兵。小元家里只有一个老娘，又没有吃的，全仗小元养活，一见说把小元选住了，哭着去哀求广聚。广聚奉的是恒元的命令，哀求也没有效，得贵很得意，背地里卖俏说："谁叫他评论丈地的事？"这话传到老槐树底，大家才知道原来是这么一回事。

---

① 当时行的是累进税制。——作者原注。初版无此注。

小明见邻居们有点事，最能热心帮助。他见小元他娘哀求也无效，就去找小保、小顺等一干人来想办法，小保道："我看人家既是有计划的，说好话也无用，依我说就真当了兵也不是坏事，大家在一处都不错，谁还不能帮一把忙？咱们大家可以招呼他老娘几天。"小明向小元道："你放心吧！也没有多余的事！烧柴吃水，一个人能费多少，你那三亩地，到了忙时候一个人抽一晌工夫就给你捎带了！"小元的叔父老陈为人很痛快，他向大家谢道："事到头上讲不起，既然不能不去，以后自然免不了麻烦大家照应，我先替小元谢谢！"小元也跟着说了许多道谢的话。

在村公所这方面，减租跟丈地的两份表也造成了，受训的人也选定了，做了一份报告，吃过午饭，拨了个差，连小元一同送往区上。把这三件工作交代过，广聚打发人把李有才叫到村公所，歪着个头，拍着桌子大大发了一顿脾气，说他"造谣生事"，又说"简直像汉奸"，最后下命令道："即刻给我滚蛋！永远不许回阎家山来！不听我的话我当汉奸送你！"有才无法，只好跟各牛东算了算账，搬到柿子洼编村①去住。

隔了两天，章工作员来了，带着县里来的一张公事，上写道："据第六区公所报告，阎家山编村各干部工作积极细致，完成任务甚为迅速，堪称各村模范，特传令嘉奖以资鼓励……"自此以后，阎家山就被称为"模范村"了。

六　小元的变化

两礼拜过后，小元受训回来了，一到老槐树底，大家就都来

---

① 编村，阎锡山实行"村本政治"的行政单位。每一编村管三百户，不足三百户的联合设置编村。编村下设闾。是阎锡山加强封建统治的机构。

问询，在地里做活的，虽然没到晌午，听到小元回来的消息也都赶回来问长问短。小元很得意地道："依他们看来这一回可算把我害了，他们哪里想得到又给咱们弄了个合适？县里叫咱回来成立武委会，发动民兵，还允许给咱们发枪，发手榴弹。县里说：'以后武委会主任跟村长是一文一武，是独立系统，不是附属在村公所。'并且给村长下的公事教他给武委会准备一切应用物件。从今以后，村里的事也有咱老槐树底的份了。"小顺道："试试！看他老恒元还能独霸乾坤不能？"小明道："你的苗也给你锄出来了。老人家也没有饿了肚，这家送个干粮，那家送碗汤，就够她老人家吃了。"小元自是感谢不提。

吃过午饭，小元到了村公所，把县里的公事取出来给广聚看。广聚一看公事，知道小元有权了，就拿上公事去找恒元。

恒元看了十分后悔道："想不到给他做了个小合适！"又皱着眉头想了一会儿道："既然错了，就以错上来——以后把他团弄住，叫他也变成咱的人！"广聚道："那家伙有那么一股拗劲，恐怕团弄不住吧！"恒元道："你不懂！这只能慢慢来！咱们都捧他的场，叫他多占点小便宜，'习惯成自然'，不上几个月工夫，老槐树底的日子他就过不惯了。"

广聚领了恒元的命，把一座庙院分成四部分，东社房上三间是村公所，下三间是学校，西社房上三间是武委会主任室，下三间留作集体训练民兵之用。

民兵动员起来了，差不多是老槐树底那一伙①子，常和广聚闹小意见，广聚觉得很难对付。后来广聚常到恒元那里领教去，

---

① "伙"，初版本作"把"。

慢慢就生出法子来。比方广聚有制服，家祥有制服，小元没有，住在一个庙里觉着有点比配不上，广聚便道："当主任不可以没制服，回头做一套才行！"隔了不几天，用公款做的新制服给小元拿来了。广聚有水笔，家祥有水笔，小元没有，觉着小口袋上空空的，家祥道："我还有一支回头送你！"第二天水笔也插起来了。广聚不割柴，家祥不割柴，小元穿着制服去割了一回柴，觉着不好意思，广聚道："能烧多少？派个民兵去割一点就够了！"

从此以后，小元果然变了，割柴派民兵，担水派民兵，自己架起胳膊当主任。他叔父老陈，见他的地也荒了，一日就骂他道："小元你看[①]！近一两月来像个什么东西！出来进去架两条胳膊，连水也不能担了，柴也不能割了！你去受训，人家大家给你把苗锄出来，如今秀了一半穗了，你也不锄二遍，草比苗还高，看你秋天吃什么？"小元近来连看也没有到地里看过，经老陈这一骂，也觉得应该到地里看看去。吃过早饭，扛了一把锄，正预备往地里走，走到村里，正碰上家祥吃过饭往学校去。家祥含笑道："锄地去啦？"小元脸红了，觉着不像个主任身份，便喃喃地道："我到地里看看去！"家祥道："歇歇谈一会儿闲话再去吧！"小元也不反对，跟着家祥走到庙门口，把锄放在门外，就走进去跟家祥、广聚闲谈起来，直谈到晌午才回去吃饭去。吃过饭，总觉着不可以去锄地，结果仍是第二天派了两个民兵去锄。

这次派的是小顺跟小福，这两个青年虽然也不敢不去，可是总觉着不大痛快，走到小元地里，无精打采慢慢锄起来。他两个一边锄一边谈。小顺道："多一位菩萨多一炉香！成天盼望主任

---

① "你看"，初版本作"看你"。

给咱们抵些事，谁知道主任一上了台，就跟人家混得很热，除了多派咱几回差，一点好处都没有！"小福道："头一遍是咱给他锄，第二遍还教咱给他锄！"小顺道："那可不一样：头一遍是人家把他送走了，咱们大家情愿帮忙，第二遍是人家升了官，不能锄地了，派咱给人家当差。早知道落这个结果，帮忙？省点气力不能睡觉？"小福道："可惜把个有才老汉也撵走了，老汉要在，一定要给他编个好歌！"小顺道："咱不能给他编个试试？"小福道："可以！我帮你！"给小元锄地，他们既然有点不痛快，所以也不管锄到了没有，留下草了没有，只是随手锄过就是，两个人都把心用在编歌子上。小顺编了几句，小福也给他改了一两句，又添了两句，结果编成了这么一段短歌：

陈小元，坏得快，
当了主任耍气派；
改了穿，换了戴，
坐在庙上不下来；
不担水，不割柴，
蹄蹄爪爪不想抬；
锄个地，也派差，
逼着邻居当奴才。

小福晚上悄悄把这个歌念给两三个青年听，第二天传出去，大家都念得烂熟，小元在庙里坐着自然不得知道。

这还都是些小事，最叫人可恨的是把喜富赔偿群众损失这笔款，移到武委会用了。本来喜富早两个月就递了悔过书出来了，只是县政府把他应赔偿群众的款算了一下，就该着三千四百余元，还有几百斤面，几石小米。这些东西有一半是恒元用了，恒元就着人告喜富暂且不要回来，有了机会再说。

恰巧"八一"节要检阅民兵，小元跟广聚说，要做些挂包、子弹袋、炒面袋，还要准备七八个人三天的吃喝。广聚跟恒元一说，恒元觉着机会来了，开了个干部会，说公所没款，就把喜富这笔款移用了。大家虽然听说喜富要赔偿损失，可是谁也没听说赔多少数目。因为马凤鸣的损失也很大，遇了事又能说两句，就有些人怂恿着他去质问村长。马凤鸣跟恒元混熟了，不想得罪人，可是也想得赔偿，因此借着大家的推举也就答应了。但是他知道村长不过是个假样子，所以先去找恒元。他用自己人报告消息的口气说："大家对这事情很不满意，将来恐怕还要讨这笔款！"老恒元就猜透他的心事，便向他道："这事怕不好弄，公所真正没款，也没有日子了，四五天就要用，所以干部会上才那么决定，你不是也参加过了吗？不过咱们内里人好商量；你前年那一场事，一共破费了多少，回头叫他另外照数赔偿你！"马凤鸣道："我也不是说那个啦，不过他们……"恒元拦他的话道："不不不！他不赔我就不愿意他！不信我可以垫出来！咱们都是个干部，不分个里外如何能行？"马凤鸣见自己落不了空，也就不说什么了；别人再怂恿也怂恿不动他了。

事过之后，第二天喜富就回来了。赔马凤鸣的东西恒元担承了一半，其余应赔全村民众，那么大的数目，做了几条炒面袋，几个挂包，几条子弹袋，又给民兵拿了二十多斤小米就算完事。

"八一"检阅民兵，阎家山的民兵服装最整齐，又是模范，主任又得了奖。

七　恒元广聚把戏露底

过了阴历八月十五，正是收秋时候，县农会主席老杨同志，被分配到第六区来检查督促"秋收工作"。老杨同志叫区农会给他介绍一个比较进步的村，区农会常听章工作员说阎家山是模范村，就把他介绍到阎家山去。

老杨同志吃了早饭起程，天不晌午就到了阎家山。他一进公所，正遇着广聚跟小元下棋。他两个因为一步棋争起来，就没有看见老杨同志进去。老杨同志等了一会儿，还没有人跟他答话，他就在这争吵中问道："哪一位是村长？"广聚跟小元抬头一看，见他头上箍着块白手巾，白小布衫深蓝裤，脚上穿着半旧的硬鞋至少也有二斤半重。从这服装上看，村长广聚以为他是哪村派来的送信的，就懒洋洋地问道："哪村来的？"老杨同志答道："县里！"广聚仍问道："到这里干什么？"小元棋快输了，在一边催道："快走棋吗！"老杨同志有些不耐烦，便道："你们忙得很！等一会儿闲了再说吧！"说了把背包往阶台上一丢。坐在上面休息。广聚见他的话头有点不对，也就停住了棋，凑过来答话。老杨同志也看出他是村长，却又故意问了一句："村长哪里去了？"他红着脸答过话，老杨同志才把介绍信给他，信上写的是：

　　兹有县农会杨主席，前往阎家山检查督促秋收工作，请予接洽是①荷……

---

①　"是"，初版本作"为"。

广聚看过了信，把老杨同志让到公所，说了几句客气话，便要请老杨同志到自己家里吃饭。老杨同志道："还是兑些米到老百姓家里吃吧！"广聚还要讲俗套，老杨同志道："这是制度，不能随便破坏！"广聚见他土眉土眼，说话却又那么不随和，一时想不出该怎么对付，便道："好吧！你且歇歇，我给你出去看看！"说了就出了公所来找恒元。他先把介绍信给恒元看了，然后便说这人是怎样怎样一身土气，恒元道："前几天听喜富说有这么个人。这人你可小看不得！听喜富说，有些事情县长还得跟他商量着办。"广聚道："是是是！你一说我想起来了！那一次在县里开会，讨论丈地问题那一天，县干部先开了个会，仿佛有他，穿的是蓝衣服，眉眼就是那样。"恒元道："去吧！好好应酬，不要冲撞着他！"广聚走出门来又返回去问道："我请他到家吃饭，他不肯，他叫给他找个老百姓家去吃，怎么办？"恒元不耐烦了，发话道："这么大一点事也问我？那有什么难办？他要那么执拗，就把他派到个最穷的家——像老槐树底老秦家，两顿糠吃过来，你怕他不再找你想办法啦？"广聚道："老槐树底那些人跟咱们都不对，不怕他说坏话？"恒元道："你就不看人？老秦见了生人敢放个屁？每次吃了饭你就把他招待回公所，有什么事？"

　　广聚碰了一顿钉子讨了这么一点小主意，回去就把饭派到老秦家。这样一来，给老秦找下麻烦了！阎家山没有行过这种制度，老秦一来不懂这种管饭只是替做一做，将来还要领米，还以为跟派差派款一样；二来也不知道家常饭就行，还以为衙门来的人一定得吃好的。他既是这样想，就把事情弄大了，到东家借盐，到西家借面，老两口忙了一大会儿，才算做了两三碗汤面条。

　　晌午，老杨同志到老秦家去吃饭，见小砂锅里是面条，大锅里的饭还没有揭开，一看就知道是把自己当客人待。老秦舀了一碗汤面条，毕恭毕敬双手捧给老杨同志道："吃吧先生！到咱这穷人家吃不上什么好的，喝口汤吧！"他越客气，老杨同志越觉着不舒服，一边接一边道："我自己舀！唉！老人家！咱们吃一锅饭就对了，为什么还要另做饭？"老秦老婆道："好先生！啥也没有！只是一口汤！要是前几年这饭就端不出来！这几年把地押了，啥也讲不起了！"老杨同志听她说押了地，正要问她押给谁，老秦先向老婆喝道："你这老不死，不知道你那一张疯嘴该说什么！可憋不死你！你还记得啥？还记得啥！"老杨同志猜着老秦是怕她说得有妨碍，也就不再追问，随便劝了老秦几句。老秦见老婆不说话了，因为怕再引起话来，也就不再说了。

小福也回来了。见家里有个人，便问道："爹！这是哪村的客？"老秦道："县里的先生！"老杨同志道："不要这样称呼吧！哪里是什么'先生'？我姓杨！是农救会的！你们叫我个'杨同志'或者'老杨'都好！"又问小福"叫什么名字""多大了"，小福一一答应，老秦老婆见孩子也回来了，便揭开大锅开了饭。老秦，老秦老婆，还有个五岁的女孩，连小福，四个人都吃起饭来。[①]老杨同志第一碗饭吃完，不等老秦看见，就走到大锅边，一边舀饭一边说："我也吃吃这饭，这饭好吃！"老两口赶紧一齐放下碗来招待，老杨同志已把山药蛋南瓜舀到碗里。老秦客气了一会儿，也就罢了。

小顺来找小福割谷，一进门碰上老杨同志，彼此问询了一下，就向老秦道："老叔！人家别人的谷都打了，我爹病着，连

---

① 初版本此处另起段。

谷也割不起来，后晌叫你小福给俺割吧？"老秦道："吃了饭还要打谷！"小顺道："那我也能帮忙，打下你的来，迟一点去割我的也可以！"老杨同志问道："你们这里收秋还是各顾各？农救会也没有组织过互助小组？"小顺道："收秋可不就是各顾各吧？老农会还管这些事啦？"老杨同志道："那么你们这里的农会都管些什么事？"小顺道："咱不知道。"老杨同志自语道："模范村！这算什么模范？"五岁的小女孩，听见"模范"二字，就想起小顺教她的几句歌来，便顺口念道：

> 模范不模范，从西往东看；
>
> 西头吃烙饼，东头喝稀饭。

小孩子虽然是顺口念着玩，老杨同志却听着很有意思，就逗她道："念得好哇！再念一遍看！"老秦又怕闯祸，瞪了小女孩一眼。老杨同志没有看见老秦的眼色，仍问小女孩道："谁教给你的？"小女孩指着小顺道："他！"老秦觉着这一下不只惹了祸，又连累了邻居。他以为自古"官官相卫①"，老杨同志要是回到村公所一说，马上就不得了。他气极了，劈头打了小女孩一掌骂道："可哑不了你！"小顺赶紧一把拉开道："你这老叔！小孩们念个那，有什么危险？我编的，我还不怕，就把你怕成那样？那是真的吧是假的？人家吃烙饼有过你的份？你喝的不是稀饭？"老秦就有这样一种习惯，只要年轻人说他几句，他就不说话了。

吃过了饭，老秦跟小福去场里打谷子。老杨同志本来预备

---

① "卫"，初版本作"为"。

吃过饭去找村农会主任，可是听小顺一说，已知道工作不实在，因此又想先在群众里调查一下，便向老秦道："我给你帮忙去。"老秦虽说"不敢不敢"，老杨同志却扛起木锨扫帚跟他们往场里去。

场子就在窑顶上，是好几家公用的。各家的谷子都不多，这天一场共摊了四家的谷子，中间用谷草隔开了界。

老杨同志到场子里什么都通，拿起什么家伙来都会用，特别是好扬家，不只给老秦扬，也给那几家扬了一会儿，大家都说："真是一张好木锨"（就是说他用木锨用得好）。一场谷打罢了，打谷的人都坐在老槐树底休息，喝水，吃干粮，蹲成一圈围着老杨同志问长问短，只有老秦仍是毕恭毕敬站着，不敢随便说话。小顺道："杨同志！你真是个好把式！家里一定种地很多吧？"老杨同志道："地不多，可是做得不少！整整给人家住过十年长工！"老秦一听老杨同志说是个住长工出身，马上就看不起他了，一屁股坐在墙根下道："小福！不去场里担糠还等什么？"小福正想听老杨同志谈些新鲜事，不想半路走开，便推托道："不给人家小顺哥割谷？"老秦道："担糠回来误得了？小孩子听起闲话来就不想动了！"小福无法，只好去担糠。他才从家里挑起篓来往场里走，老秦也不顾别人谈话，又喊道："细细扫起来！不要只扫个场心！"他这样子，大家都觉着他不顺眼，小保便向他发话道："你这老汉真讨厌！人家说个话你偏要乱吵！想听就悄悄听，不想听你不能回去歇歇？"老秦受了年轻人的气自然没有话说，起来回去了。小顺向老杨同志道："这老汉真讨厌！吃亏，怕事，受了一辈子穷，可瞧不起穷人。你一说你住过长工，他马上就变了个样子。"老杨同志笑了笑道："是的！我也看出来了。”

广聚依着恒元的吩咐，一吃过饭就来招呼老杨同志，可是哪里也找不着，虽然有人说在场子里，远远看了一下，又不见一个闲人（他想不到县农会主席还能做起活来），从东头找到西头，西头又找回东头来，才算找到。他一走过来，大家什么都不说了。他向老杨同志道：“杨同志！咱们回村公所去吧！”老杨同志道：“好，你且回去，我还要跟他们谈谈。”广聚道：“跟他们这些人能谈个什么？咱们还是回公所去歇歇吧！”老杨同志见他瞧不起大家，又想碰他几句，便半软半硬的发话道：“跟他们谈话就是我的工作，你要有什么话等我闲了再谈吧！”广聚见他的话头又不对了，也不敢强叫，可是又想听听他们谈什么，因此也不愿走开，就站在圈外。大家见他不走，谁也不开口，好像庙里十八罗汉像，一个个都成了哑子。老杨同志见他不走开大家不敢说话，已猜着大家是被他压迫怕了，想赶他走开，便向[①]他道：“你还等谁？”他呶呶唧唧道：“不等谁了！”说着就溜走了。老杨同志等他走了十几步远，故意向大家道：“没有见过这种村长！农救会的人到村里，不跟农民谈话，难道跟你村长去谈[②]？”大家亲眼看见自己惹不起的厉害人受了碰，觉着老杨同志真是自己人。

天气不早了，小顺喊叫小福去割谷，老杨同志见小顺说话很痛快，想多跟他打听一些村里的事，便向他道：“多借个镰，我也给你割去！”小明、小保也想多跟老杨同志谈谈，齐声道：“我也去！”小顺本来只问了个小福，连自己一共两个人，这会儿却成了五个。这五个人说说话话，一同往地里去了。

---

①“向”，初版本作“问”。

②“去谈”，初版本作“谈去”。

八　"老""小"字辈准备翻身

　　五个人到了地，一边割谷一边谈话。小顺果然说话痛快，什么也不忌讳。老杨同志提到晌午听的那四句歌，很夸奖小顺编得好。小保道："他还是徒弟，他师父比他编得更好。"老杨同志笑道："这还是有师父的？"向小顺道："把你师父编出来的给咱念几段听一听吧？"小顺道："可以！你要想听这，管保听到天黑也听不完！"说着便念起来。他每念一段，先把事实讲清楚了然后才念，这样便把村里近几年来的事情翻出来许多。老杨同志越听越觉着有意思，比自己一件一件打听出来的事情又重要又细致，因此想亲自访问他这师父一次，就问小顺道："这歌编得果然好！我想见见这个人，吃了晚饭你能领上我去他家里闲坐一会儿吗？"小顺道："可惜他不在村里了，叫人家广聚把他撵跑了！"接着就把丈地时候的故事从头至尾说了一遍，一直说到小元被送县受训，有才逃到柿子洼。老杨同志问道："柿子洼离这里有多么远？"小顺往西南山洼里一指道："那不是？不远！五里地！"老杨同志道："我看这三亩谷也割不到黑！你们着个人去把他请回来，咱们晚上跟他谈谈！"小明道："只要敢回来，叫一声他就回来了！我去！"老杨同志道："叫他放心回来！我保他无事！"小顺道："小明叔腿不快！小福你去吧！"小福很高兴地说了个"可以"，扔下镰就跑了。小福去后老杨同志仍然跟大家接着谈话，把近几年来村里的变化差不多都谈完了。最后老杨同志问道："这些事情，章工作员怎么不知道？"小保道："章工作员倒是个好人，可惜没经过事，一来就叫人家团弄住了。"他们直谈到天快黑，谷也割完了，小福把有才也叫来了，大家仍然相跟着回去吃饭。

小顺家晚饭是谷子面干粮豆面条汤，给他割谷的都在他家吃。小顺硬要请老杨同志也在他家吃，老杨同志见他是一番实意，也就不再谦让，跟大家一齐吃起来。小顺又给有才端了碗汤拿了两个干粮，有才是自己人，当然也不客气。老秦听说老杨同志敢跟村长说硬话，自然又恭敬起来，把晌午剩下的汤面条热了一热，双手捧了一碗送给老杨同志。

　　晚饭吃过了，老杨同志向有才道："你住在哪个窑里？今天晚上咱们大家都到你那里谈一会儿吧！"有才就坐在自己的门口，顺手指道："这就是我的窑！"老杨同志抬头一看，见上面还贴着封条，不由他不发怒。他跳起来一把把封条撕破了道："他妈的！真敢欺负穷人！"又向有才道："开开进去吧！"有才道："这锁也是村公所的！"老杨同志道："你去叫村公所人来给你开！就说我把你叫①来谈话啦！"有才去了。

　　有才找着了广聚，说道："县农会杨同志找我回来谈话，叫你去开门啦！"广聚看这事情越来越硬，弄得自己越得不着主意，有心去找恒元，又怕因为这点小事受恒元的碰。他想了一想，觉着农救会人还是叫农救会干部去应酬，主意一定，就向有才道："你等等，我去取钥匙去！"他回家取上钥匙，又去把得贵叫来，暗暗嘱咐了一番话，然后把钥匙给了得贵，便向有才道："叫他给你开去吧！"有才就同得贵一同回到老槐树底。

　　得贵跟着恒元吃了多年残剩茶饭，半通不通的浮言客套倒也学得了几句。他一见老杨同志，就满面赔笑道："这位就是县农会主席吗，慢待慢待！我叫张得贵，就是这村的农会主席。晌午我

---

　　① "叫"后，初版本有"回"字。

就听说你老人家来了，去公所拜望了好几次也没有遇面……"说着又是开门又是点灯，客气话说得既叫别人插不上嘴，小殷勤也做得叫别人帮不上手。老杨同志在地里已经听小顺念过有才给他编的歌，知道他的为人，也就不多接他的话。等他忙乱过后，大家坐定，老杨同志慢慢问他道："这村共有多少会员？"他含糊答道："唉！我这记性很坏，记不得了，有册子，回头查查看！"老杨同志道："共分几小组？"他道："这这这我也记不清了。"老杨同志放大嗓子道："连几个小组也记不得？有几个执行委员？"他更莫名其妙，赶紧推托道："我我是个老粗人，什么也不懂，请你老人家多多包涵！"老杨同志道："你不懂只说你不懂，什么粗人不粗人？农救会根本没有收过一个细人入会！连组织也不懂，不只不能当主席，也没有资格当会员，今天把你这主席资格会员资格一同取消了吧！以后农救会的事不与你相干！"他一听要取消他的资格，就转了个弯道："我本来办不了。辞了几次也辞不退，村里只要有点事，想不管也不行！……"老杨同志道："你跟谁辞过？"他道："村公所！"老杨同志道："当日是谁教你当的？"他道："自然也是村公所！"老杨同志说："不怨你不懂，原来你就不是由农救会来的！去吧！这一回不用辞就退了！"他还要啰唆，老杨同志挥着手道："去吧去吧！我还有别的事啦！"这才算把他赶出去。

这天因为有才回来了，邻居们都去问候，因此人来得特别多，来了又碰上老杨同志取消得贵，大家也就站住看起来了。老杨同志把得贵赶走之后，顺便向大家道："组织农救会是叫受压迫农民反对压迫自己的人。日本鬼子压迫我们，我们就反对日本鬼子；土豪恶霸压迫我们，我们就反对土豪恶霸。张得贵能领导你们反对鬼子吗？能领导着你们反对土豪恶霸吗？他能当个什么主席？……"老杨同志借着评论得贵，顺路给大家讲了讲"农救会是干什么的"，大家听得很起劲。不过忙时候总是忙时候，大家听了一小会儿，大部分就都回去睡了，窑里只剩下小明、小保、小顺、有才四个人（小福没有来，因为后晌没有担完糠，吃过晚饭又去担了）。老杨同志道："请你们把恒元那一伙人做的无理无法的坏事拣大的细细说几件，我把它记下来。"说着取出钢笔和笔记簿子来道："说吧！就先从喜富撤差说起！"小明道："我先说吧？说漏了大家补！"接着便说起来。他才说到喜富赔偿大家损失的事，小顺忽听窗外好像有人，便喊道："谁？"喊了一声，果然有个人咚咚咚跑了。大家停住了话，小保、小顺出来到门外一看，远远来了一个人，走近了才认得是小福。小顺道："是你？你不进来怎么跑了？"小福道："哪里是我跑？是老得贵！我担完了糠一出门就见他跑过去了！"小保道："老家伙，又去报告去了！"小顺道："要防备这老家伙坏事！你们回去谈吧，我去站个岗！"小顺说罢往窑顶上的土堆上去了，大家仍旧接着谈。老杨同志把材料记了一大堆，便向大家道："我看这些材料中，押地，不实行减租，喜富不赔款，村政权不民主，这四件事最大，因为在这四件事上吃亏的是大多数。咱们要斗争他们，就要叫恒元退出押地，退出多收的租米，叫喜富照县里判决的数目赔款，彻底改选了村政干部。其余各人吃亏的事，只要各个人提出，该怎么办就怎么办，只要这样一来他们就倒台了，受压迫的老百姓就抬起头来了。"

小明道："能弄成那样，那可真是又一番世界，可惜没有阎家——如今就想不出这么个可出头的人来。有几个能写能算、见过世面、干得了说话的，又差不多跟人家近，跟咱远。"老杨同志道："现在的事情，要靠大家，不只靠一两个人——这也跟打仗一样，要凭有队伍，不能只凭指挥的人。指挥的人自然也很要紧，可是要从队伍里提拔出来的才能靠得住。你不要说没有人，我看这老槐树底的能人也不少，只要大家抬举，到个大场面上，可真能说他几句！"小保道："这道理是对的，只是说到真事上我就懵懂了。就像咱们要斗争恒元，可该怎样下手？咱又不是村里的什么干部，怎样去集合人？怎样跟人家去说？人家要说理咱怎么办？人家要翻了脸咱怎么办？……"老杨同志道："你想得很是路，咱们现在预备就是要预备这些。咱们这些人数目虽然不少，可是散着不能办事，还得组织一下。到人家进步的地方，早就有组织起来的工农妇青各救会，你们这里因为一切大权都在恶霸手里，什么组织也没有。依我说，咱们明天先把农救会组织起来，就用农救会出名跟他们说理。咱们只要按法令跟他①说，他们使的黑钱、押地、多收了人家的租子，就都得退出来。他要无理混赖，现在的政府可不像从前的衙门，不论他是多么厉害的人，犯了法都敢治他的罪！"小保道："这农救会该怎么②组织？"老杨同志就把《会员手册》取出来，给大家把会员的权利、义务、入会资格、组织章程等大概讲了一些，然后向大家道："我看现在很好组织，只要说组织起来能打倒恒元那一派，再不受他们的压迫，管保愿意参加的人不少！"小保道："那么明天你就叫村公所召开个大会，你把这道理先给大家宣传宣传，就叫大家报名参加，咱们就快快组织起来干！"老杨同志道："那办法使不

---

　　① "他"后，初版本有"们"。
　　② "么"，初版本作"样"。

得!"小保道:"从前章工作员就是那么做的,不过后来没有等大家报名,不知道怎样老得贵就成了主席了!"老杨同志道:"所以我说那办法使不得。那办法还不只是没有人报名:一来在那种大会上讲话,只能笼统讲,不能讲得很透彻;二来既然叫大家来报名,像与恒元有关系那些人想报上名给恒元打听消息,可该收呀不收? 我说不用那样做:你们有两个人会编歌,就把'入了农救会能怎样怎样'编成个歌传出去,凡是真正受压迫的人听了,一定有许多人愿意入会,然后咱们出去几个人跟他们每个人背地谈谈,愿意入会的就介绍他入会。这样组织起来的会,一来没有恒元那一派的人,二来入会以后都知道会是做什么的。"大家齐声道:"这样好,这样好!"小保道:"那么就请有才老叔今天黑夜把歌编成,编成了只要念给小顺,不到明天晌午就能传遍。"老杨同志道:"这样倒很快,不过还得找几个人去跟愿意入会的人谈话,然后介绍他们入会。"小福道:"小明叔交人很宽,只要出去一转还不是一大群?"老杨同志道:"我说老槐树底有能人你们看有没有?"正说着,小顺跑进来道:"站了一会儿岗又调查出事情来了:广聚、小元、马凤鸣、启昌,都往恒元家里去了,人家恐怕也有什么布置。我到他门口看看,门关了,什么也听不见!"老杨同志道:"听不见由他去吧! 咱们谈咱们的。你们这几个人算是由我介绍先入了会,明天你们就可以介绍别人,天气不早了,咱们散了吧!"说了就散了。

九 斗争大胜利

自从老杨同志这天后晌碰了广聚一顿,晚上又把有才叫回,又取消张得贵的农会主席,就有许多人十分得意,暗暗道:"试试！假大头也有不厉害的时候？"第二天早上，这些人都想看看老杨同志是怎么一个人，因此吃早饭时候，端着碗来老槐树底的特别多。有才应许下的新歌，夜里编成，一早起来就念给小顺了，小顺就把这歌传给大家。歌是这样念：

> 入了农救会，力量大几倍，
> 谁敢压迫咱，大家齐反对。
> 清算老恒元，从头算到尾；
> 黑钱要他赔，押地要他退；
> 减租要认真，一颗不许昧。
> 干部不是人，都叫他退位；
> 再不吃他亏，再不受他累。
> 办成这些事，痛快几百倍，
> 想要早成功，大家快入会！

提起反对老恒元，阎家山没有几个不赞成的，再说到能叫他赔黑款，退押地……大家的劲儿自然更大了，虽然也有许多怕得罪不起人家不敢出头的，可是仇恨太深，愿意干的究竟是多数。还有人说："只要能打倒他，我情愿再贴上几①亩地！"他们听了这入会歌，马上就有二三十个入会的，小保就给他们写上了名。山窝铺的佃户们，无事不到村里来。老杨同志道："谁可以去组织他们？"有才道："这我可以去！我常在他们山上放牛，跟他们最熟。"打发有才上了山，小明就到村里去活动，不到晌午就介

---

① "几"，初版本作 "一"。

绍了五十五个会员。小明向老杨同志道："依我看来，凡是**敢说敢干**的，差不多都收进来了；还有些胆子小的，虽然也跟咱是一气，可是自己又不想出头，暂且还不愿参加。"老杨同志道："不少，不少！这么大个小村子，马上说话马上能组织起五十多个人来，在我做过工作的村子里，这还算第一次遇到。从这件事上看，可以看出一般人对他们仇恨太深，斗起来一定容易胜利！事情既然这么顺当，咱们晚上就可以开个成立大会，选举出干部，分开小组，明天就能干事。这村里这么多的问题，区上还不知道，我可以连夜回区上一次，请他们明天来参加群众大会。"正说着，有才回来了，有几家佃户也跟着来了。佃户们见了老杨同志，先问："要是生起气来，人家要夺地该怎么办？"老杨同志就把法令上的永佃权给他们讲了一遍，叫他们放心。小明道："山上人也来了，我看就可以趁着晌午开个会。"老杨同志道："这样更好！晌午开了会，赶天黑我还能回到区上。"小明道："这会咱们到什么地方开？"老杨同志道："介绍会员不叫他们知道，是怕那些坏家伙混进来；开成立大会可不跟他们偷偷摸摸，到大庙里成立去！"吃过了午饭，庙里的大会开了，选举的结果，小保、小明、小顺当了委员。三个人一分工，小保担任主席，小明担任组织，小顺担任宣传。选举完了，又分了小组，阎家山的农救会就算正式成立。

老杨同志向新干部们道："今天晚上，可以通知各小组，大家搜集老恒元的恶霸材料。"小顺道："我看连广聚、马凤鸣、张启昌、陈小元的材料都可以搜集。"老杨同志道："这不大妥当；马凤鸣、张启昌不是真心顾老恒元的人，照你们昨天谈的，这两个人有时候也反对恒元。咱们着个跟他说得来的人去给他说明利害关系，至少斗起恒元来他两人能不说话。小元他原来是你们招呼起来的人，只要恒元一倒，还有法子叫他变过来。把这些人暂且除过，只把劲儿用在恒元跟广聚身上，成功要容易得多。"老杨同志把这道理说完，然后叫他们多布置几个能说会道的人，预备在第二天的大会上提意见。

安顿停当，老杨同志便回到区公所去。他到区上把在阎家山发现的问题大致一谈，区救联会、武委会主任、区长，大家都莫名其妙，章工作员三番五次说不是事实，最后还是区长说："咱们不敢主观主义，不要以为咱们没有发现问题就算没有问题。依我说咱们明天都可以去参加这个会去，要真有那么大问题，就是在事实上整了我们一次风。"

老恒元也生了些鬼办法：除了用家长资格拉了几户姓阎的，又打发得贵向农救会的个别会员们说："你不要跟着他们胡闹！他们这些工作人员，三天调了，五天换了，老村长是永远不离阎家山的，等他们走了，你还出得了老村长的手心吗？"果然有几个人听了这话，去找小明要退出农救会，小明急了，跟小保小顺们商议。小顺道："他会说咱也会说，咱们再请有才老叔编上个歌，多多写几张把村里贴满，吓他一吓！"有才编了个短歌，连编带写，小保也会写，小顺、小福管贴，不大一会儿就把事情办了，连老恒元门上也贴了几张。第二天早上，满街都有人在墙上念歌：

　　　　工作员，换不换，
　　　　农救会，永不散，
　　　　只要你恒元不说理，

几时也要跟你干！

　　这样才算把得贵的谣言压住。

　　吃过早饭，老杨同志跟区长、救联主席、武委会主任、章工作员一同来了，一来就先到老槐树底遛了一趟，这一着是老恒元、广聚们没有料到的，因此马上慌了手脚。

　　群众大会开了，恒元的违法事实，大家一天也没有提完。起先提意见的还只是农救会人，后来不是农救会人也提起意见了。恒元最没法巧辩的是押地跟不实行减租，其余捆人、打人、罚钱、吃烙饼……他虽然想尽法子巧辩，只是证据太多，一条也辩①不脱。

　　第二天仍然继续开会，直到晌午才算开完。斗争的结果老恒元把八十四亩押地全部退回原主，退出多收了的租，退出有证据的黑钱。因为私自减了喜富的赔款，刘广聚由区公所撤职送县查办。喜富的赔款仍然如数赔出。在斗争时候，自然不能十分痛快，像退押契，改租约……也费了很大周折，不过这种斗争，人们差不多都见过，不必细叙。

　　吃过午饭，又选村长。这次的村长选住了小保，因此农救会又补选了委员。因为斗争胜利，要求加入农救会的人更多起来，经过了审查，又扩充了四十一个新会员。其余村政委员，除了马凤鸣跟张启昌不动外，老恒元父子也被大家罢免了另行选过。

　　选举完了，天也黑了，区干部连老杨同志都住在村公所，因为村里这么大问题章工作员一点也不知道，还常说老恒元是开明

---

　　①"辩"，初版本作"变"。

士绅，大家就批评了他一次，老杨同志指出他不会接近群众，一来了就跟恒元们打热闹，群众有了问题自然不敢说。其余的同志，也有说是"思想意识"问题或"思想方法"问题的，叫章同志做一番比较长期的反省。

批评结束了，大家又说起闲话，老杨同志顺便把李有才这个人介绍了一下，大家觉着这人很有趣，都说"明天早上去访一下"。

十 "板人"做总结

老杨同志跟区干部们因为晚上多谈了一会儿话，第二天醒得迟了一点。他们一醒来，听着村里地里到处喊叫，起先还以为出了什么事，仔细一听，才知道是唱不是喊。老杨同志是本地人，一听就懂，便向大家道："你听老百姓今天这股高兴劲儿！'干梆戏'唱得多么喧！"（这地方把不打乐器的清唱叫"干梆戏"。）

正说着，小顺唱着进公所来。他跳跳打打向老杨同志跟区干部们道："都起来了？昨天累了吧？"看神气十分得意。老杨同志问道："这场斗争老百姓觉着怎样？"小顺道："你就没有听见'干梆戏'？真是天大的高兴，比过大年高兴得多啦！地也回来了，钱也回来了，吃人虫也再不敢吃人了，什么事有这事大？"老杨同志道："李有才还在家吧？"小顺道："在！他这几天才回来没有什么事，叫他吧？"老杨同志道："不用！我们一早起好到外边遛一下，顺路就遛到他家了！"小顺道："那也好！走吧？"小顺领着路，大家就往老槐树底来。

才下了坡，忽然都听得有人吵架。区长问道："这是谁吵架？"小顺道："老陈骂小元啦！该骂！"区干部们问起底细，小顺道："他本来是老槐树底人，自己认不得自己，当了个武委会主任，就跟人家老恒元打成一伙，在庙里不下来。这两天斗起老恒元来了，他没处去，仍然回到老槐树底。老陈是他的叔父，看不上他那样子，就骂起他来。"区干部们听老杨同志说过这事，所以区武委会主任才也来了。区武委会主任道："趁斗倒了恒元，批评他一下也是个机会。"大家本是出来闲找有才的，遇上了比较正经的事自然先办正经事，因此就先往小元家。老陈正骂得起劲，见他们来了，就停住了骂，把他们招呼进去。武委会主任也不说闲话，直截了当批评起小元来，大家也接着提出些意见，最后的结论分三条：第一是穿衣吃饭跟人家恒元们学样，人家就用这些小利来拉拢自己，自己上了当还不知道；第二是不生产，不劳动，把劳动当成丢人事，忘了自己的本分；第三是借着一点小势力就来压迫旧日的患难朋友。区武委会主任最后等小元承认了这些错误，就向他道："限你一个月把这些毛病完全改过，叫全村干部监视着你。一个月以后倘若还改不完，那就没有什么客气的了！"老陈听完了他们的话，把膝盖一拍道："好老同志们！真说得对！把我要说他的话全说完了！"又回头向小元道："你也听清楚了，也都承认过了！看你做的那些事以后还能见人不能？"老杨同志道："这老人家也不要那样生气！一个人犯了错，只要能真正改过，以后仍然是好人，我们仍然以好同志看他！从前的事情已经过去了，尽责备他也无益，我看以后不如好好帮助他改过，你常跟他在一处，他的行动你都可以知道，要是见他犯了旧错，常常提醒他一下，也就是帮助了他了……"

谈了一会儿，已是吃早饭时候，老杨同志跟区干部们就从小元家里走出。他们路过老秦门口，冷不防见老秦出来拦住他们，跪在地下鼓冬鼓冬磕了几个头道："你们老先生们真是救命恩人哪！要不是你们诸位，我的地就算白白押死了……"老杨同志把他拉起来道："你这老人家真是认不得事！斗争老恒元是农救会发动的，说理时候是全村人跟他说的，我们不过是几个调解人。你的真恩人是农救会，是全村民众，哪里是我们？依我说你也不用找人谢恩，只要以后遇着大家的事靠前一点，大家是你的恩人，你也是大家的恩人……"老秦还要让他们到家里吃饭，他们推推让让走开。

李有才见小顺说老杨同志跟区干部们找他，所以一吃了饭，取起他的旱烟袋就往村公所来。从他走路的脚步上，可以看出比哪一天也有劲儿。他一进庙门，见区村干部跟老杨同志都在，便道："找我吗？我来了！"小保道："这老叔今天也这么高兴？"有才道："十五年不见的老朋友，今天回来了，怎能不高兴？"小明想了一想问道："你说的是个谁？我怎么想不起来？"有才道："一说你就想起来了！我那三亩地不是押了十五年了吗？"他一说大家都想起来了，不由得大笑了一阵。

老杨同志向有才道："最好你也在村里担任点工作干，你很有才干，也很热心！"小明道："当个民众夜校教员还不是呱呱叫？"大家拍手道："对！对！最合适！"

老杨同志向有才道："大家想请你把这次斗争编个纪念歌，好不好？"有才道："可以！"他想了一会儿，向大家道："成了成了！"接着念道：

> 阎家山，翻天地，
> 群众会，大胜利。

老恒元，泄了气，
退租退款又退地。
刘广聚，大舞弊，
犯了罪，没人替。
全村人，很得意，
再也不受冤枉气。
从村里，到野地，
到处唱起"干梆戏"。

大家听他念了，都说不错，老杨同志道："这就算这场事情的一个总结吧！"

谈了一小会儿，区干部回区上去了，老杨同志还暂留在这一带突击秋收工作，同时在工作中健全各救会组织。

1943年10月始连载于《群众》第7卷第13、14期，第12卷第11、12期，第13卷第1至3期。

憩 园

巴 金

一

　　我在外面混了十六年，最近才回到在这抗战期间变成了"大后方"的家乡来。虽说这是我生长的地方，可是这里的一切都带着不欢迎我的样子。在街上我看不见一张熟面孔。其实连那些窄小光滑的石板道也没有了，代替它们的全是些尘土飞扬的宽马路。从前僻静的街巷现在也显得很热闹。公馆门口包着铁皮的黑漆门槛全给锯光了，让崭新的私家包车傲慢地从那里进出。商店的豪华门面几乎叫我睁不开眼睛，有一次我大胆地跨进一家高门面的百货公司，刚刚指着一件睡在玻璃橱窗里的东西问了价，就给店员猛喝似的回答吓退了。

　　我好像一个异乡人，住在一家小旅馆里，付了不算低的房金，却住着一间开了窗便闻到煤臭、关了窗又见不到阳光的小屋子。除了睡觉的时刻，我差不多整天都不在这个房间里。我喜欢逛街，一个人默默地在街上散步，热闹和冷静对我并没有差别。我有时埋着头只顾想自己的事，有时我也会在街头站一个钟点听一个瞎子唱书，或者找一个看相的谈天。

有一天就在我埋头逛街的时候，我的左膀忽然让人捉住了，我吃惊地抬起头来，我还以为自己不当心踩了别人的脚。

"怎么，你在这儿？你住在哪儿？你回来了也不来看我！该挨骂！"

站在我面前的是我的小学同学、中学同学、大学同学姚国栋，虽说是三级同学，可是他在大学读毕业又留过洋，我却只在大学念过半年书，就因为那位帮助我求学的伯父死去的缘故停学了。我后来做了一个写过六本书却没有得到多少人注意的作家。他做过三年教授和两年官，以后便回到家里靠他父亲遗下的七八百亩田过安闲日子，五年前又从本城一个中落的旧家杨姓那里买了一所大公馆，这些事我完全知道。他结了婚，生了孩子，死了太太，又接了太太，这些事我也全知道。他从来不给我写信，我也不会去打听他的地址。他辞了官路过上海的时候，找到我的住处，拉我出去在本地馆子里吃过一顿饭。他喝了酒滔滔不绝地对我讲他的抱负、他的得意和他的不得意。我很少插嘴。只有在他问到我的写作生活、书的销路和稿费的多寡时才回答几句。那个时候我只出版过两本小说集，间或在杂志上发表一两篇短文，不知道怎样他都读过了，而且读得仔细。"写得不错！你很能写！就是气魄太小！"他红着脸，点着头，对我说。我答不出话来，脸也红了。"你为什么尽写些小人小事呢？我也要写小说，我却要写些惊天动地的壮剧，英雄烈士的伟绩！"他睁大眼睛，气概不凡地把头往后一扬，两眼光闪闪地望着我。"好，好。"我含糊地应着，在他面前我显得很寒碜了。他静了片刻，忽然哈哈大笑起来。他第二天便上了船。可是他的小说却始终不曾出版，好像他就没有动过笔似的。

现在站在我面前的就是这位朋友，高身材，宽肩膀，浓眉，宽额，鹰鼻，嘴唇上薄下厚，脸大而长，他并没有大的改变。只是人稍微发胖，皮色也白了些。他把我的瘦小的手捏在他那肥大的、汗湿的手里。

"我知道你买了杨家公馆，却不知道你是不是住在城里，我又想你会住在乡下躲警报，又害怕你那位看门的不让我进去，你看我这一身装束！"我带了一点窘相地答道。

"好了，好了，你不要挖苦我了。去年那次大轰炸以后我在乡下住过两三个月就搬回来了。你住在哪儿？让我去看看，我以后好去找你。"他诚恳地笑道。

"国际饭店。"

"你什么时候到的？"

"大概有十来天。"

"那么你就一直住在国际饭店？你回到家乡十多天还住在旅馆里头？你真怪！你不是还有阔亲戚吗？你那个有钱的叔父，这几年做生意更发财了，年年都在买田。你为什么不去找他？"他放开我的手大声说，声音是那么高，好像想叫街上行人都听见他的话似的。

"小声点，小声点，"我着急地提醒他，"你知道他们早就不跟我来往了……"

"可是现在不同了，你现在成名了，书都写了好几本，"他不等我说完便抢着说，"连我也很羡慕你呢！"

"你也不要挖苦我了。我一年的收入还不够做一套像样的西装，他们哪里看得起我？他们不是怕我向他们借钱，就是觉得有我这个穷亲戚会给他们丢脸。哦，你的伟大的小说写成没有？"

　　他怔了一下，忽然哈哈大笑。"你记性真好。我回家以后写了两年，足足写坏了几千张稿纸，还没有整整齐齐地写上两万字。我没有这个本领。我后来又想拿起笔翻译一点法国的作品，也不成。我译雨果的小说，别人漂亮的文章，我译出来连话都不像，丢开原书念译文，连自己也念不断句，一本《九十三年》①我译了两章就丢开了。我这大学文科算是白念了。从此死了心，准备向你老弟认输，以后再也不吹牛了。现在不讲这些，你带我到你的旅馆里去。国际饭店，是吗？这个大旅馆在哪条街，我怎么不知道！"

　　我忍不住笑起来。"名字很大的东西实际上往往是很小的。就在这附近。我们去罢。"

　　"怎么，这又是什么哲理？好，我去看看就知道。"他说着，脸上露出欣喜的微笑。

二

　　"怎么，你会住这样的房间！"他走进房门就惊叫起来，"不行，不行！我不能让你住在这儿！这样黑，窗子也不打开！"他把窗门往外推开，他马上咳了两声嗽，连忙离开窗，掏出手帕揩鼻子，"煤臭真难闻。亏你住得下去！你简直不要命了。"

　　我苦笑，随便答应了一句："我跟你不同，我这条命不值钱。"

---

　　①《九十三年》：法国小说家和诗人维克多·雨果的长篇历史小说。

"好啦，不要再开玩笑了，"他正经地说，"你搬到我家里去住。不管你愿意不愿意，我一定要你搬去。"

"不必了，我过两天就要走。"我支吾道。

"你就只有这点行李吗？"他忽然指着屋角一个小皮箱问道，"还有什么东西？"

"没有了，我连铺盖也没有带来。"

他走到床前，向床上看了看。"你本领真大。这样脏的床铺，你居然能够睡觉！"

我不说什么，只是笑了笑。

"行李越少越好。我马上就给你搬去。我知道你的脾气，你住在我家里，我决不会麻烦你。你要是高兴，我早晚来陪你谈谈，你要是不高兴，我三天也不来看你。你要写文章，我的花厅里环境很好，很清静，又没有人打扰你。你说对不对？"

我对他这番诚意的邀请，找不到话拒绝，而且我听见他这么一讲我的心思也活动了。可是他并不等我回答，就叫了茶房来算清旅馆账，他抢先付了钱，又吩咐茶房把我的皮箱拿下楼去。

我们坐上人力车，二十分钟以后，便到了他的家。

三

灰砖的高门墙，发亮的黑漆大门。两个脸盆大的红色篆体字"憩园"傲慢地从门楣上看下来。本来关着的内门，现在为我们的车子开了。白色的照壁迎着我。照壁上四个图案形的土红色篆字"长宜子孙"嵌在蓝色的圆框子里。我的眼光刚刚停在字上面，车子就转弯了。车子在这个方石板铺的院子里滚了几下，在二门口停下来。朋友提着我的皮箱跨进门槛，我拿着口袋跟在他后面。前面是一个正方形的铺石板的天井，在天井的那一面便是大厅。一排金色的门遮掩了内院的一切。大厅上一个角落里放着三部八成新的包车。

什么地方传来几个人同时讲话的声音，可是眼前一个人的影子也没有。

"赵青云！赵青云！"朋友大声唤道。我们走下天井。朋友向左边看，左边是门房，几扇门大开着，桌子板凳全是空着的。我又看右边，右边一排门全闭得紧紧的，在靠大厅的阶上有两扇小门，门楣上贴着一张白纸横条，上面黑黑的两个大字，还是那篆体的"憩园"。

"怎么到处都写着'憩园'？"我好奇地想道。

"就请你住在这里头，包你满意！"朋友指着小门对我说，他不等我回答，又大声唤起来，"老文！老文！"

我没有听见他的听差们的应声，我觉得老是让他给我提行李，不大好，便伸过那只空着的手去，说："箱子给我提罢。"

"不要紧。"他答道，好像害怕我会把箱子抢过去似的，他加快脚步，急急走上石阶，进到小门里去了。我也只好跟着他进去。

我跨过门槛，就看见横在门廊尽处的石栏杆，和栏外的假山、树木、花草，同时也听见一片吵闹声。

"谁在花园里头吵架？"朋友惊奇地自语道。他的话刚完，一群人沿着左边石栏转了出来，看见我那位朋友，便站住，恭敬地唤了一声："老爷。"

来的其实只有四个人：两个穿长衫的听差，一个穿短衣光着脚车夫模样的年轻人，和一个穿一身干净学生服的小孩。这小孩的右边膀子被那个年轻听差拖着，可是他还在用力挣扎，口里不住地嚷着："我还是要来的，你们把我赶出去，我还是要来的！"他看见我那位朋友，气愤地瞪了他一眼，噘起嘴，不讲话。

朋友倒微微笑了。"怎么你又跑进来了？"他问了一句。

"这是我自己的房子，我怎么进来不得？"小孩倔强地说。我看他：长长脸，眉清目秀，就是鼻子有点向左偏，上牙略微露出来。年纪不过十三四岁的光景。

朋友把皮箱放下，吩咐那个年轻的听差道："赵青云，把黎先生的箱子拿进下花厅去，你顺便把下花厅打扫一下，黎先生要住在这儿。"年轻听差应了一声，又看了小孩一眼，才放开小孩的膀子，提着我的皮箱沿着右边石栏杆走了。朋友又说："老文，你去跟太太说，我请了一位好朋友来住，要她拣两床干净的铺盖出来，喊人在下花厅铺一张床。脸盆、茶壶同别的东西都预备好。"头发花白、缺了门牙的老听差应了一声"是"，马上沿着左边石栏杆走了。

剩下一个车夫，惊愕地站在小孩背后。朋友一挥手，短短地说声："去罢。"连他也走开了。

小孩不讲话，也不走，只是噘起嘴瞪着我的朋友。

"这是你的材料，你很可以写下来。我给你们介绍一下，"朋友得意地笑着对我说，然后提高声音，"这位是杨少爷，就是这个公馆的旧主人。这位是黎先生，小说家。"

我朝小孩点一个头。可是他并不理我；他带着疑惑和仇恨的眼光望了我一眼，然后把两只手插在裤袋里，大人似地问我的朋友道："你今天怎么不赶走我？你在做什么把戏？"

朋友并不生气，他还是笑嘻嘻地望着小孩，从容地答道：

"今天碰巧黎先生在这儿，我介绍他跟你认识。其实你也太不讲理了，房子既然卖给别人，就是别人的东西，为什么还要常常进来找麻烦呢？"

"房子是他们卖的，我又没有卖过。我来，又不弄坏你的东西，我不过折几枝花。这些花横竖你们难得有人看，折两枝，也算不了什么。你就这样小气！"小孩昂着头理直气壮地说。

"那么你为什么老是跟我的听差吵架？"朋友含笑问道。

"他们不讲理，我进来给他们看见，他们就拖我出去。他们说我来偷东西。真混账！房子都让他们卖掉了，我还稀罕你家里这点东西？我又不是没有饭吃，不过不像你有钱罢了。其实多几个造孽钱又算什么！"这小孩嘴唇薄，看得出是个会讲话的人，两只眼睛很明亮，说话的时候，一张脸涨得通红。

"你让他们卖掉房子？话倒说得漂亮！其实你就不让他们卖，他们还是要卖！"朋友哈哈笑起来，"有趣得很，你今年几岁了？"

"我多少岁跟你有什么相干？"孩子气恼地掉开头说。

那个年轻听差出现了，他站在朋友面前，恭敬地说："老爷，花厅收拾好了，要不要进去看看？"

"你去罢。"朋友吩咐道。

年轻听差望着小孩，又问一句："这个小娃儿——"

朋友不等年轻听差讲完，就打岔说："让他在这儿跟黎先生谈谈也好。"他又对我说："老黎，你可以跟他谈谈（他指着小孩），你不要放过这个好材料啊。"

朋友走了，年轻听差也走了。只剩下我同小孩两人站在栏杆旁边。我望着他，他也望着我。他脸上愤怒的表情消失了，他正在用怀疑的眼光打量我。他不移动脚步，也不讲话。最后还是我说一句："你请坐罢。"我用手拍拍石栏杆。

他不答话，也不动。

"你今年几岁了?"我又问一句。

他自语似地小声答了一句："十五岁。"他忽然走到我面前，闪着眼睛，伸手拉我的膀子，央求我："请你折枝茶花给我好不好?"

我随着他的眼光望去。石栏外，假山的那一面，桂树旁边，立着一棵一丈多高的山茶。深绿色的厚叶托着一朵一朵的红花。

"就是那个?"我无意地问了一句。

"请你折给我。快点。等一会儿他们又来了。"孩子恳切地哀求，他的眼光叫我不能说一个"不"字。我知道朋友不会责备我随便乱折他园里的花。我便跨过栏杆，走到山茶树下，折了一小枝，枝上有四朵花。

他站在栏杆前伸着手等我。我就从栏外地上，把花递给他。他接过花，高兴地笑了笑，说一声："谢谢你!"马上转过身飞跑了。

"等一下! 等一下!"我在后面唤他。可是他已经跑出园门听不见了。

"真是一个古怪的小孩。"我这样想。

四

园里很静。现在只有我一个人。朋友把我丢在这里就不来管我了。我在栏外立了好几分钟，也不见一个听差进园来给我倒一杯茶。我便绕着假山，在曲折的小径里闲走。假山不少，形状全不同，都只有我身材那样高，上面披着藤蔓，青苔；中间有洞穴，穴内开着红白黄三色小草花；脚下小径旁草玉兰还没有开放。走完小径，便到一间客厅的阶下，客厅的窗台相当高，纸窗中嵌的玻璃全被绘着花鸟的绢窗帘掩住，我看不见房内的陈设，我想这应该是上花厅了。在这窗下，在墙角长着一棵高大的玉兰树，一部分树枝伸出在梅花墙外，枝上还挂着残花。汤匙似的白色花瓣洒满了一个墙角，有的已经变黄了。可是余香还一阵一阵地送入我的鼻端。

我在这树下立了片刻。我弯下身去拾了两片花瓣拿在手里抚摩。玉兰树是我的老朋友。我小时候也有过一个花园，玉兰花是我做小孩时最喜欢的东西。我不知不觉地把花瓣放到鼻端去。我忽然惊醒地向四周看了看。我忍不住要笑我自己这种奇怪的举动。我丢开了花瓣。但是我又想：那个小孩的心情大约也跟我现在的差不多罢。这么一想，我倒觉得先前没有跑去把小孩拉回来询问一番，倒是很可惜的事情了。

我并不走上台阶去推客厅的门（我看见阶上客厅门前左面有一张红木条桌和一个圆瓷凳），我却沿着墙往右边走去。我经过一个养金鱼的水缸，经过两棵垂丝海棠，一棵蜡梅，走到一个长方形的花台前面。这花台一面临墙，一面正对着一间窗户全嵌玻璃的客厅。我知道这就是所谓"下花厅"，我那位朋友给我预备的临时住房了。花台上种着三棵牡丹，台前一片石板地。两棵桂花树长在院子里，像是下花厅的左右两个哨亭。左右两排石栏杆外面各放了三大盆兰花，花盆下全垫着绿色的圆瓷凳。

我走上石阶，预备进花厅去。但是朋友的声音使我站住了。他远远地叫道："老黎，怎么只有你一个人？杨家小孩什么时候走的？你跟他谈了些什么话?"

我掉过头去看他，一面说："你们都走了，当然只有我一个人……"可是我没有把话说完又咽下去了，因为我看见他后面还有一个穿淡青色旗袍、灰绒线衫、烫头发的女人，和一个抱着被褥的老妈子。我知道他的太太带着老妈子来给我铺床了。我便走过去迎接他们。

"我给你介绍，这是我太太，她叫万昭华，你以后就喊她昭华好了；这是老黎，我常常讲起的老黎。"朋友扬扬得意地给我们介绍了。他的太太微微一笑，头轻轻地点了一下。我把头埋得低，倒像是在鞠躬了。我抬起头，正听到她说："我常常听见他讲起黎先生。黎先生住在这儿，我们不会招待，恐怕有怠慢的地方……"

朋友不给我答话的时间，他抢着说："他这个人最怕受招待，我们让他自由，安顿他在花厅里不去管他就成了。"

他的太太看他一眼，嘴唇微微动一下，可是她并没有说什么，只对他笑了笑。他也含笑地看了看她。我看得出他们夫妇间感情很好。

"虽说是你的老同学，黎先生究竟是客人啊，不好好招待怎么行！"太太含笑地说，话是对他说的，她的眼睛却很大方地望着我。

一张不算怎么长的瓜子脸，两只黑黑的大眼睛，鼻子不低，嘴唇有点薄，肩膀瘦削，腰身细，身材高高，她跟她的丈夫站在一块儿，她的头刚达到他的眉峰。年纪不过二十三四，脸上常常带笑意，是一个可以亲近的、相当漂亮的女人。

"那么你快去照料把屋子给他收拾好。今晚上你自己动手做几样菜，让我跟他痛快地喝几杯酒。"朋友带笑地催他的太太道。

"要你太太亲自做菜，真不敢当……"我连忙客气地插嘴说。

"那么你就陪黎先生到上花厅去坐罢。你看黎先生来了好半天，连茶也没有泡。"她带着歉意地对她的丈夫说，又对我微微点一下头，便走向下花厅去了。老妈子早已进去，连那个老听差老文也进去了，他手里抱着更多的东西。

五

"怎么样？你还是依我太太的话到上花厅去坐呢，还是就坐在栏杆上面？不然我们在花园里头走走也好。"朋友带笑问我道。

我们这时立在门廊左面一段栏杆里。我背向着栏外的假山，眼光却落在一面没有被窗帘掩住的玻璃窗上，穿过玻璃我看见房内那些堆满线装书的书架，我知道这是朋友的藏书室，不过我奇怪他会高兴读这些书。我忍不住问他："怎么你现在倒读起线装书来了？"

他笑了笑："我有时候无聊，也读一点。不过这全是杨家的藏书，我是跟公馆一块儿买下来的。即使我不读，拿来做摆设也好。"

他提起杨家，我马上想到那个小孩，我便在石栏上坐下来，一面要求他："你现在就把杨家小孩的事情告诉我罢。你知道多少，就说多少。"

"你找到了材料吗？他跟你讲了些什么话？"他不回答我，却反而问我道。

"他什么话都没有说。他要我给他折枝茶花，他拿起来就跑了，我没有办法拉住他。"我答道。

他伸手搔了搔头发，便也在石栏上坐下来。

"老实说，我知道的也不多。他是杨老三的儿子，杨家四弟兄，老大死了几年，其余三个好像都在省里，老二、老四做生意相当赚钱。老三素来不务正业，是个出名的败家子，家产败光了，听说后来人也死了。现在全靠他大儿子，就是那个小孩的哥哥，在邮政局做事养活一房人。偏偏那个小孩又不争气，一天不好好念书，常常跑到我这个花园里来折花。有天我还看见他在我隔壁那个大仙祠门口跟讨饭的讲话。他跑进来，我们赶他不走，就是赶走了他又会溜进来。不是他本事大，是我那个看门的李老汉儿放他进来的。李老汉儿原是杨家的看门头儿，据说在杨家看门有二十几年了。杨老二把他荐给我。我看他做事忠心，也不忍心多责备他。有一回我刚刚提了一句，他就掉眼泪。有什么办法呢？他喜欢他旧主人，这也是人之常情。况且那个小孩手脚倒也干净，不偷我的东西。我要是不看见也就让他去了。只是我那些底下人讨厌他，常常要赶他出去。"

"你知道的就只有这一点吗？我不懂他为什么常常跑到这儿来拿花？他拿花做什么用？"我看见朋友闭了嘴，我的好奇心没有得到满足，便追问道。

"我也不知道，"朋友不在意地摇摇头说，他没有想到我对小孩的事情会发生这么大的兴趣，"也许李老汉儿知道多一点，你将来可以跟他谈谈。而且我相信那个小孩一定会再来，你也可以问他。"

"不过你要答应我一件事：以后小孩再来，让我对付他，你要吩咐你的听差不干涉才好。"

朋友得意地笑了笑，点点头说："我依你。你高兴怎么办就怎么办罢。只是你将来找够材料写成书，应该让我第一个拜读!"

"我并不是为了写文章，我对那个小孩的事情的确感兴趣。我多少了解他一点。你知道我们家里从前也有个大花园，后来也跟我们公馆一块儿卖掉了。我也想到那儿去看看。"我正经地说。

"那么你为什么不去看看？我还记得地方在暑袜街。你们公馆现在是哪一家在住？你打听过没有？只要知道住的是谁，让我给你设法，包你进去。"朋友同情地、热心地说。

"我打听过了。卖了十六七年，换了几个主人，已经翻造过几次，现在是一家百货公司了。"我带点感伤地摇摇头说，"我跟那个小孩一样，我也没有说过要卖房子，我也没有用过一个卖房子得来的钱。是他们卖的，这个唯一可以使我记起我幼年的东西也给他们毁掉了。"

"这有什么难过！你将来另外买一所公馆，照样修一个花园，不是一样吗？"朋友好心地安慰我。可是他的话在我听来很不入耳。

我摇摇头，苦笑道："我没有做富翁的福气，我也不想造这个孽。"

"你真是岂有此理！你是不是在骂我？"朋友站起来责备我说，可是他脸上又现出笑容，我知道他并没有生我的气。

"这跟你有什么相干？我是指那些买了房子留给子孙去卖掉的傻瓜。"我说着，我的气倒上来了。

"那么你可以放心，我不会把这个花园白白留给我儿子的。"朋友说，他伸出右手，做了一个姿势，头昂起来，眼里含笑，好像在表示他有什么伟大的抱负似的。我没有作声。歇了片刻他又说："不要讲这些闲话了。石头上坐久了不舒服。我们到下花厅去看看，昭华应该把屋子收拾好了。"

<h1 style="text-align:center">六</h1>

我跟着朋友走进了下花厅。他的太太正立在窗前大理石方桌旁整理瓶里的花枝，听见我们的脚步声，便回过头来看她的丈夫，亲切地笑了笑，然后笑着对我说："房子收拾好了，不晓得黎先生中意不中意，我又不会布置。"

"好极了，好极了。"我朝这个花厅的左面一部分看了一眼，满意地说。我的话和我的表情都是真诚的，大概她看出了这一点，她的脸上也露出微笑。

我有这样一种感觉：她每一笑，房里便显得明亮多了，同时我心上那个"莫名的重压"（这是寂寞，是愁烦，是悔恨，是渴望，是同情，我也讲不出，我常常觉得有什么重的东西压在我的心上，我总不能拿掉它，是它逼着我写文章的）也似乎轻了些。现在她立在窗前，一只手扶着那个碎瓷大花瓶，另一只手在整理瓶口几枝山茶的红花绿叶。玻璃窗上挂着淡青色窗帷，使得投射在她脸上的阳光软和了许多。这应该是一幅使人眼睛明亮的图画罢。我知道这个方桌就是我的写字桌。床安放在屋角，是用炕床铺的，连踏凳也照样放在床前。一副圆顶的罗纹帐子悬在床上。床头朝着窗安放，我的皮箱放在床头一个方凳上；挨近床脚，有两张沙发，中间夹放着一个茶几。

她的手离开了花瓶，身子离开了方桌，她向她的丈夫走去，一面对我说："黎先生，请坐罢。"她吩咐刚把沙发搬好的老文说："老文，你去给黎先生泡碗茶来。"又对那个叠好铺盖以后站在床头的老妈子说："周嫂，你记住等会儿拿个大热水瓶送来。"又对我说："黎先生，你要什么，请你尽管跟他们说，要他们给你拿来。你不要客气才好。"

"我不会客气的，谢谢你。姚太太，今天够麻烦你了。"我感谢地说。

"黎先生，你还说不客气，你看，'谢谢你''麻烦'，这不是客气是什么？"姚太太笑着说。

我那朋友插嘴了："老黎，我注意到，你今天头一次讲出'姚'字来，你没有喊过我的名字，也没有喊过我的姓，我还怕你连我叫什么都忘记了！"他哈哈笑起来。

我也笑着答道："你那个伟大的名字，姚国栋，我怎么会忘记？你是国家的栋梁啊！"

"名字是我父亲起的，我自己负不了责，你也不必挖苦我。其实我父亲也不见得就有什么用意，"朋友带笑辩道，"譬如日本人给他儿子起名龟太郎，难道是要他儿子做乌龟吗？"

"当然啊。他希望他儿子像乌龟那样长寿！"我也笑了，"还有你的大号诵诗，不知是不是要你读一辈子的诗。"

"我们回去罢，让黎先生休息一会儿，他也累了。我还要预备晚上的菜。你们晚上一边吃酒，一边慢慢谈罢。"姚太太忍住笑压低声音对她的丈夫说。

"好，好。"她的丈夫接连点着头，含笑地看了她一眼，说，"让我再说一句。"他又向着我："这个地方清静得很，在这儿写东西倒很不错。不过太清静了，晚上你害怕不害怕？"他不等我回答，马上接着说："你要是害怕，倒可以喊底下人找我来聊聊天。"

"你高兴，就请来谈谈，我很欢迎。不过你放心，我不会害怕的。"我笑着回答。

朋友陪着太太走了。我还听见他在窗下笑。今天也够他开心了。

我在方桌前藤椅上坐下来。我感到一点疲倦，不过我觉得心里畅快多了。我仰着头静静地听窗外树上无名的小鸟的歌声。

七

晚上就在这个下花厅里我和老姚（我开始叫他作"老姚"了）坐在一张乌木小方桌的两面，吃着他的太太做的菜，喝着陈年绍酒。菜好，酒好，他的兴致更好。他的话就像流水，他连插嘴的机会也不留给我。他批评各种各类人物，评论各种各样事情。他对什么都不满意，他一直在发牢骚。可是从他这无穷无尽的牢骚中，我却知道了一个事实：他对自己的生活并没有什么不满意，他甚至把他的第二次结婚看作莫大的幸福。他满意他这位太太，他爱他这位太太。

"老黎，你觉得昭华怎样？"他忽然放下酒杯，含笑问我道。

"很不错！你应该很满意了。"我称赞道。

他高兴地闭了一下眼睛，用右手三根手指敲着桌面，接连点了几下头，然后拿起酒杯，大大地喝了一口，忽然一个人微微笑起来。

"老黎，我劝你快结婚罢。有个家，心也要安定些。"他停了一下，又说："你不要老是做恋爱的梦，那全是小说家的空想。你看我跟昭华也没有讲过恋爱，还不是别人介绍才认识的。可是结了婚，我们过得很好。我们都很幸福。"

"我听说你们原是亲戚。"我插嘴说。

"虽说是亲戚，可是隔得远。我们素来就少见面。说真话，我对她比对我头一个太太满意得多。"喜悦使他那张开始发红的脸显得更红了。

"像你这样对结婚生活满意，还要整天发牢骚，倒不如我一个人独来独往自由自在。"我又插嘴说。

"你不明白，对你说你也不会了解。中国人讲恋爱跟西洋人讲恋爱完全不同，西洋人讲了恋爱以后才结婚，中国人结了婚以后才开始恋爱，我觉得还是我们这样更有趣味。"他得意地、好像在阐明什么大道理似地慢吞吞说，一面还动着右手加强他的语气。

我不能忍耐了，便打岔道："算了，算了，你这种大道理还是拿去跟林语堂博士谈罢。他也许会请你写本《新浮生六记》，去骗骗洋人。我实在不懂！"

"你不懂？你看，这不是最好的例子？"他带一点骄傲地笑起来，侧过脸望着花厅门。我也掉过头去。他的太太进来了。周嫂打个灯笼跟在她后面。

我连忙站起来。

"请坐，请坐。菜做得不好，黎先生吃不惯罢。"她笑着说，两排白牙齿在我的眼前微微亮了一下。

"好极了，我吃得很多。就是今天太麻烦你了。姚太太吃过饭吗？"我仍然站着笑答道。

"吃过了，谢谢你。请坐罢，不要客气。"她说。我坐下了。她走到她的丈夫身边，他抬起头看她，说："你再吃一点罢。"他把筷子递给她。她不肯接，却摇摇头说："我刚吃过。……你们

185

酒够了罢，不要喝醉了。你说黎先生酒量也不大，就早点吃饭罢，恐怕菜也要冷了。"

"好，不喝了。老文，周嫂，添饭来罢。"老姚点了点头，便提高声音叫人盛饭。

"小虎还没有回来?"他关心地问他的太太。

"我打发老李接他去了，已经去了好久，他也应该回来了。"她答道。

"辣子酱给他留得有吗?"他又问道。

"留得有。他爱吃的东西我都会留给他。"

饭碗送到桌上来了。我端着碗吃饭，我不想打扰他们夫妇的谈话。我忽然听见一个小孩的声音高叫："爹，爹!"我抬起头，正看见一个穿西装的十一二岁的小孩跑到朋友的身边来。

"你回来了? 在外婆家玩得好吗?"朋友爱怜地问道，一面抚摩小孩的梳得光光的头。

"很好。我跟表哥他们又下棋又打扑克。明天是星期，不是老李拼命催，我还不想回来。外婆喊我明天再去耍，说下回不必打发老李来接，他们家的车子会送我回来。"

"好，下回你去，就不打发车子接你，让你玩个痛快。"朋友笑着说，"你回来连妈也不喊一声，你妈还在挂念着你呢!"

孩子站在朋友的左边，太太站在朋友的右面。孩子抬起脸看了他的后母一眼，短短地唤了一声，又把脸掉开了。他的后母倒温和地对他一笑，答应了一声，又柔声说："小虎，你还没有招呼客人。这位是黎叔叔。"

"你给黎叔叔行个礼。"朋友推着孩子的膀子说。

孩子向前走了两步，向我鞠了一个躬，声音含糊地唤了一声："黎叔叔。"

这孩子可以说是我那个朋友的缩本，他的脸，眉毛，鼻子，嘴，都跟我那个朋友的完全一样。不同的是服装。老姚穿蓝绸长袍，小姚穿咖啡色西装上衣，黄咔叽短裤，衬衫雪白，领带枣红。论体格和身材，小姚倒跟杨家小孩相似，可是装束和神采却大不相同了。

"老黎，你看，他像不像我？这是我的第二个宝贝！"老姚夸耀地说，他哈哈地笑着。我偷偷看了他的太太一眼。她红了脸，埋下头去。这告诉我：朋友的第一个宝贝便是她了。

老姚看见我不答话，便伸出左手在孩子的背上推一下，说："你走过去一点，让黎叔叔看清楚！"

孩子向前再走两步，他露出一种毫不在乎的神气动了动头，要笑不笑地说一句："看嘛。"抄着手站在我的面前，他还带着一种类似傲慢或轻蔑的眼光在打量我。

"像不像？"朋友还在追问。

"真像！……不过我觉得……"

"真像"两个字就使他满意了，他似乎没有听见下面的"不过……"这半句话，他马上伸出左手对儿子说："小虎，过来，你妈给你留得有辣子酱，你要不要吃点东西？"

"我现在很饱。今晚上'消夜'罢。"孩子跑到父亲身边，拉着父亲的手撒娇地要求，"爹，我今天跟表哥他们打扑克，输了四百五十块钱，你还我。"

"好，等一会儿你在你妈那儿拿五百块钱。"这位父亲爽快地一口答应了，"我问你，你在外婆家吃的什么菜？"

"妈，你等一会儿要给我啊。"孩子不回答父亲的问话，却侧过头去对他后母笑了笑，这一声"妈"叫得亲热多了。

"我回去就拿给你。你爹在跟你讲话。等一下你陪我一块儿进去，我要看着你换了衣服温习功课。"他后母温和地带笑说。

"是。"孩子不高兴地答应一声，他眼睛一眨，下嘴唇往右边一歪。这种表情，我先前在比较他们父子的面貌时就已经看到了。由于这种表情，拿整个脸来说，儿子实在不像父亲。

朋友太太看见小虎的这种表情，她默默地看了我一眼，她的脸上仍然带着微笑，眼里却似乎含有一种说不出的哀愁。但是等我注意地看她的时候，她正在愉快地跟她的丈夫讲话，我在她的脸上再也找不到类似哀愁的表情了。

姚太太带着小虎先走了。我和老姚吃完饭，又谈了好久的闲话，现在他不再发牢骚，却只谈他的太太和儿子的好处。我知道他和这个太太结婚三年多还没有生小孩。头一个太太留下一儿一女，但是女儿在母亲去世后两个月也跟着死了。

这一夜我睡在空阔的大客厅里。风吹着门响，树叶下落，鸟在枝上扑翅，沙石在空中飞舞。我并不害怕。可是我没有习惯这个环境，我不能安静地闭上眼睛。

我想着我那个朋友同他的太太和小孩的事情，我也想着杨家小孩的事情。我想了许久。我还把那两个小孩比较一下。我又想着姚太太的家庭生活是不是像她的丈夫所说的那么幸福：我越想越睡不着。后来我烦躁起来，骂着自己道："你管别人的事情做什么？各人有各人的生活方式，用不着你担心！你好好地睡罢。"

可是在窗外黑夜已经开始褪色，小鸟吵架似地在树上和檐上叫起来了。

八

我睡到上午十点钟才起床，太阳照得满屋子金光灿烂。老文进来给我打脸水、泡茶，周嫂给我送早点来。午饭的时候老姚夫妇在下花厅里陪我吃饭。

"就是这一次，这算是礼貌。以后我们便让你一个人在这儿吃，不管你了。"老姚笑着说。

"很好，很好，我是随便惯了的。"我满意地答道。

"不过黎先生，你要什么，请只管喊底下人给你拿，不要客气才好啊。"姚太太说，她今天穿了一件浅绿色旗袍，上面罩了一件白色短外套。她听见我跟朋友讲起昨晚睡得不好，她便说："这也难怪，屋子太敞了。我昨天忘记喊老文搬一架屏风来，有架屏风隔一下，要好一点。"

饭桌上的碗筷杯盘撤去不久，屏风就搬进来了。黑漆架子紫色绸心的屏风把我的寝室跟花厅的其余部分隔开来。

我们三个人还在这间"寝室"里闲谈了一会儿。他们夫妇坐在两张沙发上。老姚抽着烟，时时张口，带着闲适的样子吐烟圈，姚太太坐得端端正正，手里拿着茶杯慢慢地喝茶，好像在想什么事情。我却毫无拘束地跷着腿坐在窗前藤椅上。我们谈的全是省城里的事，我常常发问，要他们回答。

后来姚太太低声对她丈夫讲了几句话，她的丈夫便掷了烟头站起来，在房里走了几步，对我说："今天下午我们两个都不在家，她母亲（他掉头看了看太太）约我们去玩，还要陪她老人家听戏。你高兴听京戏吗？我可以陪你去，不过这儿也没有什么好角色。"

“你知道我从来不看旧戏。”我答道。

他的太太也站了起来。他接着说：“我想你现在也许改变了，好些人上了年纪，就慢慢地圆通了。”

“可是也有人越老越固执啊。”我笑着回答。

朋友笑了，他的太太也笑了。她说：“他是说他自己，他老是觉得他自己很圆通。”

“你不要讲我，你还不是一样。譬如你不喜欢听京戏，你母亲一说听戏，你就陪她去。我从没有听见你说过‘不去’的话。你高兴看外国电影，没有人陪你去，你就不去看。所以不知道的人还以为你是个戏迷呢！”朋友跟他的太太开玩笑，太太不回答他，却只是微笑，故意把眼光射到窗外去，可是她那淡淡擦过粉的脸上已经起了红晕。她后来又收回眼光去看她的丈夫，嘴唇动了动，似乎在求他不要往下说。但是他的口开了，话不吐完，便很难闭上。他又说：“老黎不是外人，让他听见没有关系，他不会把你写在小说里面。”（她的脸通红，她连忙装作去看什么东西，转过了身子）“其实他还是你一个同志！他也爱看外国电影，以后有好片子，请他陪你去看罢。还有，老黎，你在这儿觉得闷的时候，要是高兴看线装书，我书房里多得很，我可以把钥匙交给你。”（他自己先笑起来）“我知道你不会看那些古董的。我太太有很多小说，新的旧的都有。商务印书馆的‘说部丛书’，她就有全套。这自然不是你们写的那一种。不过总是小说罢。我也看过几本，虽是文言译的，却也很能传神！新出的白话小说这里也有。”

太太似乎害怕他再讲出什么话来，她脸上的红晕已经消散了，这时便把身子掉向他催促道：“你一开头，话就讲不完。你也该让黎先生休息一会儿。我还要进去收拾……"她的脸上仍旧笼罩着笑容，还是她那比阳光更亮的微笑。

"好，我不讲了。看你那着急的样子！"朋友得意扬扬地对他的太太笑道，"我们今天把老黎麻烦够了。我们走罢，让他安静地写他的文章。"

我对他们夫妇微笑。我站起来送他们出去，现在我是这半个花厅的主人了。我站在窗下石栏杆前，望着他们的背影。他们亲密地谈着话，沿着石栏杆走过了上花厅，往里去了。

九

下半天他们夫妇果然不曾来。也没有别人来打扰我，除了周嫂来给我冲开水，老文给我送饭。

我吃过晚饭，老文给我打脸水来。我无意地说了一句："这太麻烦你们了，以后倒可以不必……"

老文垂着手眨着老眼答道："黎老爷，你怎么这样说！你是我们老爷的好朋友，我们当底下人的当然要好好伺候。万一有伺候不周到的地方，请你不客气地骂我们几句。"

这番话使我浑身不舒服起来。我被人称作"黎老爷"，这还是头一次。我听着实在不顺耳。我知道他以后还会这样叫下去的，会一直叫到我离开姚家为止。这使我受不了。我想了想，只好老实对他说："你是老家人了，你跟别人不同。（这句话果然发生了效力，他的脸上现出笑容来）请你不要喊我'黎老爷'，我们在'下面'都是喊'先生'，你就照'下面'的规矩喊我'黎先生'罢。"

"是，以后就依黎老爷的话；哦，是，黎先生。说老，我们在姚家'帮'了三十几年了。我们是看见我们老爷长大的。我们老爷心地好,做事待人厚道,就跟老太爷一模一样。"

"你们太太呢?"我问道。

"是说现在这位太太吗?"他问道。我点点头。老文便接着说下去:"太太过门三年多了,她从来没有骂过我们半句。她没有过门的时候,人人都说她是个新派人物,怕她花样多。她过来了大家都夸奖她好,她心地跟她相貌一样。她脸上一天总是挂着笑容。她特别看得起我们,说我们是姚家老家人。她有些事情还要问我们。我们伺候这样的老爷、太太,是我们底下人的福气。"笑容使他的皱脸显得更皱了,可是他一对细小的眼睛里包满泪水,好像他要哭起来似的。

我洗过脸,他便走到茶几旁去端脸盆。我连忙又问一句,因为我的好奇心被他的叙述引动了,我想从他的口里多知道一些事情。

"你们头一位太太呢?"

老文放下脸盆,看了我一眼,垂着手站在茶几前,摇摇头答道:"不是我们底下人胡言乱语,前头太太比这位差得太多,真赶不上。前头太太留下了一位少爷,还有一位小姐,小姐后来也死了……"他突然把下面的话咽住了,转过头去看门外。

"你们少爷我也见过,相貌跟你们老爷一模一样。"我接下去说,我想用这句话来引出他以后的话。

"不过脾气却跟老爷两样。"他看看我,又看看门外,他似乎想收回那句话,可是已经来不及了。他一定知道我清清楚楚地把话听进去了。

"不要紧,你有话只管讲,我不会告诉别人。你说得不错。

我也看得出来。你们少爷对你们太太不大好。"

"黎——先生，你还不知道，虎少爷自来脾气大，不说对他后娘，就是对他亲生妈也不好。前头太太去世时候，虎少爷快八岁了，他哭都没哭一声。他外婆太宠他，老爷也太宠他，我们太太拿他简直没有办法。"他走到我面前，压低声音说，"我听见周大娘说，我们太太为他的事还哭过好几回，连老爷都不晓得。"他停了一下，仍旧小声说下去，"太太回娘家，要带他去，他死也不肯去。他自己的外婆总说我们太太待不得前娘儿子，这两年赵家外老太太简直不到我们家来了，就是时常打发人来接虎少爷过去耍。我们太太逢年过节还是到赵家去。去年赵家怕警报，下乡去住了大半年，就把虎少爷接去住了三四个月。虎少爷回都不想回来了。老爷、太太打发我们去接了好几趟，才接回来的，回来还大发脾气，说在城里头炸死了，归哪个负责！老爷不骂他，太太也不好讲话。其实他在赵家从来不翻书，一天就跟表哥表弟赌钱……"

"你们老爷为什么这样不明白？像你们少爷这样年纪，做父亲的正应该好好管教他。"我插嘴说。

"唉，"老文着急地叹了一口气，"老爷宠他，什么事都依他，从小就是这样。叫我们底下人在旁边干着急。"他忽然忘了自己地提高声音，"年纪不小了，已经十三岁了，还在读高小第四册。"过后他气恼地昂起头来，自语道："我们说是说了，就是给旁人听见，也不怕，我们顶多告假回家就是了。"

"他十三岁？我还以为至多十一岁呢！"

"心思多的人不肯长，有什么办法？"老文的声音里还含着怒气。

"昨天那个杨家少爷也不过这样年纪……"我说。

"杨家少爷?"老文惊诧地问道,但是他不等我解释,马上接着说:"我们晓得就是常常跑进来折花的那一个。他家里从前也很阔,听说比我们老爷还有钱,现在败了。不过饭还吃得起。我听见看门的李老汉儿说,那个杨少爷今年还不满十五岁,已经上了三年中学,书读得很好。"

"你们老爷不是说他不肯好好念书吗?"我问道。

"那是老爷的话。我们讲的是李老汉儿的话,我们也不晓得究竟是真是假。我们原说,既然书读得好,怎么又会常常跑进我们花园来要花?这个道理我们实在不明白。问起李老汉儿,他也不肯说,我们多问两句,他就流眼泪水。昨天他还跟我们讲过情,说是只要老爷不晓得,又没有给赵青云看见,就让杨少爷来折几枝花罢。我们倒有点不好意思。其实我们也不想跟杨少爷为难,人家好好的少爷,公馆又原是他们家卖出来的,再说折两枝花,也值不了几个钱,横竖老爷、少爷都不爱花,就是太太一个人高兴看看花。其实太太也讲过,一两枝花有什么要紧,人家喜爱花,就送他一两枝。只是赵青云顶不高兴,花儿匠老刘请了三个月病假,现在归赵青云打扫花园,他顶讨厌旁人跑进花园里头来。老爷也吩咐过不要放杨少爷进公馆来,说是怕把虎少爷教坏了。所以赵青云碰到杨少爷,总要吵嘴。一个要赶,一个不肯走,偏偏杨少爷人虽小,力气倒不小,嘴又会讲话。有时候赵青云一个人把他没有办法,我们碰到,只好去帮忙。"

"你们老爷害怕虎少爷跟着杨少爷学坏,是不是你们少爷喜欢跟杨少爷一块儿玩?"我又问。

"哼,我们虎少爷怎么肯跟杨少爷一堆耍?他顶势利了,从来没有正眼看过我们，从来不肯好好地跟我们讲一句话。老爷真是太小心。"

"你们太太是个明白人，她可以劝劝你们老爷，对虎少爷的教育不好这样随便啊。"我说。

老文绝望地摇着头："没有用。老爷什么事都明白，就是在这件事情上头有点糊涂。你跟他讲，他不会听。"他弯下身子，带着严肃的表情，低声对我说："听说太太跟老爷讲过几回，虎少爷在家里不肯念书，时常到他外婆家去赌钱，又学了些坏习气，她做后娘的不大好管教，怕赵家讲闲话，要老爷好好管他。老爷却说，年纪小的人都是这样，大了就会改的。虎少爷人很聪明，用不着管教。太太碰了几回钉子，也就不敢多讲话了。赵家对太太顶不好，外老太太同两位舅太太都是这样，她们不但在外头讲闲话，还常常教唆虎少爷跟太太为难。老爷一点也不管。太太跟周大娘讲过，幸好她自己没有添小少爷，不然，她做后娘更难做了。"

"你们太太的处境也太苦了，"我同情地、不平地说，"真是想不到。"

"是啊，要不是周大娘跟我们说，我们哪儿会晓得？太太一天都是笑脸，见到人总是有说有笑的。我们只求老太爷的阴灵保佑她添两位小少爷，将来大起来，做大事情，给她出一口气。"老家人的诚心的祝福在这空阔的厅子里无力地战抖着。我看见他用手揩眼睛，觉得心里不痛快，站起来，默默地在屋里走了几步。

我觉得老文的眼光老是在我的身上打转，便站定了，望着他那微微埋下的头，等着他讲话。

"黎先生，这些话请你不要告诉旁人啊。"他小心地央求我，脸上愤怒的表情完全消失了。我看到一种表示自己无力的求助的神情。没有门牙的嘴像一个黑洞。

"你放心，我绝不会告诉人。"我感动地说。

"多谢你，我们今天把心里头的话都讲出来了。黎先生，我们虽是没有读过几年书的底下人，我们也晓得好歹，明白是非，我们心里头也很难过。"老文埋着头，捧着脸盆，伤感地流着泪走出去了。

我一个人站在下花厅门口。我引出了他的这许多话，我知道了许多事情。可是我的好奇心得到了满足吗？

没有。我只觉得有什么野兽的利爪在搔我的胸膛。

十

第二天老文送午饭来，他告诉我虎少爷昨晚又没有回家，还说了一些关于小虎的话，又说起小虎甚至在外面讲过他的后母的坏话。我听了，心里不大痛快。午饭后，我不能在屋里工作，也不想出去逛街。我在花厅里，在园子里走了不知若干步，走累了，便坐到沙发上休息；坐厌了，我又站起来走。最后我闷得没有办法，忽然想起不如到电影院去消磨时间。我刚从石栏杆转进门廊，就看见周嫂给我送晚饭来，说是老文告假上街去了，所以由她送饭。

我只好回到下花厅里吃了晚饭。周嫂冲了茶，倒了脸水。她做事手脚快，年纪在四十左右，脑后梳一个大髻，脸相当长，颜色黄，颧骨高，嘴唇厚，眉毛多，身体似乎很结实。她在我面前不肯讲话。我故意问她，虎少爷在家不在家。

"他？不消说又到赵家去了。我们太太回娘家，千万求他去，他也不肯。他只爱到赵家去耍钱。"周嫂扁起嘴，轻蔑地说。

"你们老爷喊他跟太太去，他也不听话吗？"我再问一句。

"连老爷也将就他，他是姚家的小老虎，小皇帝。"她掉开头，不再讲话了。

晚饭后我走出大门，打算到城中心一家电影院去。看门人李老汉儿正坐在大门内一把旧的太师椅上，抽着叶子烟，看见我便站起来，取下烟管，恭敬地唤了一声："黎老爷。"对我和蔼地笑了笑。

我出了大门，这声"黎老爷"还使我的耳朵不舒服，我便转回来。他刚坐下，立刻又站起身子。

"李老汉儿，你坐罢，不要客气。"我做个手势要他坐下，一面温和地对他说，"你不要喊'老爷'，他们都喊我'黎先生'。你明白我的意思吗？"

"是，黎先生，我明白。"他恭顺地回答。

"你坐罢，你坐罢。"我看见旁边没有别人，决定趁这个机会向他打听杨家小孩的事。我在对面一条板凳上坐下来，他也只好坐了。

"听说，你以前在杨家帮过很久，是吗？"我望着他那光秃的头顶问道。

"是，杨老太爷房子刚刚修好，我就进来了，那是光绪三十二年（1906），离现在三十几年了。我起初当大班抬轿子，民国六年（1917）跟人家打架，腿跌坏了，老太爷出钱给我医好，就喊我看门。"他埋下头把烟管在一只鞋底上敲着，烟蒂落下地来，他连忙用脚踏灭了火。他把烟管横放在他背后椅子上。

"杨家的人都好吗？"我做出关心的样子问道。

"老太爷民国二十年（1931）就过世了。大老爷也死了五年多了，只有一个少爷，公馆卖了，他就到'下面'去，一直没有消息。二老爷在衡阳，经营生意，很顺手。四老爷在省城什么大公司当副经理，家境也很好。就是三老爷家产弄光了，吃口饭都很艰难……"他接连叹了几口气，摇了几下头，抚摩了几下他那不过一寸长的白胡须。

"昨天来的那个小少爷就是他们杨家的人吗？"

"是，这是三老爷的小少爷。跟他父亲一样，很清秀，又很聪明，人又好强。三老爷小时候，老太爷顶喜欢他，事事将就他。后来三老爷长大了，接了三太太，又给朋友带坏了，把家产败得精光，连三太太的陪奁也花光了。后来三太太、大少爷都跟他吵嘴，只有这个小少爷跟他父亲好。"

"那么杨家三老爷还在吗？"我连忙插嘴问道。

"这个……我不晓得。"他摇了几下头。我注意他的眼睛，他虽然掉开脸躲避我的眼光，可是我见到了他一双眼睛里的泪水，我知道他没有对我说真话，他隐瞒了什么事情。但是我还想用话套出他的真话来。

"杨家大少爷不是在邮政局做事吗？那么一家人也应该过得去。这位小少爷还在上学，现在要送子弟上学，也要花一笔大钱！"

"是啊，他们弟兄感情好，小少爷读书又用功。大少爷很喜欢他兄弟，就是不喜欢他父亲。小少爷在学堂里头，每回考试，都中头二三名。"李老汉儿说着，得意地捏着胡须微笑了，可是眼里的泪水还没有干掉。

"不错，这个我也看得出来，的确是个好孩子。"我故意称赞道，"不过有一件事我不明白，他为什么常常跑到这儿来拿花，跟姚家底下人为难呢？他爱花，可以花钱买，又不贵。何必要折别人家的花？"

"黎先生，你不晓得，小少爷心肠好，他折花也不是自家要的。"

"送人，也可以花钱去买！茶花外面也有卖的。"我接下去说，我看见一线亮光了。

"外头茶花不多，就是有，也比不上杨家公馆里的！栽了三十多年了，三老爷小的时候，花园里头就有茶花。一共两棵，一红一白。白的一棵前年给虎少爷砍坏了。现在就剩这一棵红的。三老爷顶喜欢这棵茶花。他虽说不务正业，可是那回说起卖房子，倒不是三老爷的意思，二老爷同四老爷要拿钱去做生意，一定吵着要卖，大老爷的大少爷不过二十七八岁，没有结婚，性子暴躁，平日看不起家里几个叔叔，也吵着卖房子，说是把家产分干净了，他好到外国去读书，永远不回省来。三太太的钱给三老爷花光了，也想等到卖了房子，分点钱来过活。大家都要卖，三老爷一个人说不能卖也不中用。当时大家都着急得很，怕日子久了会变卦，所以房价很便宜。得了钱大家一分，三老爷没有拿到一个钱。"他的嘴又闭上了，一嘴短而浓的白胡须掩盖了一切。

"他怎么会没有拿到一个钱呢？三太太他们分到钱总会拿点给他花。至少他吃饭住房子得花这笔钱。"我惊奇地追问道，我相信他一定对我隐瞒了一件重要的事情。

"是，黎先生说的是。"他恭顺地答道。

我知道他不会再对我讲什么话了。他大概觉察出来我在向他打听消息，我在设法探出他心里的秘密，他便用这个"是"字来封我的嘴。我要是再追问下去，恐怕不但没有好处，反而会增加他对我的疑惧，还不如就此打住，等到以后有机会再向他探询罢。

我正在这样想的时候，忽然看见一个人影在门前晃了一下。李老汉儿马上站起，脸色全变了，他那张圆圆脸由于惊恐搐动起来，好像他见到什么他害怕看见的东西似的。

我也吃了一惊。我站起来，走出了大门。我向街中张望。我只看见一个人的背影：瘦长的身材，沾染尘土的长头发，和一件满是油垢快变成乌黑的灰布夹袍。他走得很快，仿佛害怕有人在后面追他一般。

十一

我朝着他去的方向走，走过一个庙宇似的建筑，我瞥见了"大仙祠"三个大字。我忽然记起老姚的话。他说看见过杨少爷在这个庙门口跟乞丐在一块儿。他又说大仙祠在他的公馆隔壁，其实跟他的公馆相隔有大半条街光景。我的好奇心鼓舞我走进了大仙祠。

庙很小。这里从前大概香火旺盛，但是现在冷落了。大仙的牌位光秃秃地立在神位里，帷幔只剩了一只角。墙壁上还挂着一些"有求必应"的破匾。供桌的脚缺了一只，木香炉里燃着一炷香；没有烛台，代替它们的是两大块萝卜，上面插着两根燃过的蜡烛棍。一个矮胖的玻璃瓶子，里面插了一枝红茶花，放在供桌的正中。明明是昨天我折给杨少爷的那枝花。

奇怪，怎么茶花会跑到这儿来呢？我想着，我觉得我快要把一个谜解答出来了。

　神龛旁边有一道小门通到后面，我从小门进去。后面有一段石阶，一个小天井，一堵砖墙。阶上靠着神位的木壁，有一堆干草，草上铺了一床席子，席子上一床旧被，枕头边一个脸盆，盆里还有些零碎东西。在天井的一角，靠着砖墙，人用几块砖搭了一个灶，灶上坐着一个瓦罐，正在冒热气。

　谁住在这儿呢？难道杨家小孩跟这个人有什么关系？或者杨家小孩是大仙的信徒？我问着自己。我站在阶上，出神地望着破灶上的瓦罐。

　我听见背后一声无力的咳嗽。我回过头去。一个人站在我的后面：瘦长的身材，蓬乱的长头发，满是油垢的灰布长袍。他正是刚才走过姚家门口的那个人。他的眼睛正带着疑惧的表情在打量我。我也注意地回看他。一张不干净的长脸似乎好些天没有洗过了，面容衰老，但是很清秀。眼睛相当亮，鼻子略向左偏，上嘴唇薄，虽然闭住嘴，还看得见一部分上牙。奇怪，我好像在什么地方见过这个人似的。

　他老是站着打量我，不作声，也不走开。他看得我浑身不舒服起来，仿佛他那一身油垢都粘到我身上来了一样。我不能再忍受这种沉默的注视，我便开口发问："你住在这儿吗？"

　他没有表情地点一下头。

　过了一会儿，我又说一句："罐子里的东西煮开了。"我指着灶上的瓦罐。

　他又点一下头。

　"这儿就只有你一个人？"过了几分钟，我又问一句。

　他又点一下头。

怎么，他是一个哑巴？我又站了一会儿，同他对望了三四分钟。我忽然想起：他的鼻子和他的嘴跟杨家小孩的完全一样。两个人的眼睛也差不多。

这是一个意外的发现。难道他就是杨家三老爷？难道他就是杨家小孩的父亲？

我应该向他问话，要他把他的身世告诉我。没有用。他不讲话，却只是点着头，我怎么能够明白他的意思？即使他不是哑巴，即使他真是那个小孩的父亲，他也不会对我这个陌生人泄露他的秘密。那么我老是痴呆地站在这里有什么用呢？

我失望地走出了小门。他也跟着我出来。我走到供桌前看见瓶里那枝茶花，我忍不住又问一句："这枝花是你的？"

他又点一下头。这一次我看见他嘴角挂了一丝笑意。

"这是我前天亲手在姚公馆折下来的。"我指着茶花说。

他似信非信地看了我一眼，微微一笑（我觉得他是在笑，或许不是笑也说不定），过后又点一下头。

"是杨家小少爷给你的吗？"我没有办法，勉强再问一句。

他再点一下头，索性撇开我，走下铺石板的院子，站到大门口去了。我没有看清楚他脸上的表情。这时庙里光线相当暗，夜已经逼近了。

我扫兴地走出庙门。在我后面响起了关门的声音。我回过头看。两扇失了光彩的黑漆大门把那个只会点头的哑巴关在庙里了。

我站在庙门前，掏出表来看，才六点十分，我马上唤住一部经过的街车，要那个年轻车夫把我拉到蓉光大戏院去。

我心里装了许多人的秘密。我现在需要休息，需要忘记。

十二

　　我回到姚家，还不到九点半钟。小虎正站在大厅上骂赵青云。他骂的全是粗话。赵青云坐在门房的门槛上，穿着短衫，袖子差不多挽到肩头，露出两只结实的膀子，冷一句热一句地回骂着。老文坐在二门内右面黑漆长凳上抽叶子烟。

　　"黎先生，回来啦。"老文站起来招呼我。

　　"他有什么事?"我指着小虎问道。

　　"他输了钱回来发脾气，怪赵青云接他早了。是太太打发赵青云去接他的。太太说他晚上还要温习功课，早晨七点钟上课，六点钟就该起来。其实他哪儿是读书，不过混混寿缘罢了。"老文摇头叹息道，"一个月里头总有十天请假，半个月迟到的。上了七年学认字不过一箩筐。这真是造孽!"

　　"老爷没有回来吗?"我问道。

　　"还早嘞。今天老爷、太太陪外老太太看戏，要到十二点才回来。老爷不在家，他发脾气，也没有人理他。赵青云又是个硬性子，不会让他，是他自讨没趣。"

　　小虎在大厅上跳来跳去，口里×妈×娘地乱骂，话越来越难听。有一次他跳下天井，说是要打赵青云。赵青云也站起来，把膀子晃了两晃，一面回骂道："×妈，你敢动一下，老子不把你打成肉酱不姓赵!"

　　小虎胆怯地退了一步。这时二门外响起包车的铃声和车夫的吆喝声。小虎连忙向前走了两步，把两手插在西装袋里，得意地笑道："好，你打罢。老爷回来了。看你敢不敢打!"

　　一部包车同两部街车在二门口停住了。车上走下一个素服的中年太太、一个穿花旗袍梳两条小辫子的小姐和一个穿青色学生服的十七八岁的青年。他们先后跨进门槛。老文垂下双手招呼了他们。他们对他点了点头。

小虎看见回来的不是他的父亲，回头便跑，跑上大厅的阶沿，又站住大声骂起来。那位太太和小姐走过他的身边，他并不理睬她们。她们也不看他。只有那个青年站住带笑问他一句："虎表弟，你在跟哪个吵嘴？"

"你不要管！"小虎生气地把身子一扭，答了一句。

青年若无其事地笑了笑，就从侧门往内院去了。

"这是小虎的表哥吗？"我问老文道。

"是。这是居孀的姑太太，还有大小姐跟二少爷。他们都晓得我们虎少爷的脾气，能避开就避开。老爷不在面前，虎少爷从不把他们放在眼里。姑太太是长辈，你看他连招呼也不招呼。姑太太是我们老爷的亲姐姐，比老爷大不到两岁。姑老爷死得早，也留得有田地，姑太太一家人也能过活。老爷好意接姑太太来住，恐怕也因为公馆里头房子多，自己一家大小三个住不完。老爷、太太待姑太太都很好，就是虎少爷看不起人家。他常常讲姑太太家里没有什么钱，他们姚家有千多亩田。田多还不是祖先传下来的！人家小姐、少爷都在上大学读书，从来不乱花钱，好多人夸奖，那才是自己的本事。"老文提起小虎，气就上来了。他一开口便发了这一大堆牢骚。我了解他的心理，我知道他的愤怒是从什么地方来的。

"我哪天一定要好好地劝劝你们老爷，再这样下去，不但害了小虎一辈子，并且会苦坏你们的太太。"我说。

"不中用，黎先生，不中用。我们老爷就是在这件事上头看不明白。况且还有赵家一家人教唆。坏就坏在赵家比我们老爷更有钱，虎少爷就相信钱。偏偏太太娘家又没有多少钱，家境比我们姑太太还差，虎少爷当然看不上眼。就是太太过门那年，他到万家去过两回，以后死也不肯再去。"

"你们太太娘家还有些什么人？"

"万家除了外老太太，还有大舅老爷、大舅太太、两位少爷。大舅老爷比太太大十多岁，在大学里教书，听说名声很好。两位少爷都在外州县上学。虽说没有多少钱，人家万家一家人过得和和气气。那才像一个家！哪儿像赵家，没有一个人做正经事情，就只知道摆阔，赌钱！连我们底下人也看不惯。黎先生，你想，虎少爷今天去赵家，明天去赵家，怎么不会学坏？"

"想不到你这样明白。"我赞了他一句。

"黎先生，你太夸奖了，我们底下人再明白，又有什么用，还不是做一世底下人！在老爷面前我们一个屁也不敢放。他读过那么多的书，走过那么多的地方，我们还敢跟他顶嘴吗？我们就是想替太太'打抱不平'，也不敢向老爷吐一个字。况且人家又是恩爱夫妻。外头哪一个不说老爷跟太太感情好！……虎少爷进去了。黎先生，你也进屋去休息罢。我们又吵了你半天。我们去给你打脸水。"把一直捏在手里的叶子烟管别在后面裤带上，叹息似的微微摆着头，走下天井里去了。我只得跟着他走进"憩园"去。

十三

我就这样地在姚家住下来。朋友让我自由，给我方便。园子里很静，少人来。有客人拜访，朋友都在上花厅接待他们。其实除了早晚，朋友在家的时候就不多。我知道他并没有担任什么工作，听说他也不大喜欢应酬。我问老文，老爷白天出门做什么事，老文说他常常去"正娱花园"喝茶听竹琴，有时也把太太拉去陪他。

我搬来姚家的第六天便开始我的工作。这是我的第七本书，也就是我的第四本长篇小说。是一个老车夫和一个唱书的瞎眼妇人的故事。我动身回乡以前，曾把小说的结构和内容对一位文坛上的前辈讲过。那时他正在替一家大书店编一套文学丛书，要我把小说写好交给那个书店出版，我答应了他。我应当对那位前辈守信。我的工作进行得很顺利。我关在下花厅里写了一个星期，已经写了三万多字。我预计在二十天里面可以完成我这部小说。

每天吃过晚饭我照例出去逛街。有时走得较远，有时走了两三条街便回来，坐在大门内板凳上，找李老汉儿谈天。我们什么话都谈，可是我一提到杨家的事，他便封了嘴，不然就用别的话岔开。我觉得他在提防我。

每天我走过大仙祠，都看见大门紧闭着。我轻轻地推一下，推不开。有一次我离庙门还有四五步远，看见一个小孩从庙里出来。我认得他，他明明是杨少爷。他飞也似的朝前跑，一下子就隐在人背后不见了。我走到大仙祠。大门开了一扇，哑巴站在门里。我看他，他也看我。他的相貌没有改变，只是一双眼睛泪汪汪的，左手拿着一本线装书。

他退后两步，打算把我关在门外。我连忙拿右手抵住那扇门，一面埋下眼睛，看他手里的书，问道："什么书？"

他呆呆地点一下头，却把那只手略略举起。书是翻开的，全是石印的大字，旁边还加了红圈。我瞥见"共看明月应垂泪，一夜乡心五处同"十四个字，我知道这是二十多年前的旧印本《唐诗三百首》。

"你在读唐诗？"我温和地问道。

他又点一下头，往后退了两步。

我前进两步，亲切地再问："你贵姓？"

他仍旧点一下头。泪水从眼角滴下来，他也不去揩它，好像没有觉察到似的。

我抬起眼睛看供桌，香炉里燃着一炷香。茶花仍然在瓶里，但是已经干枯了。我又对他说一句："还是换点别的花来插罢。"

他这一次连头也忘记点了。他痴痴地望着花，泪水像两根线一样挂在他的脸颊上。

我忽然想到这天是星期六。我来姚家刚刚两个星期。那次杨少爷来要花也是在星期六。那个小孩大概每个星期六到这儿来一次。他一定是来看他的父亲。不用说，哑巴就是杨老三。照李老汉儿说，杨家卖了公馆，分了钱，杨老三没有拿一个。他大概从那个时候起就给家里人赶出来了，至于他怎么会住到庙里来，又怎么会变成哑巴，这里面一定有一段很长的故事，可是我有什么办法知道呢？他自己不会告诉我。杨家小孩也不会告诉我。李老汉儿——现在李老汉儿不跟我谈杨家的事了。

哑巴在我旁边咳了一声嗽，不止一声，他一连咳了五六次。我同情地望着他，正想着应该怎样给他帮忙。他勉强止了咳，指着大门，对我做手势，要我出去。我迟疑一下，便默默地走了出去。

大门在我后面关上了。我也不回过头去看。浅蓝色天空里挂起银白的上弦月，夜还没有来，傍晚的空气十分清爽。

我在街上慢慢地走着。我希望我能够忘记这些谜一样的事情。

十四

"老黎！老黎！"一个熟悉的声音在叫我。从迎面一部包车上跳下来一个巨大的影子。

我站定了，抬起头看。老姚笑容满面地站在我面前。

"我正担心找不着你，想不到在半路上给我抓住了，真巧！"

他满意地笑道。他马上掉转脸吩咐车夫："你把车子先拉回家去。"

车夫应了一声，便拉起车子走了。

"有什么好事情？你这样得意！"我问道。

"碰到你，我的难题解决了。"老姚笑答道，"我今天跟昭华约好七点钟去看电影，两张票子都买好了。哪知道我到赵家去，赵家一定要留我吃晚饭，晚上陪老太太听川戏，不答应是不行的。可是我太太看电影的事怎么办呢？我想，只好请你陪她去。不过我又怕你不在家。现在没有问题了。"

"其实你看了电影再去听戏也成。"我说。

"可是我还要赶回赵家去吃饭啊。现在我先回家跟昭华讲一声。"

"你不去，恐怕你太太不高兴罢。"

"不会，不会，"他摇摇头很有把握地说，"她脾气再好没有了。她也知道我平日不高兴看电影，我去也是为了陪她。"

"赵家没有请你太太吃饭？"

"你怎么这样啰唆，我看你快变成老太婆了。"老姚带笑地抱怨道，"快走，昭华在家里等我们。我还要赶到赵家去。赵家在南门，我们这儿是北门！"

我笑了笑，便跟着他走回公馆去。在路上他还是把我的问话回答了。他还向我解释："赵老太太不愿意看见昭华，说是看见昭华就会想起她的亲生女儿，心里不好过。自从我头个太太死后，赵老太太就没有到我家来过。其实昭华对赵家起先也很亲热。后来赵家常说怕惹起老太太伤心，不敢接她去玩，她才没有再到赵家去。其实这也难怪赵家，老太太爱她的女儿，也是人之常情，况且我头个太太又是她的独养女。"

"那么赵老太太看见你同小虎，就不会想到她的独养女吗？"我不满意他这个解释，便顶他一句。

"她喜欢小虎极了。今晚上听戏还是小虎说起的。"他似乎并没有听懂我的意思，却只顾说些叫我听了不高兴的话。

我们到了家。老姚要我回到房里等着。我跨进了憩园的门槛，还听见他在吩咐老文："你到外面去给黎先生雇一辆车来。"

十五

我在园子里走了十多分钟，看见夜的网慢慢地从墙上、树上撒下地来。两三只乌鸦带着疲倦的叹息飞过树梢。一只小鸟从桂花树枝上突然扑下，又穿过只剩下一树绿叶的山茶树，飞到假山那面去了。

老姚夫妇来了。太太脸上仍旧带着她的微笑。她身上穿一件灰色薄呢的旗袍，外面罩了一件黑绒窄腰短外衣。老姚也脱去了长袍，换上一身西服，左膀上搭了一件薄薄的夹大衣。

"老黎，走罢，你不拿东西吗？"老姚站在石栏杆前，高兴地嚷起来。

"好。我不拿东西。"我一面回答，一面走上石阶，沿着栏杆去迎他们。

"黎先生，对不起啊，又耽误你的工作。"姚太太笑着对我道歉。

"姚太太，你太客气了。他知道（我指着她的丈夫）我是个电影迷。"我笑答道，"你们请我看电影，还说对不起我，那我应该怎么说呢？"

"不要再讲什么客气话了，快走罢，不然会来不及的。"老姚在旁边催促道。

我们走出园门。三部车子已经在二门外等着了。他们夫妇坐上自己的包车，我坐上街车，鱼贯地出了大门。

过了两条街，在十字路口，朋友跟他的太太分手了。又过了六七条街，我们这两部车子在电影院门口停下来。

我抬头看钟，知道还差八九分才到开映的时间。电影院门前只有寥寥十几个人。今天映的片子是《战云情泪》，演员中没有一个大明星，又是美国南北战争时期的故事，不合这里观众的口味也未可知。

戏院里相当宽敞，上座不到六成。我们前面一排，就空了五个位子。姚太太在看说明书，可是她没有看完，电灯便熄了。

银幕上映出来一个和睦家庭的生活，一个安静、美丽的乡村环境。然后是一连串朴素的悲痛的故事。我的心为那些善良人的命运痛苦。我看见姚太太频频拿手帕揩她的眼睛，我还听见她一阵阵的轻微的吐气。

映到那个从战地回来的父亲躺在长沙发上咽气的时候，片子忽然断了。电灯重燃起来。姚太太嘘了一口气，默默地埋下了头。我却抬起脸，毫无目的地把眼光射到一些座位上去。

我呆了一下。在我右面前三排的座位上，我看见了杨家小孩，就是我先前在大仙祠门口看见的那个样子。他正在跟旁边的一位中年太太讲话，这位太太脸上擦了点粉，头发梳成一个小髻，蓝花旗袍上罩了一件灰绒线衫，在她右面还有一个穿灰西装的年轻人，她侧过头对那个年轻人说了两句话，她笑了，那个年轻人也笑了。过后那个年轻人忽然回过头看后面。他的脸被我看清楚了。除了头发梳理得十分光滑、脸色比较白净外，他的脸跟杨家小孩的脸简直是一个模子里铸出来的。

真巧！许多事都碰在一块儿。想不到我又在这个电影院里看见了杨家小孩的母亲和他的哥哥。

电灯又灭了。片子接着映下去。最后战争结束，兵士们回到故乡。那个善良的姑娘在她同母亲重建起来的田庄上，在绝望的长期等待中，毕竟见到了她的情人的归来。

人们离开座位走了。电灯再亮起来。姚太太看了我一眼，便也站起来。我对她短短地说一句："片子还不错。"她点点头，答了一句："我倒没有想到。"

姚太太怕挤，她主张让旁人先出去。等我们走到门口，车子已经被人雇光了。我看见杨家母子坐上最后三辆街车走了。

老李正在台阶下等候姚太太，看见她便大声说："太太，车子在这儿。"

"黎先生的车子在哪儿？"姚太太问道。

老李答道："我雇好一部，给人家抢去了。今天车子少。到前面多半雇得到。太太要先坐吗？"

我连忙说："姚太太，请先上车罢。我自己到前面去雇车好了。要是没有车，走回去也很方便。"

"老李，你把车拉回去。我陪黎先生走一截路，等着雇到车再坐。横竖今晚上天气好，有月亮。"姚太太不同我讲话，却温和地吩咐老李说。

"是，太太。"老李恭敬地答道。

我只好同姚太太走下台阶。老李拉着车子慢慢地在前面走，我们两个在后面跟着。

十六

我们跟着车子转了弯。我们离开了嘈杂的人声，离开了辉煌的灯光，走进一条清静的石板巷。我不讲话，我耳朵里只有她的半高跟鞋的有规律的响声。

月光淡淡地照下来。

"两年来我没有在街上走过路，动辄就坐车。"她似乎注意到她的沉默使我不安，便对我谈起话来。

"我看，姚太太，你还是先坐车回去罢。还有好几条街，我走惯了不要紧。"我趁这个机会又说一次。这不全是客气话，因为我一则担心她会走累；二则，这样陪她走路，我感到拘束。

"不要紧，黎先生，你不要替我担心，我不学学走路，恐怕将来连路都不会走了。"她看了我一眼，含笑道，"前年有警报的时候，我们也是坐自己的车子'跑警报'，不过偶尔在乡下走点路。这两年警报也少了。诵诗不但自己不喜欢走路，他还不让我走路，也不让小虎走路。"

"姚太太在家里很忙吗？"

"不忙，闲得很。我们家里就只有三个人。用的底下人都不错，有什么事情，不用吩咐，他们会办得很好。我没有事，就看书消遣。黎先生的大作我也读过几本。"

我最怕听人当面说读过我的书。现在这样的话从她的口里出来，我听了更惭愧。我抱歉地说："写得太坏了，值不得姚太太读。"

"黎先生，你太客气了。你是诵诗的老朋友，就不应该对我这样客气。诵诗常常对我讲起你。我不配批评你的大作，不过我读了你的书，我相信你是个好人。我觉得诵诗有你这样的朋友是他的福气。他认识的人虽然多，可是知己朋友实在太少。"她诚恳地说，声音低，但吐字清楚，并且是甜甜的嗓音；可是我觉得她的语调里含有一种捉不住的淡淡的哀愁。我怀着同情地在心里说：你呢？你又有什么知己朋友？你为什么不想到你自己？可是在她面前我不能讲这样的话。我对着她只能发出唯唯的应声。

我们走过了三条街。我没有讲话，我心里藏的话太多了。

"我总是这样想，写小说的人都怀得有一种悲天悯人的菩萨心肠，不然一个人的肚子里怎么能容得下许多人的不幸，一个人的笔下怎么能宣泄许多人的悲哀？所以，我想黎先生有一天一定可以给诵诗帮忙……"

"姚太太，你这又是客气话了，我能够给他帮什么忙呢？他不是过得很好吗？他的生活比我的好得多！"我感动地说。我一面觉得我明白她的意思，一面又害怕我猜错她的真意，我用这敷衍话来安慰她，同时也用这话来表明我在那件事情上无能为力。

"黎先生，你一定懂我的话，至少有一天你会懂的。我相信你们小说家看事情比平常人深得多，平常人只会看表面，你们还要发掘人心。我想你们的生活也很苦，看得太深了恐怕还是看到痛苦多，欢乐少……"

她的声音微微战抖着，余音拖得长，像叹气，又像哭泣，全进到我的心里，割着我的心。

我失去了忍耐的力量，我忘记了我自己，我恨不得把心挖了出来，我恳切地对她说："姚太太，我还不能说我懂不懂你的意思。不过你不要担心。请你记住，诵诗有你这样一位太太，应该是世界上最幸福的人。……"我激动得厉害，以下的话我讲不出来了。到这时，我忽然害怕她会误会我的意思，把我的话当作一个玩笑，甚至一种冒犯。

她沉默着，甚至不发出一点轻微的声息。她略略埋下头。过了一会儿，她又抬起脸来。可是她始终不回答我一句。我也不敢再对她说什么。她的眼睛向着天空，我看不到她脸上的表情。

这沉默使我难堪，但是我也不想逃避。她不提坐车，我就得陪她走回公馆。不管我的话在她心上留下什么样的印象，我既然说出我的真心话，我就得硬着头皮承担那一切的后果。我并不懊悔。

她的脚步不像先前那样平稳了。大概她也失去了心境的平静罢。我希望我能够知道她这时候在想什么事情。可是我怎么能够知道？

离家还有两条街了，在那个十字路口，她忽然掉过脸看我，问了一句："黎先生，听说你又在写小说，是吗？"她那带甜味的温柔声音打破了沉默。

"是的。我没有事情，拿它来消磨时间。"

"不过一天写得太多，对身体也不大好。周嫂说，你整天伏在桌子上写字。那张方桌又矮，更不方便。明天我跟诵诗说换一张写字台罢。不过黎先生，你也应该少写点。你身体好像并不大好。"她关心地说。

"其实我也写得不多。"我感激地说。接着我又加上两句，"不写，也没有什么事情。我除了看电影，就没有别的嗜好，可是好的片子近来也难得有。"

"我倒喜欢读小说，读小说跟看电影差不多。我常常想，一个人的脑筋怎么会同时想出许多复杂的事情？黎先生，你这部小说的故事，是不是都想好了？你这回写的是哪一种人的事？"

我把小说的内容对她讲了。她似乎听得很注意。我讲到最后，我们已经到了家。

老李先拉着车子进去。姚太太同我走在后面。李老汉儿恭敬地站在太师椅跟前，在他后面靠板壁站着一个黑黑的人。虽然借着门檐下挂的灯笼的红光，我看不清楚这个人的脸，并且我又只是匆匆地看了一眼，可是我马上断定这个人就是大仙祠里的哑巴。然而等我对姚太太讲完两句话，从内门回头望出去，我只看见一个长长的人影闪了一下，就在街中飞逝了。

我没有工夫去追问这件事。我陪着姚太太走过天井，进了二门。

"我嫁到姚家以后第一次走了这么多的路。"她似乎带点喜悦地笑道。过后她又加了一句："我一点也不累。"走了两步，她又说："我应该谢谢你。"

我以为她要跟我分手进内院去，便含笑地应道："不要客气。明天见罢。"

她却站住望着我，迟疑一下，终于对我说了出来："黎先生，你为什么不让那个老车夫跟瞎眼女人得到幸福？人世间的事情纵然苦多乐少，不见得事事如意。可是你们写小说的人却可以给人间多添一点温暖，揩干每只流泪的眼睛，让每个人欢笑；要是我能够写的话，我一定不让那个瞎眼女人跳水死，不让那个老车夫发疯。"她恳求般地说，声音里充满着同情和怜悯。

"好。"我笑了笑，"姚太太，那么为了你的缘故就让他们好好地活下去罢。"

"那么谢谢你，明天见。"她感谢地一笑，便转身走了。

我当时不过随便说一句话，我并不想照她的意思改变我的小说的结局。可是我回到花厅以后，对着那盏不会讲话的电灯，我感到十分寂寞。摊开稿纸，我写不出一个字。拿开它，我又觉得有满腹的话需要倾吐。坐在方桌前藤椅上，我听见她的声音。在屋子里走来走去，我听见她的声音。坐到沙发上去，我听见她的声音。"给人间添一点温暖，揩干每只流泪的眼睛，让每个人欢笑。"这句话不停地反复在我的耳边响着。后来我的心给它抓住了。在我面前突然现出一个新的眼界。我第一次看见我自己的无能与失败。我的半生、我的著作、我的计划全是浪费。我给人间增加苦恼，我让一些纯洁的眼睛充满泪水。在这个充满苦难的世界上我没有带来一声欢笑。我把自己关在我所选定的小世界里，我自私地活着，把年轻的生命消耗在白纸上，整天唠唠叨叨地对人讲说那些悲惨的故事。我叫善良的人受苦，热诚的人灭亡，给不幸的人增添不幸；我让好心的瞎眼女人投江，正直的老车夫发狂，纯洁的少女割断自己的生命。为什么我不能伸出手去揩干旁人的眼泪？为什么我不能发散一点点热力减少这人世的饥寒？她的话照亮了我的内心，使我第一次看到那里的空虚。全是空虚，我的工作，我的生活，我的作品。

绝望和悔恨使我快要发狂了：我已经从我自己世界里的宝座上跌了下来。我忍受不了电灯光，我忍受不了屋子里的那些陈设。我跑到花园里去，我在两棵老桂花树中间来来回回地走了许久。

这一夜我睡得很迟，也睡得很坏。我接连做了几个噩梦。我在梦里也否定了我自己。

十七

第二天我起床并不晚。可是我头痛，眼睛又不舒服。然而我并没有躺下来，我跟自己赌气，我摊开稿纸写，写不出，不想写，我还是勉强写下去。从早晨七点半钟一直写到十点半，我一共写了五百多字。在这三个钟点里面，我老是听见那个声音："为什么不让他们好好地活下去呢？"我还想倔强地用尽我的力量来抵抗它。可是我的笔渐渐地不肯服从我的驾驭了。

我把写成的五百多字反复地念了几遍，在这短短的片段里，我第一次看出了姚太太的影响。我气愤地掷开笔，我也说不出为什么动气。就在这个时候老姚进来了。

我抬起头回答他的招呼，勉强地对他笑了笑，我仍然坐在藤椅上，不站起来。

"怎么今天你脸色不好看？"他吃惊地大声问道。

"我昨晚写文章没有睡好觉。"我低声回答。我对他撒了谎。

"是啊，我昨晚上十二点钟以后回来，还听见你在屋里咳嗽。"他接着说，"其实你身体不大好，不应该睡得太迟。反正花园里很清静，你也有空，何必一定要拼命在晚上写！"从他的声音和他的表情，我知道他的关心是真诚的。我很感激他，因此我也想趁这个机会跟他谈谈小虎的事，对他进一个忠告。

"你是跟小虎一块儿回来的吗？"我问道。

"不错。小虎这个孩子对京戏蛮懂。他看得很有兴趣。"老姚夸耀似的笑答道。

"不过太迟了，对他也不大好。小孩子平日应当早睡觉，而且晚上他还要在家里温习功课。他外婆太宠他了，我害怕反而会耽误他。你做父亲的当然更明白。"我恳切地对他说，我把声音故意放慢，让每个字清清楚楚地进到他的耳里。

他大声笑起来。他在我的肩头猛然一拍："老弟，你这真是书生之见。我对小虎的教育很有把握。昭华起先也不赞成我的办法，她也讲过你这样的话。可是现在她给我说服了。对付小孩，就害怕他不爱玩，况且家里又不是没有钱。爱玩的小孩都很活泼。不爱玩的小孩都是面黄肌瘦，脑筋迟钝，就是多读了几本书，也不见得就弄得很清楚。不是我做父亲的吹牛，小虎到外面去，哪个不讲他好！"

"小虎除了赵家，恐怕很少到别家去过罢。"我冷冷地嘲讽道。

他好像没有听懂我的话，仍然得意地对我笑着："就是赵家也有不少的人啊！"

"那是他外婆家。外婆偏爱外孙，这是极普通的事情。"我正经地说，"可是别的人呢？是不是都喜欢他？"我本来想咽下这样的话，然而我终于说了出来。

他迟疑了片刻，可是他仍然昂头答道："你指什么人？就拿我们家里来说罢，昭华也从没有讲过一句他的坏话。我姐姐不大喜欢小孩，不过她对小虎也不错。这个孩子就是太聪明，太自负。自然，聪明的孩子不免要自负。我以后还得好好教他。"

"这倒是很要紧的，不然我害怕将来会苦了你太太。我觉得你对小虎未免有点偏爱。当心不要把他宠坏了。"我这是诚恳的劝告，不是冷冷的嘲讽了。

"哪儿有这种事情？"他哈哈大笑道，"你没有结过婚，不会懂做父亲的道理。不用你替我担心，我并不是糊涂虫。"

"不过我觉得旁观者清，你应当考虑一下。"我固执地说。

"老弟，这种事情没有旁观者清的。我对小虎期望大，当然不会忽略他的教育。"他拍拍我的肩头，"我们不要再谈这种事情，这样谈法是不会有结果的，因为你完全是外行。"他得意地笑起来。

我没有笑。我掉开头，用力咬我的下嘴唇。我暗暗地抱怨自己这张嘴不会讲话。我不能使他睁大眼睛，看清楚事情的真相；我不能使他了解他所爱的女人的灵魂的一隅。

就在这个时候，他的太太来了。还是昨天那一身衣服，笑容像阳光似的照亮她的整个脸。她招呼了我，然后对她的丈夫说："赵家又打发人来接小虎过去。"

"那么就让他去罢。"她的丈夫不假思索地接口说。

"我觉得小虎要得太多了，也不大好。他最近很少有时间温习功课，我担心他今年又会——"她柔声表示她的意见，但是说到"会"字，她马上咽住下面的话，用切盼的眼光看她的丈夫，等着他的回答。

"没有关系，没有关系。"他摇摇头说，"上一回是学校不公平，不怪他。并且今天是礼拜，赵家来接，不给他去，赵家又会讲闲话。其实赵家一家人都喜欢他，他到赵家去，我们也可以放心。"

"不过天天去赵家，不读书，学些阔少爷脾气，也不大好。"她犹豫一下，看他一眼，又埋下头去，慢慢地说。

"爹！爹！"小虎在窗外快乐地叫道。他带着一头汗跑进房来。他穿了翻领白衬衫和白帆布短裤。他看见他的后母，匆匆地叫了一声"妈"，过后又用含糊的声音招呼我一声。他对我点了一下头，可是他做得那么快，我只看见他的头晃了晃。

"什么事？你这样高兴！"朋友爱怜地笑着问。

"外婆打发车子来接我去耍。"小虎跑到父亲面前，拉着父亲的一只手答道。

"好罢，不过你今天要早点回来啊。"老姚抚摩着孩子的头说。

"我晓得。"孩子高兴地答应着，他放下父亲的手，接着又说一句，"我去拿衣服。"也不再看父母一眼，就朝外面跑去。

姚太太望着窗外，好像在想什么事情。

"你这位做父亲的也太容易讲话了。"我开玩笑地对老姚说。我不满意他的这种"教育"。

姚太太掉过脸来看我。

"这是父子的感情，没有办法。"老姚摇摇头说，看他的脸色，我知道他对他的这种"教育"也并非完全满意。

"我担心的倒是小虎耍久了，更没有心肠读书。"姚太太插嘴说，她对丈夫笑了笑。

"不会的，不会的。"老姚接连摇着头说，"你这是过虑。我有把握不叫小虎染到坏习惯。"

"黎先生，你相信他的把握吗？"她抿嘴笑着问我道。

"我不相信。"我摇头答道，"照他说，他对什么事都有把握。"

姚太太点着头说："这是公道话。他对什么事都很自负，不大肯听别人劝。"她又看他一眼。

他仍然带着愉快的笑容，动了一下嘴，正要讲话，周嫂的长脸出现了。

"老爷，大姑太太请你去一趟，说有事情要跟你商量。"周嫂说。

老姚对我说："那么我们下午再谈罢。昭华倒可以多坐一会儿。"他马上跟着周嫂走了。

"黎先生，我已经跟诵诗讲过了，写字台等一会儿就给你搬来。"她站在窗前望了望丈夫的背影，忽然转过身子对我说。

"谢谢你。其实不换也好，这张方桌也不错。"我客气地说。

"这张方桌稍微矮一点。你一天要写那么多的字，头埋得太低，不舒服。"她说。

"我这样写惯了，倒不觉得什么。太麻烦你们，我心里也很不安。"

"黎先生，你以后不要这样客气好不好？你是诵诗的老同学，就不该跟我客气。"她温和地笑道。

"我并没有客气——"我的话被一阵闹声打断了。

"什么事情？"她惊讶地自语道，便向门口走去，我也走到那里。

杨家小孩同赵青云正站在石栏杆前吵架，杨家小孩嚷着："我来找黎先生讲话，你没有权干涉我。"

"黎先生认不得你。你明明是混进来偷东西的,你怕我不晓得你的底细!"赵青云涨红脸骂道。

"赵青云,你让他进来罢。"姚太太在门内吩咐道。

"是。"赵青云答应一声,就不再讲话了。

杨家小孩走到门前,对她行一个礼,唤道:"姚太太。"她含笑地点一下头,轻轻答了一声:"杨少爷。"

他又向着我唤声:"黎先生。"

"你进来坐罢。你找黎先生有什么事情?"她温和地问他。不等他回答,她又对我说:"我先走了。要是杨少爷要花,黎先生,请你折两枝给他罢。"

"谢谢你,姚太太。"杨家小孩感谢地答道。

她走了。我看见小孩的眼光送着她的背影出去。

十八

"你坐罢。"我先开口。

他看看我,动动嘴,似乎要说什么话,却又没有说出来。

"你是不是来要花的?"我带笑地问他。

"不。"他摇摇头。

"那么你找我谈什么事情?"我站在方桌前面,背向着窗。他的手放在藤椅靠背上,眼睛望着窗帷遮住了的玻璃。

"黎先生,我求你一件事……"他咽住下面的话,侧过脸用恳求的眼光望着我。

"什么事?你尽管说罢。"我鼓舞地对他说。

"黎先生,请你以后不要到大仙祠去,好不好?"他两只眼睛不住地霎动,好像要哭的样子。

"为什么呢？你怎么晓得我到大仙祠去过？"我惊愕地问道。

"我我——"他红着脸结结巴巴地答不出来。

"那个哑巴是你的什么人？"我又问一句。

"哑巴？哑巴？"他惊讶地反问道。

"就是住在大仙祠里头的哑巴。"

"我不晓得。"他避开了我的眼光。

"我看见你拿去的那枝茶花。"

他不作声。

"我昨天看见你跟你母亲、哥哥一块儿看电影。"

他动了一下嘴，吐出一个声音，马上埋下了头。

"你为什么不要我到大仙祠去？只要你把原因对我讲明白，我就依你的话。"

他抬起头看我，泪珠不断地沿着脸颊滚下来。

"黎先生，请你不要管那些跟你不相干的事。"他哭着说。

"不要哭，告诉我大仙祠跟你有什么关系。你为什么不肯对我说真话？我或者可以给你帮点忙。"我恳切地说。

"我说不出来，我说不来！"他一面说，一面伸起手揩眼睛。

"好，你不要说罢。什么事我都知道。大仙祠那个人一定是你父亲。……"我的话还没有讲完，他忽然放下手，用力摇着头，大声否认道："他不是！他不是！"

我走过去，拉住他的两只手，安慰地说："你不要难过，我不会对旁人讲的。这又不是你的错。你告诉我，你父亲怎么会弄到这个样子？"

"我不能说！我不能说！"他挣脱了我的手，往门外跑去。

"不要走，我还有话对你说！"我大声挽留他。可是他的脚步声渐渐地去远了。只有他一路的哭声在我的耳边响了许久。

我没有移动脚，我知道我不会追上他。

十九

这天午饭以前写字台果然搬到下花厅来了。桌面新而且光滑，我在那上面仿佛看见姚太太的笑脸。

可是坐在这张写字台前面，我整个下午没有写一个字。我老是想着那个小孩的事情。

后来我实在无法再坐下去。我的心烦得很，园子里又太静了。我不等老文送晚饭来，便关上了下花厅的门，匆忙地出去。

我走过大仙祠门前，看见门掩着，便站住推一下，门开了半扇，里面没有一个人。我转身走了。

我在街口向右转一个弯，走了一条街。我看见一家豆花便饭馆，停住脚，拣了一张临街的桌子，坐下来。

我正在吃饭，忽然听见隔壁人声嘈杂，我放下碗，到外面去看。

隔壁是一家锅魁店，放锅魁的摊子前面围着一堆人。我听见粗鲁的骂声。

"什么事情?"我向旁边一个穿短衣的人问道。

"偷锅魁的，挨打。"那个人回答。

我用力挤进人堆，到了锅魁店里面。

一个粗壮的汉子抓住一个人的右膀，拿擀面棒接连在那个人的头上和背上敲打。那个人埋着头，用左膀保护自己，口里发出呻吟，却不肯讲一句话。

"你说，你住在哪儿? 叫啥子名字? 你讲真话，老子就不打你，放你滚开！"打人的汉子威胁地说。

被打的人还是不讲话。衣服撕破了，从肩上落下一大片，搭在背后，背上的黑肉露出了一大块。他不是别人，就是大仙祠里的哑巴。

"你说，说了就放你，你又不是哑巴，怎么总是不讲话？"旁边一个人接嘴说。

被打的人始终不开口。脸已经肿了，背上也现出几条伤痕。血从鼻子里流下来，嘴全红了，左手上也有血迹。

"你放他罢，再打不得了。他是个哑巴……"我正在对那个打人的汉子讲话，忽然听见一声痛苦的惊叫，我掉头去看。

杨家小孩红着脸流着泪奔到哑巴面前，推开那个汉子的手，大声骂着："他又没有犯死罪，你们做什么打他？你看你把他打成这个样子！你们只会欺负好人！"

众人惊奇地望着这个孩子。连那个打人的人也放下手不作声了，他带着一种茫然的表情看这个小孩。被打的人仍旧埋下头，不看人，也不讲话。

"我们走罢。"小孩亲热地对他说，又从裤袋里掏出一方手帕，递给他，"你揩揩鼻血。"小孩拿起他的右手，紧紧捏住，再说一句，"我们走罢。"

没有人干涉他，没有人阻挡他。这个孩子扶着被打的人慢慢地走到街心去了。许多人的眼光都跟在他们后面。这些人好像在看一幕情节离奇的戏。

两个人的影子看不见了。众人议论纷纷。大家都奇怪：这个小娃儿是那个"叫花子"的什么人。我从他们的谈话里才知道那个哑巴不给钱，拿了一个锅盔，给人捉住，引起了这场纠纷。

"先生，饭冷了，请过去吃罢，我给你换碗热饭来。"隔壁饭店的堂倌过来对我说。

"好。"我答应一声。我决定吃完饭到大仙祠去。

二十

我走到大仙祠。门仍然掩着，我推开门进去。我又把门照旧掩上。

前堂没有人，后面也没有声音。我转到后面去。

床铺上躺着那个哑巴。脸上肿了几块，颜色黑红，鼻孔里塞着两个纸团。失神的眼光望着我。他似乎想起来，可是动了一下身子，又倒下去了。他痛苦地呻吟了一声。

"你不要怕，我不是来害你的。"我做着手势，温和地安慰他。

他疑惑地望着我。

外面响起了脚步声，是穿皮鞋的脚。我知道来的是杨家小孩。

果然是他。手里拿着一些东西，还有药瓶和热水瓶。

"你又来了！你在做侦探吗？"他看见我，马上变了脸色，不客气地问道。

这可把我窘了一下。我没有想到他会拿这种话问我。我红着脸结结巴巴地回答他："你不要误会我的意思。我同情你们，想来看看我能不能给你帮忙。我并没有坏心思。"

他看了我一眼，他的眼光马上变温和了。可是他并不讲话。他走到床铺前，放下药瓶和别的东西。我去给他帮忙，先把热水瓶拿我的手里。他放好东西在枕边，又把热水瓶接过去。他对我微微一笑说："谢谢你。我去泡开水。"他又弯下身子，拿起了

226

脸盆。

"我跟你一块儿去，你一个人拿不了，你把热水瓶给我罢。"我感动地说。

"不，我拿得了。"他不肯把手里的东西交给我，他用眼光指着铺上的病人，"请你陪陪他。"他一手提着空脸盆，一手拿着热水瓶，走出去了。

我走到病人的枕边。他睁着眼睛望我。他的眼光迟钝，无力，而且里面含着深的痛苦。我觉得这对眼睛像一盏油干了的灯，它的微光渐渐在减弱，好像马上就要熄了。

"不要紧，你好好地养息罢。"我俯下身子安慰他说。

他又睁大眼睛看我，好像没有听懂我的话似的。他的脸在颤动，他的身子在发抖。我不知道应该怎样照料他，便慌慌张张地问他："你痛吗？"

"谢谢你。"他吃力地说。声音低，但是我听得很清楚。我吃了一惊。他不是一个哑巴！那么为什么他从前总是不讲话呢？

外面响起了脚步声。

"他是个好孩子，"接着说，"请你多照应他。……"以后的话，他没有力气说出来。

那个小孩拿着热水瓶，捧着脸盆进来了。

我接过脸盆，蹲下去，把盆子放在病人枕头边的地上，把脸帕放到盛了半盆水的盆子里绞着。

"等我来。"小孩放好热水瓶，伸过手来拿脸帕。

我默默地站起来，让开了。我立在旁边看着小孩替病人洗了脸，揩了身，换了衣服，连鼻孔也洗干净了，换上了两团新的药棉；过后他又给病人吃药。我注意地望着那两只小手的动作，它

227

们表现了多大的忍耐和关切。这不是一个十三四岁小孩该做的事情，可是他做得非常仔细、周到，好像他受过这一类的训练似的。

病人不讲话，甚至不曾发过一声呻吟。他睁大两只失神的眼睛望着小孩，顺从地听凭小孩的摆布。在他那臃肿的脸上慢慢地现出了像哭泣一样的微笑，他的眼光是一个慈爱的父亲的眼光。等到小孩做完那一切事情以后，他忽然伸出他的干瘦的手，把小孩的左手紧紧地抓住。"我对不住你，"他低声说，"你对我太好了……"泪水从他的眼里迸了出来。

"我们都不好，让你一个人受苦。"小孩抽咽地说了一句，声音就哑了，许久吐不出一个字。他坐在床铺边上。

"这是我自作自受。"病人一个字一个字痛苦地说，声音抖得很厉害。

"你不要讲了，你看你成了这个样子；我们都过得好。"小孩哭着说。

"这样我也就心安了。"病人叹了一口气说。

"可是你……你做什么一定要躲起来？做什么一定要叫你自己受罪？……"小孩哭得更伤心了。他把头埋在病人的膀子上。

病人爱怜地抚摩着小孩的头："你不要难过。我这点苦算不得什么！"

"不，不，我们要送你到医院去！"小孩悲痛地摇着头说。

"去医院也没有用，医院医不好我的病。"病人微微摇摇头，断念似地答道。小孩没有作声。"我现在好多了，你回家去罢。不要叫家里人担心。"病人说一句话，要喘息几次，声音更弱，在傍晚灰黄的光线下，他的脸色显得更加难看，只有一对眼睛有点生气，它们爱怜地望着小孩的微微颤动的身子。

"那么你跟我回家去罢，在家里总比在这儿好些。"小孩忽然抬起头哀求地说。

"我哪儿还有家？我有什么权利打扰你们？那是你们的家。"病人摇着头，酸苦地说。

"爹！"孩子抑制不住自己的感情，哭着叫起来，"为什么你不该回去？难道我们家不是你的家？难道我不是你的儿子？这又不是丢脸事情！我做什么还不敢认我自己的父亲！……"孩子又把头埋下去，这一次他俯在父亲的胸前呜呜地哭起来。

"寒儿，我知道你心肠好。不过你母亲他们不会原谅我的。而且我也改不了我的脾气。我把你们害够了。我不忍心再——"他两只手抱着儿子的头，呜咽了许久。我在旁边连声息也不敢吐。我觉得我没有权利知道那一家人的秘密，我更没有权利旁观这父亲和儿子的痛苦。可是现在要偷偷地退出大仙祠去，也太晚了。

父亲忽然叹一口气，提高声音说："你回去罢。我宁肯死也不到你们家去。"

父亲有气无声地哭起来。孩子不抬头，却哭得更伤心了。我看不清楚父亲脸上的表情，只看见他两只手压在儿子的后脑勺上。后来连那两只手也看不见了。

我走过去，俯下身子，轻轻地拍着孩子的肩头。我拍了三次，孩子才抬起头来，转过脸看我。我同情地说："你让他休息一会儿。"

孩子慢慢地站起来。父亲轻轻地嘘一口气。没有别的声音。

"他累了，精神支持不住。不要跟他多讲话，不要叫他伤心、难过。"我又说。

"黎先生，你说该怎么办？他一定不肯回家，又不肯进医院。在这儿住下去，怎么行！"孩子说。

"我看只要你母亲跟你哥哥来接他，他一定肯回去。"我说。

停了好一会儿，孩子才用痛苦的声音回答我："他们绝不会来的。你不晓得他们的脾气。要是他肯进医院，就好办了。不过我不晓得住医院要花多少钱。"他的声音低到只有我一个人听得见。

"那么明天就送他进医院罢，就是三等病房也比这儿好得多。你手头没有钱，我可以设法。"我诚恳地说。我的声音稍微大一点，但是我想病人已经睡着了，这些时候我就没有听见他的声息。

"不，不能够让你出钱！"孩子摇头拒绝道。

"你不要这样固执。病人的身体要紧，别的以后再讲。等他身体好了，我们还可以找个事情给他做。你想他肯做事吗？"我对他解释道。

"那么就照你的意思办罢。"小孩感激地说。

"我们明天上午九点钟以前在这儿见面，一块儿送他进医院去，就这样决定罢。你明天要上学吗？"

"我上午缺两堂课不要紧。我明天一定在这儿等你。黎先生，你先回去罢。我还要点燃蜡烛在这儿陪我父亲。"

病人轻轻地咳嗽一声，过后又没有声息了。小孩划了五根火柴，才把蜡烛点燃。

"好，我去了。有事情，你到姚家来找我。"

我听见他的应声才迈步走出小门，进到黑暗的天井里去。

二十一

我回到姚家，经过大门的时候，李老汉儿站起来招呼我。

"你们三老爷在大仙祠生病，我跟他小少爷讲好明天送他进医院去。"我对他说。我告诉他这个消息，因为我知道除了那个小孩，就只有他关心杨老三。

李老汉儿睁大眼睛张大嘴，答不出话来。

"你不用瞒我了，你们三老爷还来找过你，我看见的。你放心，我不会告诉别人。"我安慰他说。我又添上一句："我告诉你，我想你会抽空去看他。"

"多谢黎先生。"李老汉儿感激地说。他又焦急地问："三老爷病不要紧罢？"

"不要紧，养养就会好的。不过他住在大仙祠总不是办法。你是个明白人，你怎么不劝他回家去住？看样子他家里还过得去。"

李老汉儿痛苦地叹了一口气，然后说："黎先生，我晓得你心地厚道。我不敢瞒你，不过说起来，话太长，我心头也过不得，改天向你报告罢。"他把脸掉向门外街中。

"好。我进去找老文来替你看门。你到大仙祠去看看罢。"

"是，是。"他接连说。我跨过内门，走到阶下，他忽然在后面唤我。我回过头去。他带着为难的口气恳求我："三老爷的事情，请黎先生不要跟老文讲。"

"我知道，你放心罢。"我温和地对他点一下头。

我进了二门，走下天井。门房里四扇门全开着，方桌上燃着一盏清油灯。老文坐在门槛上，寂寞地抽着叶子烟。一支短短的烟管捏在他的左手里，烟头一闪一闪地亮着。他的和善的老脸隐约地在我的眼前现了一下，又跟着烟头的火光消失了。

我向着他走去。他站起来，走下石阶迎着我。

"黎先生回来了。"他带笑招呼我。

我们就站在天井里谈话。我简单地告诉他，李老汉儿要出去替我办点事情，问他可以不可以替李老汉儿看看门。

"我们去，我们去。"他爽快地答道。

"老爷、太太都在家吗？"我顺便问他一句。

"老爷跟太太看影戏去了。"

"虎少爷回来没有？"

"他一到外婆家，不到十一二点钟是不肯回来的。从前还是太太打发人去接他，现在老爷又依他的话，不准太太派人去接。"他愤慨地说。在阴暗中我觉得他的眼光老是在我的嘴上盘旋，仿佛在说：你想个办法罢。你为什么不讲一句话？

"我讲话也没有用。今早晨，我还劝过他。他始终觉得虎少爷好。"我说，我好像在替自己辩解似的。

"是，是，老爷就是这样的脾气。我们想，只要虎少爷大了能够改好，就好了。"老文接着说。

我不再讲话。老文衔着烟管，慢慢地走出二门去了。

月亮冲出了云层，把天井渐渐地照亮起来，整个公馆非常静。不知道从什么地方送过来一阵笛声。月亮又被一片灰白的大云掩盖了。我觉得一团黑影罩上我的身来。我的心被一种莫名的忧虑抓住了。我在天井里走了一会儿。笛声停止了。月亮还在云堆里钻来钻去。赵青云从内院走出来，并不进门房，却一直往二门外去了。

我走进了憩园。我进了我的房间。笛声又起来了。这是从隔壁来的。笛声停后，从围墙的那一面又送过来一阵年轻女人的笑声。

我在房里坐不住，便走出憩园，甚至出了公馆。老文坐在太师椅上，可是我没有心情跟他讲话。

在斜对面那所公馆的门前围聚了一群人。两个瞎子和一个瞎眼女人坐在板凳上拉着胡琴唱戏。这个戏也是我熟悉的：《唐明皇惊梦》。

过了十几分钟的光景，唐明皇的"好梦"被宫人惊醒了。瞎子闭上嘴，胡琴也不再发声。一个老妈子模样的女人从门内出来付了钱。瞎子站起来说过道谢的话，用竹竿点着路，走进了街心。走在前面的是那个唱杨贵妃一角的年轻人，他似乎还有一只眼睛看得见亮光，他不用竹竿也可以在淡淡的月光下走路。他领头，一路上拉着胡琴，全是哀诉般的调子。他后面是那个唱安禄山一角的老瞎子，他一只手搭在年轻同伴的肩头，另一只手拿着竹竿，胡琴挟在腋下。我认得他的脸，我叫得出他的名字。十五年前，我常常有机会听他唱戏。现在他唱配角了。再后便是那个唱唐明皇一角的瞎眼妇人。她的嗓子还是那么好。十五年前我听过她唱《南阳关》和《荐诸葛》。现在她应该是四十光景的中年女人了。她的左手搭在年老同伴的肩上，右手拿着竹竿。我记得十五年前便有人告诉我，她是那个年老同伴的妻子，短胖的身材，扁圆的脸，这些并没有大的改变。只是人老得多了。

胡琴的哀诉的调子渐渐远去。三个随时都会倒下似的衰弱的背影终于淡尽了。我忽然想起了我的小说里的老车夫和瞎眼女人。眼前这对贫穷的夫妇不就是那两个人的影子吗？我能够给他们安排一个什么样的结局呢？难道我还能够给他们带来幸福吗？

我被这样的思想苦恼着。我不想回到那个清静的园子里去。我站在街心。淡尽了的影子若隐若现地在我的眼前晃来晃去。我忽然想起去追他们。我迈着快步子走了。

我又走过大仙祠的门前。我听见瞎子在附近唱戏的声音。可是我的脚像被一种力量吸引住了似的，在那两扇褪了色的黑漆大门前停下来。我踌躇了一会儿，正要伸手去推门。门忽然开了。杨家小孩从里面走出来。

他看见我，略有一点惊讶，过后便亲切地招呼我："黎先生。"

"你现在才回去？"我温和地问道。

"是的。"他答道。

"他现在好些了？"我又问，"睡了吗？"

"谢谢你，稍微好一点儿，李老汉儿在那儿。"

"那么，你回去休息罢，今天你也够累了。"

"是，我明早晨九点钟以前在这儿等你。黎先生，你有事情，来晚点儿也不要紧。"

"不，我没有事情，我不会来晚的。"

我们就在这门前分别了。我等到他的影子看不见了，又去推大仙祠的门。我轻轻地推，门慢慢地开了一扇，并没有发出声响。

我走下天井，后面有烛光。我听见李老汉儿的带哭的声音："三老爷，你不能够这样做啊……"

我没有权利偷听他们谈话，我更没有权利打岔他们。我迟疑了两三分钟，便静静地退了出来。我听见"三老爷"的一句话：

"我再没有脸害我的儿子。"

我回到公馆里。二门内还是非常静。门房里油灯上结了一个大灯花。我看不见人影。月亮已经驱散了云片，像一个大电灯泡似地挂在蓝空。

我埋着头在天井里走了一会儿，忽然听见一个熟悉的声音唤"黎先生"。我知道这是姚太太。我答应着，一面抬起头来。

她穿一件青灰色薄呢旗袍，外面罩着白色短外套，脸上仍旧露出她那好心的微笑。老李拉着空车上大厅去了。

"姚太太看电影回来了，诵诗呢？"

"他路上碰到一个朋友，找他谈什么事情，等一会儿就回来。黎先生回来多久了？我们本来想约黎先生出去看电影，在花厅里找黎先生，才知道黎先生没有吃饭就出去了。黎先生在外面吃过饭了？"

"我有点事情，在外面吃过了。今天的片子还好吗？"

"就是《苦海冤魂》，好是好，只是太惨一点，看了叫人心里很难过。"她略略皱一下眉头。她的笑容消失了。

"啊，我看过的，是一个医生跟一个女孩子的故事。结果两个人都冤枉上了绞刑台。两个主角都演得很好。"

她停了一下，带着思索的样子说："我奇怪人对人为什么要这样残酷。一个好心肠的医生跟一个失业的女戏子，他们并没有害过什么人，为什么旁人一定要把他们送上绞刑台？为什么人对人不能够更好一点，一定要互相仇恨呢？"

她仰起头看天空，脸上带了一种哀愁的表情，这在银白的月光下，使她的脸显得更纯洁了。她第一次对我吐露她的心里的秘密。她的生活的另一面终于显露出来了。赵家的仇视，小虎的轻蔑，丈夫的不了解。……这应该是多么深的心的寂寞啊……

同情使我痛苦。其实我对她有的不只是同情，我无法说明我对她的感情。我可以说，纵使我在现实社会中是一个卑不足道的人，我的生命不值一文钱，但是在这时候只要能够给她带来幸福，我什么也不顾惜。

可是怎么能够让她明白我这种感情呢？我不能对她说我爱她，因为这也许不是爱。我并没有别的心思。我只想给她带来幸福，让她的脸上永远现出灿烂的微笑。

"这是旧道德观念害人。不过电影故事全是虚构的，我知道人间还有很多温暖。"我用这样的话来安慰她，话虽然简单，可是我把整个心都放在这里面，我加重语气地说，为了使她相信我的话，为了驱散她的哀愁。

她埋下眼光看我一眼，微微点了点头，低声说："我明白，不过我觉得自己的生活太舒服了。我不说帮助人，就是给诵诗管家，也没有一点成绩。有时候想起来，也很难过。"

"小虎的事情我也知道，"我终于吐出小虎的名字来，"诵诗太疏忽了，我也劝过他。为这件事情姚太太你也苦够了。不过我想诵诗以后会明白的。你也该宽心一点。"

她轻轻地叹了一口气，停了一下，才低声说："我也不明白为什么赵家要这样恨我？为什么为了我的缘故就把好好的小虎教成这个样子？我愿意好好地做赵家的女儿，做小虎的母亲，他们却不给我一个机会，他们把我当作仇人。外面人不明白的，一定会说我做后娘的不对。"

我的喉咙仿佛被什么东西堵塞住了，我望着她那紧锁的双眉，讲不出话来。她的眼光停留在二门外照壁上，似乎没有注意到我在看她。

"赵家为什么这样恨我？我想来想去，总想不出原因来。"她接着说，"或许因为我到姚家来诵诗对我很好，据说是比对小虎的妈妈还好，只有这件事情是他们不高兴的。不过这又不是我的错。我从没有在诵诗面前讲过别人一句坏话。我到姚家来也不过二十岁，我在娘家，是随便惯了的。我母亲担心我不会管家，不会管教孩子。我自己也很害怕。我一天提心吊胆，在这么大一个公馆里头学着做主妇，做妻子，做母亲。我自己什么也不懂，也没有人教我。我愿意把他前头太太的母亲当作自己的母亲，前头太太的儿子当作自己的儿子，可是我做不好。我不知道应该怎么办才好。诵诗也不给我帮忙。我现在渐渐胆小起来了。"她说着又埋下头去。

"姚太太，你倒不必灰心。连我这样的人也并不看轻自己，何况你呢？"我诚心地安慰她。

"我？黎先生，你在跟我开玩笑罢？"她抬起头含笑地对我说，"我哪儿比得上你？"

"不是这样看法。你也许不知道你昨晚上那几句话使我明白多少事情，要是我以后能够活得积极一点，有意义一点，那也是你的力量。你给别人添了温暖。为什么你自己不能够活得更积极些？……"

我觉得她的明亮的眼睛一直在望我，眼光非常柔和，而且我仿佛看见了泪珠，可是我没有把话说完，老姚就回来了。

"你们都在这儿！为什么不进花厅去坐？"他高兴地嚷道。

"我们谈着话在等你。"她回答了一句，态度很自然地笑了笑，"我们已经站了好久了，黎先生恐怕累了罢。"

"是的，你们也该休息了，明天见罢。"我接着说。

我们一块儿走上石阶。他们从大厅走进内院，我便走入憩园。

二十二

早晨七点半钟的光景，我走出姚家大门，李老汉儿站在门檐下用忧愁的眼光看我，招呼了一声"黎先生"。他好像要对我讲话，可是我匆匆地点一下头，就走到街心去了。

不久我到了大仙祠。门大开着。我想，一定是杨家小孩先来了。我急急走到后面去。

后面静静地没有人。我不但看不见病人的影子，并且连被褥、脸盆、热水瓶等等都没有了。干草零乱地堆在地上。草上有一张字条，是用一块瓦片压住的，字条上写着：

> 忘记我，把我当成已死的人罢。你们永远找不到我。让我安安静静地过完这一辈子。
>
> 寒儿
>
> 父字

从这铅笔写的潦草的字迹，我看出一个人的心灵。我不知道这个人的"堕落"的故事，可是这短短的几句话使我明白一个慈爱父亲的愿望。我拿着字条在思索。小孩的脚步声逼近了。我等着他。

"怎么，黎先生你一个人？"小孩惊愕地说，"我父亲呢？"

"我刚才来，你看这张字条罢。"我低声说。我把字条递给

238

他，一面掉开头，不敢看他的脸。

"黎先生，黎先生，他到哪儿去了？我们到哪儿去找他？你说我们应该怎么办？"他两只手抓住我的左边膀子疯狂地摇撼着，绝望地叫道。

我用力咬嘴唇，压住我的激动，故意做出冷静的态度说："我看只有依他的话把他忘记。我们不会找到他了。"

"不能，不能！我们都过得好，不能够让他一个人去受罪！"他摇着头迸出哭声说。

"可是你到哪儿去找他？这样大的地方！"

他突然扑倒在干草上伤心地哭起来。

我的眼睛是干的。我仰起头，两手交叉地放在胸前，我想问天：我怎样才能够减轻这个孩子的痛苦？可是天青着脸，不给我一个回答。它也不会告诉我他的父亲的去处。我只知道一个事实：他的父亲拿走了被褥和别的东西，绝不会去寻死。因此，我让这个孩子哭着，不说一句安慰的话，事实上我也没有可以安慰他的话了。

后来孩子的哭声停止了，他站起来，哀求地对我说："黎先生，你知道得多，你说他会不会出什么事情？请你老实告诉我。我不害怕，请你对我说真话。"

我想了一会儿，我还是躲避着他的眼光，我温和地回答他："不要紧，不会有什么事情。我们去问李老汉儿，说不定他知道得多一点。"

"是，是，我记起来了，昨晚上我走的时候，他还在这儿跟我父亲讲话。"孩子省悟般地说。

"那么我们一路到姚家去罢，你快把眼泪揩干。"我轻轻地在他的肩头拍了一下。

我们走过前堂的时候，供桌上还放着玻璃瓶，但是那枝干枯了的茶花却不见了。

二十三

李老汉儿站在大门口，脸朝着我们来的方向，仿佛在等候我们似的。

杨家小孩跑到他面前，焦急地抓住他的左膀问道："李老汉儿，你晓得我父亲到哪儿去了？"

"小少爷，我不晓得。"李老汉儿忧郁地摇着头答道。

"你一定晓得，他昨晚上跟你讲过好些话。你快告诉我，我要去找他。"小孩固执地恳求道。

"小少爷，我实在不晓得。"李老汉儿的声音战抖得厉害。他埋下头，似乎不愿意让杨家小孩多看他一眼。

"那么我走过后，他还跟你讲些什么话？李老汉儿，他们都说你有良心，你不会骗我一个小娃儿。我要找到他，黎先生给我帮忙，我们先医好他的病，以后我会去求我母亲，求我哥哥，接他回家。这对他只有好处。你为什么不让我去找他？……"小孩声音不高，不过他很激动，只见他在眨眼睛。后来哭声把他的咽喉堵塞了，他说不出话来。他放开李老汉儿的膀子，伸手揩了揩眼睛。

我心里很难过，便走近一步，对李老汉儿低声说："李老汉儿，你就对他说了罢。"

李老汉儿抬起头来，伸起右手在他的光秃的头顶上摩了几下。我听见他长叹一声，接着他痛苦地答道："三老爷的确没有讲过他要到哪儿去。昨晚上他跟我讲了好些话。他说过他要搬开大仙祠，搬到一个小少爷找不到的地方去。我劝他不要拼命苦他自己。他说他什么都看穿了，就只舍不得小少爷。不过为了小少爷好，他应当躲起来，不要再跟小少爷见面。他要叫小少爷慢慢忘记他，像太太跟大少爷那样，当作他已经死了。我说：'三老爷，你不能这样做，你会伤小少爷的心。'他说：'长痛不如短痛。不然以后叫他伤心的时候太长了。'我也不大懂三老爷这个道理，我还以为是他老人家病了随便讲话。后来我就回来了。这全是真话。我哪儿敢骗小少爷？"他的眼圈红了，眼泪不住地滚下脸颊来。

小孩跑进门内，坐在太师椅上蒙住脸低声哭起来。李老汉儿转过身子，睁大眼睛，惊愕、悲痛、怜惜地望着他，不知道应该怎样做才好。

我走到小孩面前，轻轻地拉他的手，说："我们到里面去坐坐。不要哭了，哭是没有用的。"

他挣扎着，不肯把手拿下来。我又说了一遍。

"你把他给我找回来！你还我爹！"他赌气地哭着说，这次他拿下了手。我第一次听见这个早熟的孩子说出完全小孩气的话。

"好，我一定给你找回来，我一定把他还给你。"我也用哄小孩的话去安慰他。

他终于顺从地闭了嘴站起来。

二十四

在我的房间里，我让他坐在沙发上，我用了许多话安慰他。他不再哭了。他只是唯唯应着。有时他那对哭肿了的眼睛呆呆地望着我，有时他望着门。

"我到外头去走一会儿。"他忽然站起来说。

"好。"我只说了一个字，并没有跟着他出去。我觉得疲倦，坐在软软的沙发上，不想再动一下。

我还以为他会再进房来。可是过了半点多钟，却听不见他的声息。后来我走到门外去看，园子里也没有他的影子。他已经走了，应该走远了。

我没有从这个孩子的口中探听出他的父亲的故事，我感到寂寞，我觉得心里不痛快。可是我不想上街，我也不想睡觉。为了排遣寂寞，我把我的全副精神放在我的小说里面。

这一天我写得很多。我被自己编造的故事感动了。老车夫在茶馆门口挨了打，带着一身伤痕去找瞎眼女人，他跌倒在她的门前。

············

"你怎么啦？"女人吃了一惊，她摸索着，关心地问道。她抓到他那只伸起来的手。

"我绊了跤。"车夫勉强笑着回答。

"啊哟，你绊倒哪儿？痛不痛？"她弯下身去。

"没有伤，我一点儿也不痛！"车夫一面揩脸上的血迹，一面发出笑声。可是泪水已经顺着脸颊流下来了。

············

这两个人仿佛就在我的眼前讲话。他们在生活，在受苦。他们又拿他们的痛苦来煎熬我的心。正在我快受不了的时候，老文忽然气咻咻地跑进房来报告："有预行了。"据他说这是本年里的第二次预行警报。我看表，知道已经是三点十分，我料想敌机不会飞到市空来，但是我也趁这个机会放下了笔。

我问老文，老爷、太太走了没有。他回答说，他们吃过午饭就陪姑太太出去买东西，现在大约在北门外"绳溪花园"吃茶，听竹琴。他又告诉我，虎少爷上午到学校去了还没有回来。我又问他公馆里的底下人是不是全要出城去躲警报。他说，放了"空袭"以后，公馆里上上下下的人都走，只有李老汉儿留下来看家。李老汉儿一定不肯跑警报，也没有人能够说服他。

我还同老文谈了一些闲话，别了许久的空袭警报声突然响起来了。

"黎先生，你快走罢。"老文慌张地说。

"你先走，我等一下就走。"我答道。我觉得累，不想在太阳下面跑许多路。

老文走了。园子渐渐地落入静寂里。这是一种使人瞌睡的静寂。我在沙发上迷迷糊糊地睡了一会儿。我睁开眼睛，还是听不见人声。

我站起来。我的疲倦消失了。我便走出下花厅，在门前站了一会儿，注意到园里的绿色更浓了。我又沿着石栏杆走出了园子。

我走到大门口。李老汉儿安静地坐在太师椅上。街上只有寥寥几个穿制服的人。

"黎先生，你不走吗?"李老汉儿恭敬地问道。

"我想等着放'紧急'再走。"我说着便在太师椅对面板凳上坐下来。

"放'紧急'再走，怕跑不到多远，还是早走的好。"他关心地劝我。

"走不远，也不要紧。到城墙边儿，总来得及。"我毫不在乎地说。

他不作声了。但是我继续往下说："李老汉儿，请你对我讲真话。你们三老爷究竟为什么要走？为什么不肯让我们送他进医院？他为什么不肯回家去？"我这次采用了单刀直入的办法。

他怔了一下。我两眼望着他，恳切地说下去："我愿意帮忙他，我也愿意帮忙你们小少爷。你为什么还不肯对我讲真话？"

"黎先生，我不是不讲真话。我今天上午讲的没有一句假话。"他的声音颤得厉害，他低下头，不看我。我知道他快要哭了。

"但是他为什么会弄到这样？为什么要苦苦地糟蹋他自己？"我逼着问道，我不给他一点思索的时间。

"唉，"他长长地叹了一口气，"黎先生，你不晓得，人走错了一步，一辈子就算完了。他要回头，真是不容易。我们三老爷就是这样。他的事情我一说你就明白。他花光了家产，自己觉得对不起一家人，后来失悔得不得了，又不好意思用儿子的钱，就藏起来，隐姓埋名，不肯让家里人晓得，却偏偏给小少爷找到了。小少爷常常送钱给他，送饮食给他，折花给他，小少爷在我们公馆里头折的花就是给三老爷送去的，三老爷顶喜欢公馆里头的茶花。"

我知道李老汉儿讲的不全是真话，他至少隐瞒了一些事情。但是我并不放松他，我接着又问一句："你们三太太跟大少爷怎么不管他呢？"

李老汉儿把头埋得更深一点。我以为他不会回答我了。我默默地坐在他的对面，我的眼光掉向着街心。几个提包袱、抱小孩的行人从门前走过。我听见一个男人的粗声说："快走！敌机来啦！"其实这时候还没有发紧急警报。

李老汉儿抬起头来，泪水还顺着他的脸颊滚，白胡须上面沾着的口水在发亮。

"这件事我也不大明白。大少爷自来就跟三老爷不大对。卖公馆那一年，大少爷毕业回省来刚进银行做事。三老爷在外头讨姨太太租小公馆已经有好几年，三太太拿他也没有办法。大少爷回来常常帮三太太跟三老爷吵。不晓得怎样三老爷就搬出来了。大少爷也不去找他，只有小少爷还记得他父亲，到处去找他，后来才在街上碰到。三老爷住在大仙祠。小少爷就一直跟到大仙祠，三老爷没有办法，才跟小少爷讲了真话……"

我不敢看李老汉儿脸上的表情。我只是注意地听他讲话。忽然警报解除了。他也闭了嘴。他这段话给我引起了新的疑问。我还想追问他，可是他站起来，默默地走到大门外去了。

"那个做丈夫、做父亲的人一定是被他的妻子和儿子赶出家里来的。"——这一个思想忽然在我的脑子里亮了一下。

李老汉儿已经泄露了够多的秘密了，我也应该让他安静一会儿。

二十五

十二天慢慢地过去了。日子的确过得很慢，并且很单调。我上半天写小说，下半天逛街。小说写得不顺利，写得慢，有时我还得撕毁整页稿纸来重写。那两个不幸的人的遭遇抓紧了我的心。我失掉了冷静，我更难驾驭我的笔了。

朋友姚国栋至少隔一天要来看我一次，同我上天下地乱谈一阵。他还是那么高兴，对什么都有把握，对什么都不在乎，尽管他整天不歇口地发牢骚。同时他夸他的太太，夸他的儿子，夸他的家庭幸福。

姚太太一个星期没有到下花厅来了。她在害病。不过听朋友的口气，她好像是在"害喜"，所以朋友并不为太太的病发愁，他反而显得高兴似的。但是，没有她的面影，我的房间也失去了从前的亮光，有时我还感到更大的寂寞。

逛街的时候，我老是摆脱不掉这样一个思想：有一天我会碰到杨家小孩和他的父亲。我不单是希望知道那一家的秘密，我还想尽我的微力给他们帮一点忙。但是省城是这么大，街上行人是这么多，我到哪里去寻找那个父亲的影子？不说父亲，就是那个小孩，我这些日子里也没有见过一面。我知道从李老汉儿的口中我可以打听到小孩的地址。但是我每次经过大门，看见他那衰老、愁烦的面颜，我觉得我没有权利再拿杨家的事情去折磨他。

有一天我从外面回来，他用失神的眼光望我，我忽然觉得我了解他的意思，他好像在问："你找到他吗？"我摇摇头用失望的眼光回答："没有，连影子也没有。"第二天他又用同样的眼光询问，我也用同样的眼光回答。第三天又是一样的情形。这样继续了好些天。有一次我差一点生气了，我想对他说：你明明知道我不会找到他，为什么老是来问我？

但是星期六来了。离我看见小孩父亲挨打的日子刚好三个礼拜。

这天我起床后就觉得头昏，仿佛有一块重东西压在我的头上，我什么事都不能做，也不想做。一个人躺在床上，我又觉得寂寞。我只希望老姚来找我谈天，我可以安静地靠在沙发上听他吹牛。可是这一天我偏偏看不见老姚的影子。老文送午饭来的时候，他告诉我老爷出门赴什么人的宴会去了。我又问起太太的病，他说，太太的病好多了，听周大娘讲太太有了小宝宝。他又说，万家外老太太同舅太太一早就来了。我没有问到虎少爷，可是老文也告诉我：虎少爷昨天去赵家玩，晚上没有回来，太太叫老李拉车去接，赵家外老太太却把老李骂了一顿，说是她要留虎少爷住半个月，省得在家里受后娘的气。老李回来，没有敢把这些话报告太太，怕惹太太生气。不用说，老文接着又发了一顿牢骚。关于赵家同虎少爷的事，他的见解跟我的相差不远。我也说了几句责备赵家的话，后来他收了碗碟走了。

我坐在沙发上迷迷糊糊地睡了一觉。我醒来的时候，我仿佛听见有人在园子里轻声咳嗽。我站起来，走到门前。

我疑心我的眼睛花了。怎么，杨家小孩会站在山茶树下！我揉了一下眼睛。他明明站在那里，穿一身灰色学生服，光着头，在看树身上的什么东西。

我走下石阶。小孩似乎没有看见我。我一直走到他的背后，他连动也不动一下。

"你在看什么?"我温和地问道。

他吃了一惊，连忙回过头来。他的脸瘦多了，也显得更长，鼻子更向左偏，牙齿更露。

"我看爹的字。"他轻轻答道。他又把眼光移到树身上去。在那里我看见三个拇指大的字：杨梦痴。刻痕很深，笔画却已歪斜了。我再细看，下面还有六个刻痕较浅的小字——庚戌四月初七。那一定是刻树的日期，离现在也有三十二年了。那时他父亲不过是一个十几岁的少年。

"你得到他的消息吗？"我低声问他。

"没有，"他摇摇头答道，"我到处找，都找不到他。"

"我也没有。"我又说。我的眼光停留在刻字上。我心里想着：这是一条长远的路啊。我觉得难过起来了。

停了片刻，他忽然转过脸来，哀求地对我说："黎先生，我们还有什么办法找到他吗？他究竟躲在哪儿？"

我默默地摇摇头。

"黎先生，他是不是还活着？我是不是还可以再看见他？"他又问道。他拼命眨他的眼睛，眼圈已经变红了。

我望着他那张没有血色的瘦脸，同情使我的心发痛，我痛苦地劝他："你就忘了他罢。你还老是记住他有什么用？你看你自己现在瘦得多了。你不会找到他的。"

"我不能，我不能！我忘不了他。我一定要找到他。"他带着哭声说。

"你在哪儿去找他呢？地方这么大，人这么多，你又是个小孩子。"

"那么你给我帮忙，我们两个人一定找得到他。"

我怜悯地摇摇头："不说两个人，就是二十个人也找不到他。你还是听他的话，好好地读书罢。"

"黎先生，我想到他一个人在受罪，我哪儿还有心肠读书？我找不到他，不能够救他，就是读好书又有什么用？活下去又有什么意思？"

我抓住他一只膀子，带点责备的口气说："你不能说这种话。你年纪小，家里有母亲。况且人活着，并不是——"

"妈有哥哥孝顺她，爹只有一个人，他们都不管他在外头死活……"他噘着嘴打断了我的话，眼泪流到嘴边了，他也不揩一下。

"你们都是一家人，为什么你妈跟你哥哥对你爹不好呢？你应该好好劝他们，他们一定会听你的话。"

他摇摇头："我讲话也没有用。哥哥恨死了爹，妈也不喜欢爹。哥哥把爹赶出来了，就不准人再提起爹……"

我终于知道那个秘密了。这真相也是我早已料到的。可是现在从儿子的口中，听到那个父亲的不幸的遭遇，我仿佛受到一个意外的打击。我无法说明我这时的心情。我忽然想躲开他，不再看他那憔悴的面容；我忽然想拉着他的手疯狂地跑出去，到处寻找他的父亲；我忽然又想让他坐在我的房里，详细地叙说他的家庭的故事。

我自己不能够决定我应该怎么做。我同那个小孩在山茶树下站了这许久，我不觉得疲倦，也忘记了头昏。我似乎在等待什么。

果然一个声音，一个甜甜的女音在后面响起来了。它不让我有犹豫的时间。

"小弟弟，你不要难过，你把你爹的事情跟我们说了罢。黎先生同我都愿意给你帮忙。"

我们一齐回过头去。姚太太站在假山前面，病后的面颜显得憔悴，她正用柔和的眼光看小孩。

"你们的话我也听见几句，我不是故意来偷听的。"她凄凉地一笑，"我不晓得小弟弟会有这样的痛苦。"她走过去，拿起小孩的一只手，母亲似地用爱怜的声音说，"我们到黎先生房里去坐坐。"

小孩含糊地答应一声，就顺从地跟着姚太太走了。他们两人走在前头，像姐弟似的。我跟在后面，一面走，一面望着她那穿浅蓝洋布旗袍的苗条的背影。

二十六

"小时候爹顶爱我。我记得从我三岁起，就是爹带我睡觉。妈喜欢哥哥。哥哥自小就不听爹的话。爹一天不在家，到晚上才回来，回来就要跟妈吵嘴，有时候吵得很凶，妈哭了，第二天早晨爹跟妈讲几句好话，妈又高兴了。过两天他们又吵起嘴来。我顶怕听他们吵嘴，哥哥有时还帮妈讲几句话。我躲在床上，就是在大热天，也用铺盖蒙着头，不敢作声，也睡不着觉。后来爹上床来，拉开我的铺盖，看见我还睁开眼睛，他问我是不是他们吵嘴吵得我不能睡觉，我说不出话，我只点点头。他望着我，他说他以后不再跟妈吵嘴了，我看见他流眼泪水，我也哭了，我不敢大声哭，只是轻轻地哭。他拿好多话劝我，我后来就睡着了。"

小孩这样地开始讲他的故事。他坐在靠床那张沙发上，姚太太坐另一张沙发，我坐在床沿上。我们的眼睛都望着他，他的眼睛却望着玻璃窗。他自然不是在看窗外的景物，他的视线给淡青色窗帷遮住了。他一双红红的眼睛好像罩上了一层薄雾，泪水满了，却没有滴下来。我想，那么他是在回顾他的童年罢。

"他们以后还是常常吵嘴，爹还是整天不在家，妈有时候也打打麻将。输了钱更容易跟爹吵嘴。有一回我已经睡了，妈拉我起来，要我同哥哥两个给爹磕头。妈说：'你们两个还不快给你们爹磕头，求他给你们留下几个钱活命，免得将来做叫花子丢他的脸！快跪呀，快跪呀！'哥哥先跪下去，我也只得跟着他跪下。我看见爹红着脸，拼命抓头发，结结巴巴地跟妈说：'你这何必呢，你这何必呢！'这一天爹没有办法了，他急得满屋子打转。妈只是催我们：'快磕头呀，快磕头呀！'哥哥真的磕头，我吓得哭起来。爹接连顿脚抓头发，结结巴巴，说了好几个'你'字。妈指着他说：'你今天怎么不讲话了！你也会不好意思吗？他们都是你的儿子，你拿出你做父亲的架子，教训他们呀！你跟他们说，你花的是你自己挣的钱，不是他们爷爷留给他们的钱！'爹说：'你看寒儿都给你吓哭了。你还紧吵什么！给别人听见大家都丢脸！'妈更生气了。她说话声音更大，她说：'往天你吵得，怎么今天也害怕吵了！你做得，我就说不得！你怕哪个不晓得你在外头嫖啊，赌啊！哪个不笑我在家里守活寡……'爹连忙蒙住耳朵说：'你不要再说了，我给你下跪好不好？'妈抢着说：'我给你跪，我给你跪！'就扑通一声跪下来。爹站住没有动。妈哭起来，拉着爹的衣服哭哭啼啼地说：'你可怜我们母子三个罢。你这样还不如爽爽快快杀死我们好，免得我们受活罪。'爹一句话也不说，就甩开妈的手转身跑出去了。妈在后面喊他，他也不回转来。妈哭，哥哥哭，我也哭。妈望着我们说：'你们要好好读书，不然我们大家都要饿死了。'我讲不出一句话。我听见哥哥说：'妈，你放心，我长大了，一定要给你报仇！'

"这天晚上妈就让我一个人睡，妈还以为爹会回来，妈没有睡好，我也没有睡好。我睁起眼睛紧望清油灯，等着爹回来。鸡叫了好几回，我还看不见爹的影子。

"爹一连两晚上都没有回来，妈着急了，打发人出去找爹，又叫哥哥去找，到处都找不到。妈牌也不打了，整天坐在家里哭，埋怨她自己不该跟爹吵嘴。第三天早晨爹回来了，妈又有说有笑的，跟爹倒茶弄点心。爹也是有说有笑的。后来我看见妈交了一对金圈子给爹，爹很高兴。下午爹陪着妈，带着我跟哥哥出去看戏。

　　"这件事我记得清清楚楚。我做梦也做过几回。爹跟妈有二三十天没有吵嘴。我们也过得很高兴。爹每晚上回来得很早，并且天天给我带点心回来。有一晚上我在床上偷偷跟爹说：'爹，你以后不要再跟妈吵嘴罢，你看你们不吵嘴，大家都过好日子。'他对我赌咒说，他以后决不再吵嘴了。

　　"可是过了不多久，他又跟妈大吵一回，就像是为着金圈子的事情。吵的时候，妈总要哭一场，可是过两天妈跟爹又好起来了。差不多每过一两个月妈就要交给爹一样值钱的东西。爹拿到东西就要带着妈跟我们出去看戏上馆子。再过一两个月他们又为着那样东西吵起嘴来。年年都是这样。

　　"他们都说我懂事早。的确我那个时候什么都明白。我晓得钱比什么都有用，我晓得人跟人不能够讲真话，我晓得各人都只顾自己。有时候他们吵得凶了，惊动了旁人，大家来看笑话，却没有人同情我们。

　　"后来他们吵得更凶了。一回比一回凶。吵过后妈总是哭，爹总是在外头睡觉。连我跟哥哥都看得出来他们越吵感情越坏。我们始终不明白，妈为什么吵过哭过以后，又高兴把东西拿给爹，让他带出去。不但东西，还有钱。妈常常对我们说，钱快给爹花光了。可是妈还是拿钱给爹用。妈还跟我们讲过，她拿给爹的是外婆留给她的钱，爹现在拿去做生意。爷爷留下的钱早就给爹花光了。

"爹拿到东西，拿到钱，在家里才有说有笑，也多跟妈讲几句话。拿不到钱他一天板起脸，什么话也不说。其实他白天就从来不在家，十天里头大约只有一两天看得见他的影子。

"有一天爹带我出去买东西，买好东西，他不送我回家，却把我带到一个独院儿里头去。那儿有个很漂亮的女人，我记得她有张瓜子脸，红粉擦得很多。她喊爹做'三老爷'，喊我做'小少爷'；爹喊她做'老五'，爹叫我喊她'阿姨'。我们在那儿坐了好久。她跟爹很亲热，他们谈了好多话，他们声音不大，我没有留心去听，并且我不大懂阿姨的话。她给我几本图画书看，又拿了好些糖、好些点心给我。我一个人坐在矮凳子上看书。我们吃过晚饭才回家。一路上爹还嘱咐我回家不要在妈面前讲'阿姨'的事。爹又问我，觉得'阿姨'怎样。我说'阿姨'好看。爹很高兴。我们回到家里，妈看见爹高兴，随便问了两三句话，就不管我了。倒是哥哥不相信我的话，他把我拉到花园里头逼着问我，究竟爹带我到过什么地方。我不肯说真话。他气起来骂了我几句也就算了。这天爹对我特别好，上了床，他还给我讲故事。他夸我是个好孩子，还说要好好教我读书。这时候我已经进小学了。

"第二年妈就晓得了'阿姨'的事情。妈有天早晨收拾爹的衣服，在口袋里头找到一张'阿姨'的照片同一封旁人写给爹的信。

"爹刚刚起来，妈就问爹，爹答得不对，妈才晓得从前交给爹的东西，并不是拿去押款做生意，全是给'阿姨'用了。两个人大吵起来。这一回吵得真凶，爹把方桌上摆好的点心跟碗筷全丢在地下。妈披头散发大哭大闹。我从来没有见过他们这种凶相。后来妈闹着要寻死，哥哥才去请了大伯伯、二伯伯来；大伯娘、二伯娘也来了。大伯娘、二伯娘劝住妈；大伯伯、二伯伯把爹骂了一顿，事情才没有闹大。爹还向妈赔过礼，答应以后取消小公馆。他这一天没有出门，到晚上妈的气才消了。

"这天晚上还是我跟爹一起睡。外面在下大雨。我睡不着，爹也睡不着。屋里电灯很亮，我们家已经装了电灯了，我看见爹眼里有眼泪水，我对他说：'爹，你不要再跟妈吵嘴罢。我害怕。你们总是吵来吵去，叫我跟哥哥怎么办？'我说着说着就哭了。我又说：'你从前赌过咒不再跟妈吵嘴。你是大人，你不应该骗我。'他拉住我的手，轻轻地说：'我对不起你，我不配做你父亲。我以后不再跟你妈吵嘴了。'我说：'我不信你的话！过两天你又会吵的，会吵得连我们都没有脸见人。'爹只是叹了一口气。

"我还以为他们以后再也不吵嘴了。可是过不到一个月，我又看见爹跟妈的脸色不对了。不过以后他们也就没有大吵过。碰到妈一开口，爹就跑出去了，有时几天不回来。他一回家，妈逼着问他，他随便说两三句话就走进书房去了。妈拿他也没有办法。

"大伯伯一死，公馆里头人人吵着要彻底分家，要卖公馆。妈也赞成。就是爹一个人反对，他说这是照爷爷亲笔画的图样修成的，并且爷爷在遗嘱上也说过不准卖公馆，要拿它来做祠堂。旁人都笑爹。他的话没有人肯听。二伯伯同四爸都说，爹不配说这种话。

"他们那天开会商量的情形，我还记得很清楚。那个时候日本人已经在上海打仗了。在堂屋里头，二伯伯同四爸跟爹大吵。二伯伯拍桌子大骂，四爸也指着爹大骂。爹红着脸结结巴巴地说话。我躲在门外看他们。爹说：'你们要卖就卖罢。我绝不签字。我对不起爹的事情做得太多了。我是个不肖子弟。我丢过爹的脸。我卖光了爹留给我的田。可是我不愿意卖这个公馆。'爹一定不肯签字。二伯伯同四爸两个也没有办法。可是我们这一房没有人签字，公馆就卖不成。妈出来劝爹，爹还是不肯答应。我看见四爸在妈耳朵边讲了几句话，妈出去把哥哥找来了。哥哥毕业回省来不到两个月，还没有考进邮政局做事。他走进来也不跟爹讲话，就走到桌子跟前，拿起笔把字签了。爹瞪了他一眼。他就大声说：'字是我签的，房子是我赞成卖的。三房的事情我可以做主。我不怕哪个反对！'二伯伯连忙把纸收起来，他高兴得不得了。还有四爸，还有大伯伯的大哥，他们都很高兴，一个一个走开了。爹气得只是翻白眼，过了好一会儿，他才自言自语说了一句：'他不是我的儿子。'堂屋里头只剩下他一个人，我走到他面前，拉住他一只手。我说：'爹，我是你的儿子。'他埋下头看了我好一阵。他说：'我晓得。唉，这是我自作自受……我们到花园里头去看看，他们就要卖掉公馆了。'

"爹牵着我的手走进花园，那个时候花园的样子跟现在完全一样。我还记得快到八月节了，桂花开得很好，一进门就闻到桂花香。我跟着爹在坝子里走了一阵。爹忽然对我说：'寒儿，你多看两眼，再过些日子，花园就不是我们的了。'我听见他这样说，我心里也很难过。我问过他：'爹，我们住得好好的，为什么二伯伯他们一定要卖掉公馆？为什么他们大家都反对你，不听你的话？'爹埋下头，看了我一阵，才说：'都是为钱啊，都是为钱啊！'我又问爹：'那么我们以后就不能够再进来了？'爹回答说：'自然。所以我叫你多看两眼。'我又问他：'公馆卖不掉，我们就可以不搬家吗？'爹说：'你真是小孩子，哪儿有卖不掉的公馆？'他拉我到茶花那儿去。这一阵不是开花的时候，爹要我去看他刻在树上的字。就是我刚才看的那几个字。我们从前有两棵茶花，后来公馆卖给你们姚家（他的眼光已经掉回来停留在姚太太的脸上了），一棵白的死了。现在只有一棵红茶花了。爹指着那几个字对我说：'它的年纪比你还大。'我问他：'比哥哥呢？'他说：'比你哥哥还大。'他叹了一口气，又说：'看今天那种神气，你哥哥比我派头还大。现在我管不住他，他倒要来管我了。'我也说：'哥哥今天对你不好，连我也气他。'他转过身拍拍我的头，看了我一阵，过后他摇摇头说：'我倒不气他。他有理，我实在不配做他父亲。'我大声说：'爹，他是你的儿子。他不该跟旁人一起欺负你！'爹说：'这是我的报应。我对不起你妈，对不起你们。'我连忙说：'那么你不要再到"阿姨"那儿去。你天天在家陪着妈，妈就会高兴的。我就去跟妈说！'他连忙蒙住我的嘴，说：'你不要去跟妈讲阿姨的事。现在已经来不及了。你看这几个字，我当初刻的时候，我比你现在大不了多少。我想不到今天我们两个会站在这儿看它。过两天这个公馆、这个花园就要换主人，连我刻的几个字也保不住。寒儿，记住爹的话，你不要学我，你不要学你这个不争气的父亲。'我说：'爹，我不恨你。'他不讲话，只是望着我。他流下眼泪水来。他叹一口气，把一只手按着我的肩头，他说：'只要你将来长大了不恨我不骂我，我死了也高兴。'他说得我哭起来。他等我哭够

256

了，便拿他的手帕给我揩干眼睛。他说：'不要哭了。你闻闻看，桂花多香，就要过中秋了。我刚接亲的时候，跟你妈常常在花园里头看月亮。那个时候还没有花台，只有一个池塘，后来你哥哥出世的时候，你爷爷说家里小孩多了，怕跌到池塘里去，才把池塘填了。那个时候我跟你妈感情很好，哪儿晓得会有今天这个结果？'他又把我引到金鱼缸那儿去。缸子里水很脏，有浮萍，有虾子，有虫。爹拿手按住缸子，我也扶着缸子。爹说：'我小时候爱在这个缸子里喂金鱼，每天放了学，就跑到这儿来，不到他们来喊我吃饭，我就不肯走。那个时候缸里水真干净，连缸底的泥沙也看得清清楚楚。我弄到了两尾"朝天眼"，你爷爷也喜欢它们。他常常到这儿来。有好几回他跟我一起站在缸子前头，就跟我们今天一样。那几回是我跟我父亲，今天是我跟我儿子。现在想起来我仿佛做了一场大梦。'我们又走回到桂花树底下。爹仰起头看桂花。雀子在树上打架，掉了好些花下来。爹弓着腰捡花。我也蹲下去捡，爹捡了一手心的花。过后爹去打开上花厅的门，我们在里头坐了一阵，又在下花厅坐了一阵。爹说：'过几天这都是别人的了。'我问爹，这个花园是不是爷爷修的？爹说是。他又说：'我想起来，你爷爷临死前不多久，有一天我在花园里头碰到他，他跟我讲了好些话，他忽然说："我看我也活不到好久了。我死了，不晓得这个花园、这些东西，还保得住多久？我就不放心你们。我到现在才明白，不留德行，留财产给子孙，是靠不住的。这许多年我真糊涂！"你爷爷的确说过这样的话。我今天才懂得他的意思。可是已经迟了。'……"

姚太太用手帕蒙住眼睛轻轻地哭起来。我在这个小孩叙述的时候常常掉过眼光去看她，好久我就注意到她的眼里泛起了晶莹的泪光。等到她哭出声来，小孩便住了嘴，惊惶地看她，亲切地唤了一声："姚太太。"我同情地望着她，心里很激动，却讲不出一句话来。下花厅里静了几分钟。小孩的眼泪一滴一滴地在脸上滚着。姚太太的哭声已经停止了。这两个人的遭遇混在一块儿来打击我的心。人间会有这么多的苦恼！超过我的笔下所能写出来的千百倍！我能够做些什么？我不甘心就这样静静地望着他们。我恨起自己来。这沉默使我痛苦。我要大声讲话。

小孩忽然站起来。他用手擦去脸上的泪痕。难道他要走开吗？难道他不肯吐露他的故事的最重要的部分吗？他刚刚走动一步，姚太太抬起脸说话了："小弟弟，你不要走，请你讲下去。"

"我讲，我讲！"小孩踌躇一下，突然爆发似地说，他又在沙发上坐下了。

"刚才我心头真有点难过。"她不好意思地说，一面用手帕轻轻地揩她的眼睛，"你爷爷那两句话真有意思。可是我奇怪你这小小年纪，怎么会记得清楚那许多事情？过了好些年你也应该忘记了。"

"爹的事情只要我晓得，我就不会忘记。我夜晚睡不着觉，就会想起那些事，我还会背熟那些话。"

"你晚上常常睡不着吗？"我问他。

"我想起爹的事就会睡不着。越睡不着就越想，越想我越觉得我们对不住爹……"

"你怎么说你对不住你父亲？明明是他不对。谁也看得出来是他毁了你们一家人的幸福。"我忍不住插嘴说。

"不过我们后来对他也太凶了。"小孩答道，"他已经后悔了，我们也应该宽待他。"

"是，小弟弟说得对。宽恕第一。何况是对待自家人。"姚太太感动地附和道。

"不过宽恕也应当有限度，而且对待某一些顽固的人，宽恕就等于纵容了。"我接口说，我暗指着赵家的事情。

她看了我一眼，也不说什么，却掉转头对小孩说："小弟弟，你往下讲罢。"她又加上一句："你讲下去心头不太难过罢，你不要勉强啊。"

"不，不，"小孩用力摇着头说，"我说完了，心头倒痛快些。爹的事我从没有对旁人讲过。家里头人总当我是个小孩子。他们难得跟我讲句正经话。其实论年纪我也不小了。我不再是光吃饭不懂事的小孩子了。"

"那么请你讲下去，让我们多知道一点你爹的事情。等我先给你倒杯茶来。"她说着就站起来。

"我自己来倒。"小孩连忙说，他也站起来。可是姚太太已经把茶倒好了。小孩感激地接过茶杯，捧着喝了几大口。

我默默地站起来，走到门口，又走到写字台前。我把藤椅挪到离小孩四五步远的光景，我就坐在他的对面。我用同情的眼光看这个早熟的孩子。在他这个年纪，对痛苦和不幸不应该有这样好的记性，也不该有这样好的悟性。就是叫我来讲，我也不能把他的父亲半生的故事说得更清楚。不幸的遭遇已经在这个孩子的精神上留下那么大的影响了。

二十七

小孩继续讲他的父亲的故事：

"公馆一个多月还没有卖掉。'下面'仗打得厉害，日本飞机到处轰炸，我们这里虽然安全，但是谣言很多。二伯伯他们着急起来，怕卖不掉房子。二伯伯第一个搬出去，表示决心要卖掉公馆。接着四爸也搬走了，大哥也搬走了。妈跟哥哥也另外租了房子要搬出去，爹不答应。爹跟他们吵了一回嘴。后来我们还是搬走了。爹说要留下来守公馆，他一个人没有搬。

"搬出来以后，我每天下了课，就到老公馆去看爹。我去过十多回，只看见爹一面。我想爹一定常常到'阿姨'那儿去。妈问起来，我总说我每回都碰到爹，妈也不起疑心。

"后来公馆卖给你们姚家，各房都分到钱，大家高高兴兴。我们这一房分到的钱，哥哥收起来了。爹气得不得了。他不肯搬回家，他说要搬到东门外庙里去住个把月。妈劝他回家住，他也不肯答应，后来哥哥跟他吵起来，他更不肯回家。其实我们新搬的家里头一直给他留得有一间书房。我们新家是一个独院儿，房子干干净净，跟老公馆一样整齐、舒服。我也劝过爹回家来住，说是家里总比外头好。可是爹一定不肯回家。哥哥说他并不是住在庙里头养身体，他一定是跟姨太太一起住在小公馆里头享福。哥哥还说那个姨太太原来是一个下江妓女。

"过了两个月，爹还没有搬回来。他到家里来过四五回，都是坐了半点多钟就走了。最后一回，碰到哥哥，哥哥跟他吵起来。哥哥问他究竟什么时候搬回家，他说不出。哥哥骂了他一顿，他也不多讲话，就溜走了。等我跑出去追他，已经追不到了。以后他就不回来了。过了一个多月，元宵节那天，我听见哥哥说，爹就要搬回来了。妈问他怎么晓得。他才对我们说，爹那个妓女逃走了，爹的值钱东西给她偷得干干净净，爹在外头没有钱，一定会回家来。我听见哥哥这样一讲，心里不高兴。我觉得哥哥不应该对爹不尊敬。他究竟是我们的爹，他也没有亏待我们。

"我不相信哥哥的话。可是听他说起来，他明明知道爹住在哪儿，并且他也在街上见过那个下江'阿姨'。我在别处打听不到爹的消息，我只好拉着哥哥问，哥哥不肯说。我问多了，他就发脾气。不过我们吃晚饭的时候，哥哥时常讲起爹，我也听到一点。我晓得爹在到处找'阿姨'，都没有结果。可是我不晓得爹住的地方，我没有法子去找他。

"后来有一天爹回来了。我记得那天是阴历二月底。他就像害过一场大病一样，背驼得多，脸黄得多，眼睛落进去，一嘴短胡子，走路没有气力，说话唉声叹气。他回家的时候，我刚刚从学堂里回来，哥哥还没有回家。他站在堂屋里头，不敢进妈的房间。我去喊妈，妈走到房门口，就站在那儿，说了一句：'我晓得你要回来的。'爹埋着头，身子一摇一摆，就像要跌下去一样。妈动也不动一下。我跑过去，拉住爹的手，把他拖到椅子上坐下。我问他：'爹，你饿不饿?'他摇头说：'不饿。'我看见妈转身走了。等一下罗嫂就端了洗脸水来，后来又倒茶拿点心。爹不讲话，埋着头把茶跟点心都吃光了。我才看见他脸上有了一点血色。我心里很难过，我刚喊一声'爹'，眼泪水就出来了。我说：'爹，你就在家里住下罢，你不要再出去找"阿姨"了。你看，你瘦成了这样!'他拉住我的手，说不出一句话，只顾流眼泪水。

"后来妈出来了。她喊我问爹累不累，要不要到屋里去躺一会儿。爹起初不肯，后来我看见爹实在很累，就把他拉进屋去了。过一会儿我再到妈屋里去，我看见爹睡在床上，妈坐在床面前藤椅上。他们好像讲过话了，妈垂着头在流眼泪水。我连忙溜出去。我想这一回他们大概和好了。

"我们等着哥哥回来吃饭。这天他回来晚一点。我高高兴兴把爹回家的消息告诉他。哪晓得他听了就板起脸说：'我早就说他会回来的。他不回来在哪儿吃饭？'我有点生气，就回答一句：'这是他的家，他为什么不回来？'哥哥也不再讲话了。吃饭的时候，哥哥看见爹，做出要理不理的样子。爹想跟哥哥讲话，哥哥总是板起脸不作声。妈倒还跟爹讲过几句话。哥哥吃完一碗饭，喊罗嫂添饭，刚巧罗嫂不在，他忽然发起脾气来，拍着桌子骂了两句，就黑起一张脸走开了。

"我们都给他吓了一跳。妈说：'不晓得他今天碰到什么事情，怎么无缘无故地大发脾气。'爹埋着头在吃饭，听见妈的话，抬起头来说：'恐怕是因为我回来的缘故罢。'妈就埋下头不再讲话了。爹吃了一碗饭，放下碗。妈问他：'你怎么只吃一碗饭？不再添一点？'爹小声说：'我饱了。'他站起来。妈也不吃了，我也不吃了。这天晚上爹很少讲话。他睡得早。他还是跟我睡在那张大床上。我睡得不好，做怪梦，半夜醒转来，听见爹在哭。我轻轻喊他，才晓得他是在梦里哭醒的。我问他做了什么梦，他不肯说。

"爹就在我们新家住下来。头四天他整天不出街，也不多说话，看见哥哥他总是埋着头不作声。哥哥也不跟他讲话。到第五天他吃过早饭就出去了，到吃晚饭时候才回来。妈问他整天到哪儿去了。他只说是去看朋友。第六天又是这样。第七天他回来，我们正在吃晚饭，妈问他在外头有什么事情，为什么这样晏才回家来。他还是简简单单说在外头看朋友。哥哥这天又发脾气，骂起来：'总是扯谎！什么看朋友！哪个不晓得你是去找你那个老五！从前请你回家，你总是推三推四，又说是到城外庙里头养病！你全是扯谎！全是为了你那个老五！我以为你真的不要家了，你真的不要看见我们了。哪晓得天有眼睛，你那个宝贝丢了你跟人家跑了。你的东西都给她偷光了。现在剩下你一个光人跑回家来。这是你不要的家！这是几个你素来讨厌的人！可是人家丢了你，现在还是我们来收留你，让你舒舒服服住在家里。你还不肯安分，还要到外头去跑。我问你，你存的什么心！是不是还想在妈这儿骗点钱，另外去讨个小老婆，租个小公馆？我劝你不要胡思乱想。我决不容你再欺负妈！'

"爹坐在墙边一把椅子上，双手蒙住脸。妈忍不住了，一边流眼泪水，一边插嘴说：'和（我哥哥小名叫和）你不要再说了。让爹先吃点饭罢。'哥哥却回答说：'妈，你让我说完。这些年来我有好多话闷在心头，不说完就不痛快。你也太老实了。你就不怕他再像从前那样欺负你！'妈哭着说：'和，他是你的爹啊！'我忍不住跑到爹面前拉他的手，接连喊了几声'爹'。他把手放下来。脸色很难看。

"我听见哥哥说：'爹？做爹的应该有爹的样子。他什么时候把我当成他儿子看待过？'爹站起来，摔开我的手，慢慢儿走到门口去。妈大声在后面喊：'梦痴，你到哪儿去？你不吃饭？'爹回过头来说：'我觉得我还是走开好，我住在这儿对你们并没有一点好处。'妈又问：'那么你到哪儿去？'爹说：'我也不晓得。不过省城宽得很，我总可以找个地方住。'妈哭着跑到他身边去，求他：'你就不要走罢。从前的事都不提了。'哥哥仍旧坐在饭桌上，他打岔说：'妈，你不要多说话。难道你还不晓得他的脾气！他要走，就让他走罢！'妈哭着说：'不能，他光身一个人，你让他走到哪儿去？'妈又转过来对爹说：'梦痴，这个家也是你的家，你好好地来支持它罢。在外头哪儿有在家里好！'哥哥气冲冲地回到他屋里去了。我实在忍不住，我跑过去拉住爹的手，我一边哭，一边说：'爹，你要走，你带我走罢。'

"爹就这样住下来。他每天总要出一趟街。不过总是在哥哥不在家的时候。有时也向妈、向我要一点零用钱。我的钱还是向哥哥要的。他叫我不要跟哥哥讲。哥哥以为爹每天在家看书，对他也客气一点，不再跟他吵嘴了。他跟我住一间屋。他常常关在屋里不是看书就是睡觉。等我放学回来，他也陪我温习功课。妈对他也还好。这一个月爹脸色稍微好看一点，精神也好了些。有一天妈对我们说，爹大概会从此改好了。

"有个星期天，我跟哥哥都在家，吃过午饭，妈要我们陪爹去看影戏，哥哥答应了。我们刚走出门，就看见有人拿封信来问杨三老爷是不是住在这儿。爹接过信来看。我听见他跟送信人说：'晓得了。'他就把信揣起来。我们进了影戏院，我专心看影戏，影戏快完的时候，我发觉爹不在了，我还以为他去小便，也不注意。等到影戏完了，他还没有回来。我们到处找他，都找不到。我说：'爹说不定先回家去了。'哥哥冷笑一声，说：'你这个傻子！他把我们家就当成监牢，出来了，哪儿会这么着急跑回去！'果然我们到了家，家里并没有爹的影子。妈问起爹到哪儿去了。哥哥就把爹收信的事说了。吃晚饭的时候，妈还给爹留了菜。爹这天晚上就没有回来。妈跟哥哥都不高兴。第二天上午他回来了。就只有妈一个人在家。他不等我放学回来，又走了。妈也没有告诉我他跟妈讲了些什么话。我后来才晓得他向妈要了一点钱。这天晚上他又没有回家。第二天他也没有回来。第三天他也没有回来。妈很着急，要哥哥去打听，哥哥不高兴，总说不要紧。到第五天爹来了一封信，说是有事情到了嘉定，就生起病来，想回家身上又没有钱，要妈给他汇路费去。妈得到信，马上就汇了一百块钱去。那天刚巧先生请假，我下午在家，妈喊我到邮政局去汇钱，我还在妈信上给爹写了几个字，要爹早些回来。晚上哥哥回家听说妈给爹汇了钱去，他不高兴，把妈抱怨了一顿，说了爹许多坏话，后来妈也跟着哥哥讲爹不对。

"钱汇去了，爹一直没有回信。他不回来。我们也没有得到他一点消息。妈跟哥哥提起他就生气。哥哥的气更大。妈有时还担心爹的病没有好，还说要写信给他。有一天妈要哥哥写信。哥哥不肯写，反而把妈抱怨一顿。妈以后也就不再提写信的话。我们一连三个多月没有得到爹的消息，后来我们都不讲他了。有一天正下大雨，我放暑假在家温习功课，爹忽然回来了。他一身都泡涨了，还是坐车子回来的，他连车钱也开不出来。人比从前更瘦，一件绸衫又脏又烂，身上有一股怪气味。他站在阶沿上，靠着柱头，不敢进堂屋来。

"妈喊人给了车钱，站在堂屋门口，板起脸对爹说：'你居然也肯回家来！我还以为你就死在外州县了。'爹埋着头，不敢看妈。妈又说：'也好，让你回来看看，我们没有你，也过得很好，也没有给你们杨家祖先丢过脸。'

"爹把头埋得更低，他头发上的水只是往下滴，雨也飘到脸上来，他都不管。我看不过才去跟妈说，爹一身都是水，是不是让他进屋来洗个脸换一件衣服。妈听见我这样说，她脸色才变过来。她连忙喊人给爹打水洗澡，又找出衣服给爹换，又招呼爹进堂屋去。爹什么都不说，就跟哑巴一样。他洗了澡，换过衣服，又吃过点心。他听妈的话在我床上睡了半天。

"哥哥回来，听说爹回家，马上摆出不高兴的样子。我听见妈在嘱咐他，要他看见爹的时候，对爹客气点。哥哥含含糊糊地答应着。吃晚饭时候，他看见爹，皱起眉头喊了一声，马上就把脸掉开了。爹好像有话要跟他讲，也没有办法讲出来。爹吃了一碗饭，罗嫂又给爹添了半碗来，爹伸手去接碗，他的手抖得很厉害，没有接好碗，连碗连饭一起掉在地上，打烂了。爹怕得很，连忙弯起腰去捡。妈在旁边说：'不要捡它了。让罗嫂再给你添碗饭罢。'爹战战兢兢地说：'不必，不必，这也是一样。'不晓得究竟为了什么缘故，哥哥忽然拍桌子在一边大骂起来。他骂道：'你不想吃就给我走开，我没有多少东西给你糟蹋。'爹就不声不响地走了。哥哥指着妈说：'妈，这都是你姑息的结果。我们家又不是旅馆，哪儿能由他高兴来就来，高兴去就去！'妈说：'横竖他已经回来了，让他养息几天罢！'哥哥气得更厉害，只是摇着头说：'不行，不行，他把我们害到这样，我不能让他过一天舒服日子！我一定要找个事情给他做。'第三天早晨他就喊爹跟他一起出去，爹一句话也不讲，就埋着头跟他走了。妈还在后面说，爹跟哥哥一路走，看起来，爹就像是哥哥的底下人。我听到这句话，真想哭一场。

"下午哥哥先回来，后来爹也回来了。爹看见哥哥就埋下头。吃饭的时候哥哥问他话，他只是回答：'嗯，嗯。'他放下碗就躲到屋里去了。妈问哥哥爹做的什么事。哥哥总说是办事员。我回屋去问爹，爹不肯说。

"过了四五天，下午四点钟光景，爹忽然气咻咻地跑回家来。只有我一个人在家，妈出去买东西去了。我问爹怎么今天回来得这样早。爹一边喘气，一边说：'我不干了！这种气我实在受不了。明说是办事员，其实不过是个听差。吃苦我并不怕，我就丢不下这个脸。'他满头是汗，只见汗珠往下滴，衣服也打湿了。我喊罗嫂给他打水洗脸。他刚刚洗好脸，坐在堂屋里吃茶，哥哥就回来了。我看见哥哥脸色不好看，晓得他要发脾气，我便拿别的话打岔他。他不理我，却跑到爹面前去。爹看见他就站起来，好像想躲开他的样子。他却拦住爹，板起脸问：'我给你介绍的事情，你为什么做了几天就不干了？'爹埋着头小声回答：'我干不下来。有别的事情我还是可以干。'哥哥冷笑说：'干不下来？那么你要干什么事情？是不是要当银行经理？你有本事你自己找事去，我不能让你在家吃闲饭。'爹说：'我并不是想吃闲饭，不过叫我去当听差，我实在丢不下杨家的脸。薪水也只有那一点。'哥哥冷笑说：'你还怕丢杨家的脸？杨家的脸早给你丢光了！哪个不晓得你大名鼎鼎的杨三爷！你算算你花了多少钱！你自己名下的钱，爷爷留给我们的钱，还有妈的钱都给你花光了！'他说到这儿妈回来了，他还是骂下去：'你倒值得，你阔过，耍过，嫖过，赌过！你花钱跟倒水一样。你哪儿会管到我们在家里受罪，我们给人家看不起！'爹带着可怜的样子小声说：'你何必再提那些事情。过去的事已经过去了，我就是后悔也来不及了。'哥哥接着说：'后悔？你要是晓得后悔，也不会厚起脸皮回家了。从前请你回家，你不肯回来。现在我们用不着你了。你给我走！我没有你这样的父亲，我不承认你这样的父亲！'爹脸色大变，浑身抖得厉害，眼睛睁得大大的，要讲话又讲不出来。妈在旁边连忙喊住哥哥不要再往下说。我也说：'哥哥，他是我们的爹啊！'哥哥回过头看我，他流着眼泪水说：'他不配做我的爹，他从我生下来就没有好好管过我。我是妈一个人养大的。他没有尽过爹的责任。这不是他的家。我不是他的儿子。'他又转过脸朝着妈：'妈，你说他哪点配做我的爹？'妈没有讲话，只是望着爹，妈也哭了。爹只是动他的头，躲开妈的眼光。哥哥从口袋里摸出一封信交给妈，说：'妈，你看这封信。好多话我真不好意思讲出来。'妈看了信，对着爹只说了个'你'字，就把信递给爹，说：'你看，这是你公司一个同事写来的。'爹战战兢兢地看完信，一脸通红，嘴里结结巴巴地说：'这不是真的，我敢赌咒有一大半不是真的。他们冤枉我。'妈说：'那么至少有一小半是真的了。我也听够你的谎话了，我不敢再相信你。你走罢。'妈对着爹挥了一下手，就转身进屋去了。妈像是累得很，走得很慢，一面用手帕子揩眼睛。爹在后面着急地喊妈，还说：'我没有做过那些事，至少有一半是他们诬赖我的。'妈并不听他。哥哥揩了眼泪水，说：'你不必强辩了。他是我的好朋友，无缘无故不会造谣害你。我现在没有工夫跟你多说。你自己早点打定主意罢。'爹还分辩说：'这是冤枉。你那个朋友跟我有仇，他舞弊，有把柄落在我手里头，他拿钱贿赂我，我不要，他恨透了我……'哥哥不等他说完，就说：'我不要听你这些谎话。你不要钱，哪个鬼相信！你要是晓得爱脸，我们也不会受那许多年的罪了。'哥哥说了，也走进妈屋里去了。堂屋里只有爹跟我两个人。我跑到爹面前，拉起他的手说：'爹，你不要怄他的气，他过一阵就会失悔的。我们到屋里歇一会儿罢。'爹喊了我一声：'寒儿。'眼泪水就流出来了。过了半天他才说：

'我失悔也来不及了。你记住，不要学我啊。'

　　"吃晚饭的时候，天下起雨来。爹在饭桌上说了一句话，哥哥又跟爹吵起来。爹说了两三句话。哥哥忽然使劲把饭碗朝地下一甩，气冲冲地走进屋去。我们都放下碗不敢讲一句话。爹忽然站起来说：'我走就是了。'哥哥听见这句话，又从房里跳出来，指着爹说：'那你马上就给我走！我看到你就生气！'爹一声不响就跑出堂屋，跑下天井，淋着雨朝外头走了。妈站起来喊爹。哥哥拦住她说：'不要喊他，他等一会儿就会回来的。'我不管他们，一个人冒着雨赶出去。我满头满身都湿透了。在大门口我看见爹弯着背在街上走，离我不过十几步远。我一边跑，一边大声喊。我的声音给雨声遮盖了。我满嘴都是雨水。我就要追上他了，忽然脚一滑，我一扑跌绊倒在街上。我一脸一身都是泥水。头又昏，全身又痛。我爬起来，又跑。跑到街口，雨小了一点，我离开爹只有三四步了，我大声喊他，他回过头，看见是我，反而使劲朝前面跑。我也拼命追。他一下子就绊倒了，半天爬不起来。我连忙跑过去搀他。他脸给石头割破了，流出血来。他慢慢儿站起，一边喘气，一边问我：'你跑来做什么？'我说：'爹，你跟我回家去。'他摇摇头叹口气说：'我没有家。我什么都没有。我就只有我一个人。'我说：'爹，你不能这样说。我是你的儿子，哥哥也是你的儿子。没有你，哪儿还有我们！'爹说：'我没有脸做你们的父亲。你放我走罢。不管死活都是我自己情愿。你回去对哥哥说，要他放心，我决不会再给你们丢脸。'我拉住他膀子说：'我不放你走，我要你跟我回去。'我使劲拖他膀子，他跟着退了两步。他再求我放他走。我不肯。他就把我使劲一推，我仰天跌下去，这一下把我绊昏了。我半天爬不起来。雨大得不得了。我衣服都泡涨了。我慢慢儿站起来，站在十字路口，我看不见爹的影子，四处都是雨，全是灰白的颜色。我觉得头重脚轻，浑身痛得要命。我一点气力都没有了。我咬紧牙齿走了几步，我自己也弄不清楚，我觉得我好像又绊了一跤，有人把我拉起来。我听见哥哥在喊我。我放心了，他半抱半搀地把我弄回家去。我记得那时候天还没有黑尽。

"我回到家里，他们给我打水洗澡换衣服，又给我煮姜糖水。妈照料我睡觉。她跟哥哥都没有问起爹，我也没有力气讲话。这天晚上我发烧得厉害。一晚就做怪梦。第二天上午请了医生来看病。我越吃药，病越厉害，后来换了医生，才晓得药吃错了。我病了两个多月，才好起来。罗嫂告诉我，我病得厉害的时候，妈守在我床面前，我常常大声喊：'爹，你跟我回家去！'妈在旁边揩眼泪水。妈当天就要哥哥出去找爹回来。哥哥真的出去了。他并没有找回爹。不过后来我的病好一点，妈跟哥哥在吃饭的时候又在讲爹的坏话。这也是罗嫂告诉我的。

"我的病好起来了。妈跟哥哥待我都很好！就是不让我讲爹的事。我从他们那儿得不到一点爹的消息。也许他们真的不晓得。他们好像把爹忘记得干干净净了。我在街上走路，也看不到爹的影子。我去找李老汉儿，找别人打听，也得不到一点结果。二伯伯，四爸，大哥他们，在公馆卖掉以后就没有到我们家里来过。他们从来不问爹的事。

"在第二年中秋节那天，我们家里没有客人，这一年来妈很少去亲戚家打牌应酬，也少有客人来。跟我们家常常来往的就只有舅母同表姐。那天我们母子三个在家过节。妈跟哥哥都很高兴。只有我想起爹一个人在外头不晓得怎样过日子，心里有点难过。吃过午饭不久，我们听见有人在门口问杨家，罗嫂去带了一个人进来。这个人穿一身干净的黄制服，剪着光头。他说是来给杨三老爷送信。哥哥问他是什么人写的信。他说是王家二姨太太写的。哥哥把信拆开了，又问送信人折子在哪儿。送信人听说哥哥是杨三老爷的儿子，便摸出一个红面子的银行存折，递给哥哥说：'这是三万元的存折，请杨三老爷写个收据。'我看见哥哥把存折拿在手里翻了两下，他一边使劲地咬他的嘴唇，后来就把折子递还给送信人，说：'我父亲出门去了，一两个月里头不会回来。这笔款子数目太大，我们不敢收。请你拿回去，替我们跟你们二姨太太讲一声。'送信人再三请哥哥收下，哥哥一定不肯收。他只好收起存折走了。他临走时还问起杨三老爷到哪儿去了，哥哥说：'他到贵阳、桂林一带去了。'

"哥哥扯了一个大谎！妈等送信人走了，才从房里出来，问哥哥什么人给爹送钱来。哥哥说：'你说还有哪个，还不就是他那个宝贝老五！她现在嫁给阔人做小老婆，她提起从前的事情，说是出于不得已，万分对不起爹，请爹原谅她。她又说现在她的境遇好一点，存了三万块钱送给爹，算是赔偿爹那回的损失……'妈听到这儿就忍不住打岔说：'哪个稀罕她那几个钱！你退得好！退得好！'我一直站在旁边，没有插嘴的资格。不过我却想起那个下江'阿姨'红红的瓜子脸，我觉得她还是个好人。她到现在还没有忘记爹。我又想，倘使她知道爹在哪儿，那是多么好，她一定不会让爹流落在外头。

"以后我一直没有得到爹的消息。到去年九月有个星期六下午妈带我出去看影戏，没有哥哥在。我们看完影戏出来，妈站在门口，我去喊车子。等我把车子喊来，我看见妈脸色很难看，好像她见了鬼一样。我问她是不是身体不舒服。她说不是。她问我看见什么人没有。我说没有看见。妈也不说什么。我们坐上车子，我觉得妈时常回过头看后面。我不晓得妈在看什么。回到家里，我问妈是不是碰到了什么熟人。哥哥还没有回来，家里只有我们两个。妈变了脸色，小声跟我说：'我好像看见你爹。'我高兴地问她：'你真的看见爹吗？'她说：'一定是他，相貌很像，就是瘦一点，衣服穿得不好。他从影戏院门口跟着我们车子跑了好几条街。'我说：'那么你做什么不喊他一声，要他回家呢？'妈叹了一口气，后来就流下眼泪水来了。我不敢再讲话。过了好一阵，妈才小声说了一句：'我想起来又有点恨他。'我正要说话，哥哥回来了。

"我这天晚上睡不着觉。我在床上总是想着我明天就会找到爹，着急得不得了。第二天我一早就起来。我不等在家里吃早饭就跑出去了。我去找李老汉儿，告诉他，妈看见了爹，问他有没有办法帮我找到爹。他劝我不要着急，慢慢儿找。我不听他的话。我缺了几堂课，跑了三天，连爹的影子也看不见。

"又过了二十多天，我们正在吃晚饭，邮差送来一封信，是写给妈的。妈接到信，说了一句：'你爹写来的。'脸色就变了。哥哥连忙伸过手去说：'给我看！'妈把手一缩，说：'等我先看了再给你。'就拆开信看了。我问妈：'爹信里讲些什么话？'妈说：'他说他身体不大好，想回家来住。'哥哥马上又伸出手去把信拿走了。他看完信，不说什么就把信拿在油灯上烧掉。妈要去抢信，已经来不及了。妈着急地问哥哥：'你为什么要烧它？上面还有回信地址！'哥哥立刻发了脾气，大声说：'妈，你是不是还想写信请他回来住？好，他回来，我立刻就搬走！家里的事横顺有他来管，以后也就用不到我了。'妈皱了一下眉头，只说：'我不过随便问一句，你何必生气。'我气不过就在旁边接一句话：'其实也应该回爹一封信。'哥哥瞪了我一眼，说：'好，你去回罢。'可是地址给他烧掉了，我写好回信又寄到哪儿去呢？

　　"又过了两三个星期，有一天，天黑不久，妈喊我出去买点东西，我回来，看见大门口有一团黑影子，我便大声问是哪个。影子回答：'是我。'我再问：'你是哪个？'影子慢慢儿走到我面前，一边小声说：'寒儿，你连我的声音也听不出来了。'我看见爹那张瘦脸，高兴地说：'爹，我找了你好久了，总找不到你。'爹摸摸我的头说：'你也长高了。妈跟哥哥他们好吗？'我说：'都好。妈接到你的信了。'爹说：'那么为什么没有回信？'我说：'哥哥把信烧了，我们不晓得你的地址。'爹说：'妈晓得吗？'我说：'信烧了，妈也不晓得了。妈自来爱听哥哥的话。'爹叹了一口气说：'我早就料到的。那么没有一点指望了。我还是走罢。'我连忙拉住他的一只手。我吓了一跳。他的手冰冷，浑身在发抖。我喊起来：'爹，你的手怎么这样冷！你生病吗？'他摇摇头说：'没有。'我连忙捏他的袖子，已经是阴历九月，他还只穿一件绸子的单衫。我说：'你衣服穿得这样少，你不冷吗？'他说：'我不冷！'我想好了一个主意，我要他在门口等我一下，我连忙跑进去，跟妈说起爹的情形，妈拿出件哥哥的长衫和一件绒线衫，又拿出五百块钱，要我交给爹，还要我告诉爹，以后不要再到这儿来，妈说妈决不会回心转意的，请爹不要妄想。妈又说即使妈回心转意，哥哥也决不会放松他。我出去，爹还在门口等我。我把钱和衣服交给他，要他立刻穿上。不过我没有把妈的话告诉他。他讲了几句话，就说要走了，我不敢留他，不过我要他把他的住处告诉我，让我好去找他。我说，不管哥哥对他怎么样，我总是他的儿子。他把他住处告诉我了，就是这个大仙祠。

"第二天早晨我就到大仙祠去，果然在那儿找到了爹。爹说他在那儿住得不久，搬来不过一个多月。别的话他就不肯讲了。以后我时常到爹那儿去，有时候我也给爹拿点东西去。我自然不肯让哥哥晓得。妈好像晓得一点，她也并不管我。我在妈面前只说我见到了爹，我并不告诉她爹在什么地方。不过我对李老汉儿倒把什么事情都说了。他离爹的住处近，有时候也可以照应爹。

"从那个时候起我就时常到你们公馆里头来。（小孩侧过脸朝着姚太太笑了笑，带了点不好意思的样子。他脸上的眼泪还没有干掉。）爹爱花，爹总是忘不掉我们花园，他时常跟我讲起。我想花园本来是我们的，虽说是卖掉了，我进去看看，折点花总不要紧。我把我这个意思跟李老汉儿说了，他让我进去。我头一回进来，没有碰到人，我在花台上折了两枝菊花拿给爹，爹高兴得不得了。以后我来过好多回。每回都要跟你们的底下人吵嘴。有两回还碰到姚先生，挨过他一顿骂，有一回还挨了那个赵青云几下打。老实说，我真不愿意再到你们这儿来。不过我想起爹看到花欢喜的样子，我觉得我什么苦都受得了。我不怕你们的底下人打我骂我。我又不是做贼。我也可以跟他们对打对骂。只有一回我碰到你姚太太，你并没有赶我。你待我像妈妈、像姐姐一样，你还折了一枝蜡梅给我。我在外头就没有碰到一个人和颜悦色地跟我讲过话。就只有你们两个人。我那些伯伯、叔叔，堂哥哥、堂弟弟都看不起我们这一房人，不愿意跟我们来往，好像我们看见他们，就会向他们借钱一样。爹跟我讲过，就在前不久的时候，有一天爹在街上埋头走路，给一部私包车撞倒了，脸上**擦掉**了皮，流着血。那是四爸的车子，车夫认出是爹，连忙放下车子去搀爹。爹刚刚站起来，四爸看到爹的脸，认出是他哥哥，他不但不招呼爹，反而骂车夫不该停车，车夫只好拉起车子走了。四爸顺口吐了一口痰，正吐在爹身上。这是爹后来告诉我的。

"爹还告诉我一件事情。有天下午爹在商业场后门口碰见'阿姨'从私包车下来。她看见爹，认出来他是谁，便朝着爹走去，要跟爹讲话。爹起初有点呆了，后来听见她喊声'三老爷'，爹才明白过来，连忙逃走了。以后爹也就没有再看见她。爹说看见'阿姨'比看见四爸早两天。我也把'阿姨'送钱的事跟他讲了。他叹了两口气，说，倒是'阿姨'这种人有良心……"

小孩讲了这许多话，忽然闭上嘴，精力竭尽似地倒在沙发靠背上，两只手蒙住了眼睛。我们，我同姚太太，这许久都屏住气听他讲话，我们的眼光一直停留在他的脸上。现在我们仿佛松了一口气。我觉得呼吸畅快多了。我看见姚太太也深深地嘘了一口气。虽然她用手帕在揩眼睛，可是我看出来她的脸上紧张的表情已经消失了。

"小弟弟，我想不到你吃了这么多的苦。也亏得你，换个人不会像你这样。"她温柔地说。小孩不作声，也不取下手来。过了片刻，她又说："你爹呢，他现在是不是还在大仙祠？请他过来坐坐也好。"小孩的轻微的哭声从他一双手下面透了出来。我对着姚太太摇摇头，小声说："他父亲不愿意拖累他，又逃走了。"

"可以找到吗？"她低声问。

"我看一时不会找到，说不定他已经离开省城。他既然存心躲开，就很难找到他。"我答道。

小孩忽然取下蒙脸的手，站起来，说："我回去了。"

姚太太马上接嘴说："你不要走。你再耍一会儿，吃点茶，吃点点心。"

"谢谢你，我肚子很饱，吃不下。我真的要回去了。"小孩说。

"我看你很累。你一个人说了这许多话，也应该休息一会儿。"姚太太关心地说。

小孩回答道："我一点也不累，话说完了，我心里头也痛快多了。这几年来我在心里头背①来背去，都是背这些话。我只跟李老汉儿讲过一点。今天全讲了。……我真的要走了。妈在家里等我。"

"那么你以后时常来耍罢，你可以把我们这儿当作你自己的家。"姚太太恳切地说。

"我要来的，我要来的！这儿是我们的老家啊！"小孩说完，就从大开着的玻璃门走出去了。

二十八

"你要来啊，你要来啊！"姚太太还赶到花厅门口，恳切地招呼小孩道。

"我看他不会来了。"我没有听见小孩的回答，却在旁边接了一句。

"为什么呢？"她转过脸来，用疑惑的眼光望着我。

"这个地方有他那么多痛苦的回忆，要是我，我不会再来

_____

① 背：即"背诵"的意思。

的。"我答道，我觉得心里有点不好受。

"不过这儿也应该有他许多快乐的回忆罢。"她想了一会儿，才自语似的说，"我倒真想把花园还给他。"她在书桌前的藤椅上坐下来。

我吃了一惊，她居然有这样的念头！我便问道："还给他？他也不会要的。而且诵诗肯吗？"

她摇摇头："诵诗不会答应的。其实他并不爱花。我倒喜欢这个花园。"过后她又加一句："我觉得这个孩子很不错。"

"他吃了那么多苦，也懂得那么多。本来像他这样年纪倒应该过得更好一点。"我说。

"不过现在过得好的人也实在不多。好多人都在受苦。黎先生，你觉得这种苦有没有代价？这种苦还要继续多久？"她的两只大眼睛望着我，恳切地等候我的回答。

"谁知道呢！"我顺口答了一句。但是我触到她的愁烦的眼光，我马上又警觉起来。我不能答复她的问题，我知道她需要的并不是空话。但是为了安慰她，我只好说："当然有代价，从来没有白白受的苦。结果不久就会来的。至少再过一两年我们就会看到胜利。"

她的脸上浮现了一丝笑意。她微微点一下头，又把眼睛抬起来，她不再看我，但是她痴痴地在望着什么呢？她是在望未来的远景罢。她微微露出牙齿，温和地说："我也这样想。不过胜利只是一件事情，我们不能把什么都推给它。可是像我这样一个女子又能够做什么呢？我还不是只有等待。我对什么事都只有等待。我对什么事都是空有一番心肠。黎先生，你一定会看不起我。"她把眼光埋下来望我。

"为什么呢？姚太太，我凭什么看不起你？"我惊讶地问道。

"我整天关在这个公馆里，什么事都不做，也没有好好地给诵诗管过家，连小虎的教育也没法管。要管也管不好。我简直是个废人。诵诗却只是宠我。他很相信我，可是他想不到我有这些苦衷。我又不好多对他讲……"

"姚太太，你不应该苛责自己。要说你是个废人，我不也是废人吗？我对一切事不也是空有一番心肠？"我同情地说，她的话使我心里难过，我想安慰她，一时却找不到适当的话。

"黎先生，你不比我，你写了那么多书，怎么能说是废人！"

她提高声音抗议道，同时她友谊地对我笑了笑。

"那些书又有什么用？还不是些空话！"

"这不能说是空话。我记得有位小说家说过，你们是医治人类心灵的医生。至少我服过你们的药。我觉得你们把人们的心拉拢了，让人们互相了解。你们就像是在寒天送炭、在痛苦中送安慰的人。"她的眼睛感动地亮起来，她仿佛又看见什么远景了。

一股暖流进到我的心中，我全身因为快乐而颤动起来。我愿意相信她的话，不过我仍然分辩说："我们不过是在白纸上写黑字，浪费我们的青春，浪费一些人的时间，惹起另一些人的憎厌。我们靠一支笔还养不活自己。像我，现在就只好在你们家做食客。"我自嘲地微笑了。

她马上换了责备的调子对我说："黎先生，你在我面前不该讲这种话。你怎么能说是食客呢？你跟诵诗是老朋友，并且我们能够在家里招待你这样的客人，也是我们的荣幸。"

"姚太太，你说我客气，那么请你也不要说'荣幸'两个字。"我插嘴说。

"我在说我心里想说的话。"她含笑答道，但是她的笑容又渐渐地淡下去了，"我并不是在夸奖你。好些年来我就把你们写的书当作我的先生、我的朋友。我母亲是个好心肠的旧派老太太，我哥哥是个旧式的学者。在学堂里头我也没有遇到一位好先生，那些年轻同学在我结婚以后也不跟我来往了。在姚家，我空时候多，他出去的时候，我一个人无聊就只有看书。我看了不少的小说，译的、著的，别人的，你的，我都看过。这些书给我打开了一个世界。我从前的天地就只有这么一点点大：两个家，一个学堂，十几条街。我现在才知道我四周有一个这么广大的人间。我现在才接触到人们的心。我现在才懂得什么叫不幸和痛苦。我也知道活着是怎么一回事了。有时候我高兴得流起眼泪来，有时候我难过得只会傻笑。不论哭和笑，过后我总觉得心里畅快多了。同情，爱，互助，这些不再是空话。我的心跟别人的心挨在一起，别人笑，我也快乐，别人哭，我心里也难过。我在这个人间看见那么多的痛苦和不幸，可是我又看见更多的爱。我仿佛在书里面听到了感激的、满足的笑声。我的心常常暖和得像在春天一样。活着究竟是一件美丽的事，我记得你也说过这样的话。"

"我是说：活着为自己的理想工作是一件美丽的事。"我插嘴更正道。

她点一下头，接下去说："这是差不多的意思。要活得痛快点，活得有意义点，谁能没有理想呢！很早我听过一次福音堂讲道，一个英国女医生讲中国话，她引了一句《圣经》里的话：牺牲是最大的幸福。我从前不懂这句话的意思，现在我才明白了。帮助人，把自己的东西拿给人家，让哭的发笑，饿的饱足，冷的温暖。那些笑声和喜色不就是最好的酬劳！我有时候想，就是出去做一个护士也好得多，我还可以帮助那些不幸的病人：搀这个一把，给那个拿点东西，拿药来减轻第三个人的痛苦，用安慰的话驱散第四个人的寂寞。"

"可是你也不该专想旁人就忘了自己呀！"我感动地第二次插嘴说。

"我哪儿是忘了我自己，这其实是在扩大我自己。这还是一部外国小说里面的说法。我会在旁人的笑里、哭里看见我自己。旁人的幸福里有我，旁人的日常生活里有我，旁人的思想里、记忆里也有我。要是能够做到这样，多么好！"她脸上的微笑是多么灿烂，我仿佛见到了秋夜的星空。我一边听她讲话，一边暗暗地想：这多么美！我又想：这笑容里有诵诗吗？随后又想：这笑容里也有我吗？我感到一种昂扬的心情，我仿佛被她抬高了似的。我的心跳得厉害，我感激地望着她。但是那星空又突然黯淡了。她换了语调说下去："可是我什么也做不到。我好像一只在笼子里长大的鸟，要飞也飞不起来。现在更不敢想飞了。"她说到这一句，似乎无意地看了一下她的肚皮，她的脸马上红了。

我不知道应该用什么话安慰她，我想说的话太多了，也许她比我更明白。她方才那番话还在我的心里激荡。要说"扩大自己"，她已经在我的身上收到效果了。那么她需要的应该是一个证明和一些同情罢。

"黎先生，你的小说写完了吗？"她忽然问道，同时她掉转眼睛朝书桌上看了一下。

"还没有，这几天写得很慢。"我短短地答道。她解决了我的难题，我用不着讲别的话了。

她掉过头来同情地看了我一眼，关心地说："你太累了，慢慢儿写也是一样的。"

"其实也快完了，就差了一点。不过这些天拿起笔总写不下去。"

"是不是为了杨家孩子的事情？"她又问。

"大概是罢。"我答道，可是我隐藏了一个原因：小虎，或者更可以说就是她。

"写不下去就索性休息一个时候，何必这样苦你自己。"她安慰地说。接着她又掉头看了看书桌上那叠原稿，一边说："我可以先拜读原稿吗？"

"自然可以。你高兴现在就拿去也行。只要把最后一张留下就成了。"我恳切地说。

她站起来，微笑道："那么让我拿去看看罢。"

我走过去，把原稿拿给她。她接在手里，翻了一下，说："我明天就还来。"

"慢慢儿看，也不要紧，不必着急。"我客气地说。

她告辞走了。我立在矮矮的门槛上，望着这静寂的花园，我望了许久。

二十九

晚上，天下着雨。檐前雨点就好像滴在我的心上似的，那单调的声音快使我发狂了。我对着这空阔的花厅，不知道应该把我的心安放到哪里去。我把屏风拉开来，隔断了那一大片空间。房间显得小了。我安静地坐在靠床那张沙发上。电灯光给这间屋子淡淡地抹上一层紫色（那是屏风的颜色）。我眼前只有忧郁和凄凉，可是远远地仿佛有一个声音在唤我，那是快乐的、充满生命的声音，我隐隐约约地看见那张照亮一切的笑脸。"牺牲是最大的幸福。"我好像又听见了这句话，还是那熟悉的声音。我等待着，我渴望着。然而那个声音静了，那张笑脸隐了。留给我的还是单调的雨声和阴郁的景象。

一阵烦躁来把我抓住了。我不能忍耐这安静。我觉得心里翻腾得厉害。我的头也发着隐微的刺痛，软软的沙发现在也变成很不舒适的了。我站起来，收了屏风。我在这个大屋子里来回走了好一会儿。我打算走倦了就上床去睡觉。

但是我开始觉得有什么东西从我心底渐渐地升上来。我的头烧得厉害。我全身仿佛要爆炸了。我跟跄地走到书桌前面，在藤椅上坐下来，我摊开那一张没有给姚太太带走的小说原稿，就在前一天搁笔的地方继续写下去。我越写越快。我疯狂地写着。我满头淌着汗，不停地一直往下写。好像有人用鞭子在后面打我似的，我不能放下我的笔。最后那个给人打伤腿不能再拉车的老车夫犯了盗窃行为被捉到衙门里去了，瞎眼女人由一个邻居小孩陪伴着去看他，答应等着他从牢里出来团聚。

…………

"六个月，六个月快得很，一眨眼儿就过去了！"老车夫高兴地想着，他还没有忘记那个女人回过头拿她的瞎眼来望他的情景。他想笑，可是他的眼泪淌了下来。

…………

我写到两点钟，雨还没有住，可是我的小说完成了。

我丢下笔，我的眼睛痛得厉害，我不能再睁开它们。我一摇一晃地走到床前，我没有脱衣服，就倒在床上睡着了。我甚至没有想到关电灯。

早晨，我被老姚唤醒了。

"老黎，你怎么还不起来？六点多了！"他笑着说。

我睁开眼睛，觉得屋子亮得很。我的眼睛还是不大舒服，我又闭上它们。

"起来，起来！今天星期，我们去逛武侯祠。昭华也去。她快打扮好了。"他走到床前来催我。

我又把眼睛睁开，说："还早呢！什么时候去？"一面还在揉眼睛。

"现在就去！你快起来！"他答道，"怎么你眼睛肿了，一定是昨晚上又睡晏了。怪不得你连电灯都没有关。刚才我还跟昭华谈起你，我们都觉得你这样不顾惜身体，不成。你脸色也不大好看。晚上应该早点睡。的确你应该结婚了。"他笑起来。

"我的小说已经写完，以后我不会再熬夜了。你们也可以放心，不必为结婚的事情替我着急了。"我笑答道。

"快四十了，不着急也得着急了。"朋友开玩笑地说。但是他立刻换了语调问我，"你的小说写完了？"

"是，写完了。"我站起来。

"我倒要看你写些什么！我忘记告诉你，昭华昨晚上看你那本小说居然看哭了。她等着看以后的。她没有想到你写得这么快。你把原稿给我，我给她带进去。那个车夫跟那个瞎眼女人结果怎样？是不是都翘辫子了？我看你的小说收尾都是这样。这一点我就不赞成。第一，小人小事，第二，悲剧。这两样都不合我的口味。不过我倒佩服你的本领。我自己有个大毛病，就是眼高手低。我没有这方面的才能，老是吹牛，也进步不了。"

"不要挖苦我了。我那种文章你怎么看得上眼？我倒想不到会惹你太太流眼泪。后面这一点原稿请你带去，让她慢慢儿看完还给我好了。"我走到写字台前，把桌上一沓原稿交给他。

"好，我给她拿去。"他看见老文打脸水进来，又加一句，"我先进去，等你洗好脸吃过早点我再来。"

过了半点钟光景他同他的太太到园子里来。我正在花台前面空地上散步。她的脸色比昨天好看些，也许是今天擦了粉的缘故。病容完全消失了。脸上笼罩着好像比阳光还明亮的微笑。她穿了一件浅绿色地（浅得跟白色相近了）印深绿色小花的旗袍，上面罩了一件灯笼袖的灰绒线衫。

"黎先生，真对不起，诵诗今天把你吵醒起来了。我们不晓得你昨晚上赶着写完了你的小说。你一定睡得很少。"她含笑说。

"不，我睡够了，诵诗不来喊我，我也要起来的。"我还说着客气话。

"老黎，你这明明是客气话。我喊你好几声，才把你喊醒，你睡得真甜。"老姚在旁边笑着说。

我没法分辩，我知道我露了一点窘相。我看见她微微一笑，对她的丈夫说："我们走罢。黎先生不晓得还要不要耽搁。"

"我好了，那么就走罢。"我连忙回答。

二门外有三部车子在等我们。我照例坐上在外面雇来的街车，我的车夫没有他们的车夫跑得快，还只跑了六七条街，我的车子就落在后面了。我看见他们的私包车在另一条街的转角隐去。后来我的车子又追上了他们。姚太太的在太阳下发光的浓发又在我前面现出来。老姚正回过头大声跟她讲话，我听不清楚他在说什么，不过我能够看到他的满意的笑容。

快要出城的时候，我的车子又落后到半条街以上了。我这辆慢车刚跑到十字路口，就被一群穿粗布短衫的苦力拦住了路。他们两个人一组抬着大石块，从城外进来，陆续经过我面前。人数有三十多个。还有四五个穿制服背枪拿鞭子的人押着他们。他们全剃光头，只在顶上留了一撮头发，衣服脏得不堪，脚下连草鞋也没有穿一双。我坐在车上，并没有注意这个行列，我觉得那些人全是一样的年纪，一样的脸庞，眼睛陷入，两颊凹进，脸色灰白，头埋着，背驼着，额上冒着汗。他们默默地走了过去。无意间我的眼光挨到其中的一张脸，就停在那上面了。我惊叫了一声。我的叫声虽然不高，却使得那张脸朝着我这面转过来。那个人正抬着扁担的前一头，现在站住了，略略抬起头来看我。还是那张清秀的长脸，不过更瘦，更脏，更带病容。在他看我的那一瞬间，他的眼睛还露出一点光彩，但是马上就阴暗了。他动了动嘴唇，又好像想跟我说什么话，却又讲不出来，只把右手稍微举了一下。那只干枯的手上指缝间长满了疥疮，有的已经溃烂了。他用右手去搔那只搭在扁担上的左手。他这一搔，我浑身都好像给他搔痒了。

“走！你想做啥子！”一个粗声音在旁边叱骂道。接着一下鞭子打在他的脸上，他哎呀叫了一声，脸上立刻现出一条斜斜的红印，从耳根起一直到嘴边，血快淌出来了。他连忙用手遮住他的伤痕。眼泪从他那双半死似的眼睛里迸出来，他也不去揩它们，就埋下头慢慢地走了。

“杨——”我到这时才吐出一个字来，痛苦像一块石头塞住我的喉管，我挣扎了好久，忽然叫出了一声“杨先生”。

他已经走过去了，又回过头来匆匆地看我一眼。他还是什么也不说地走了。我想下车去拉他回来。但这只是我一时的想法，我什么事也没有做，就让我的车夫把车子拉过街口了。

三十

我的车子到了武侯祠，老姚夫妇站在大门口等我。

"怎么你现在才到！我们等了你好久了。"老姚笑问道。

"我碰到了一个熟人！"我简单地回答他。他并没有往下问是谁。我正踌躇着是不是要把刚才看见杨梦痴的事告诉他的太太，却听见她对老姚说："我们等一会儿跟老李招呼一声，他给黎先生喊车子，要挑一部跑得快的。"剃光头的杨梦痴的面颜在我的眼前晃了一下。我心里暗想，倒亏得这个慢车夫，我才有机会碰见杨梦痴。

我现在知道那个父亲的下落了！可是我能够把这个消息告诉他的孩子吗？我能够救他出来吗？救他出来以后又把他安置在什么地方？他有没有重新做人的可能？——我们走进庙宇的时候，我一路上想的就是这些问题。两旁的景物在我的眼前匆匆地过去，没有在我的脑子里留下一个印象。我们转进了一条幽静的长廊，它一面临荷花池，一面靠壁。我们在栏杆旁边一张茶桌前坐下来。

阳光还没有照下池子，可是池里已经撑满了绿色的荷伞。清新的晨气弥漫了整个走廊。廊上几张茶桌，就只有我们三个客人。四周静得很。墙外高树上响着小鸟的悦耳的鸣声。堂倌拿着抹布懒洋洋地走过来。我们向他要了茶，他把茶桌抹一下又慢慢地走开了。过了几分钟，他端上了茶碗。一种安适的感觉渐渐地渗透了我全身，我躺在竹椅上打起瞌睡来。

"你看，老黎在打瞌睡了。"我听见老姚带笑说。我懒得睁开眼睛，我觉得他好像在远地方讲话一样。

"让他睡一会儿罢，不要喊醒他。"姚太太低声答道，"他一定很累了，昨晚上写了那么多的字。"

"其实他很可以在白天写。晚上写多了对身体不大好。我劝过他，他却不听我的话。"老姚又说。

"大概晚上静一点，好用思想。我听说外国人写小说，多半在晚上，他们还常常熬夜。"姚太太接着说，她的声音低到我差一点听不清楚了，"不过这篇小说写完，他应该好好地休息了。"她忽然又问一句，"他不会很快就走罢？"

我的睡意被他们的谈话赶走了，可是我还不得不装出睡着的样子，不敢动一下。

"他走？他要到哪儿去？你听见他提过走的话吗？"老姚惊讶地问道。

"没有。不过我想他把小说写好了，说不定就会走的。我们应该留他多住几个月，他在外头，生活不一定舒服，他太不注意自己了。老文、周嫂他们都说，他脾气好，他住在我们花园里头，从来不要他们拿什么东西。给他送什么去，他就用什么。"姚太太说。

"在外面跑惯的人就是这种脾气。我就喜欢这种脾气！"老姚笑着说。

"你也跑过不少地方，怎么你没有这种脾气呢？"姚太太轻轻地笑道。

"我要特别一点。这是我们家传。连小虎也像我！"老姚自负地答道。

姚太太停了一下，才接下去说："小虎固然像你，不过他这两年变得多了。再让赵家把他纵容下去，我看以后就难管教了。我是后娘，赵家又不高兴我，我不好多管，你倒应该好好管教他。"

"你的意思我也了解。不过他是赵家的外孙，赵家宠他，我也不便干涉。横竖小虎年纪还小，脾气容易改，过两年就不要紧了。"老姚说。

"其实他年纪也不算小了。……别的都可以不说。赵家不让他好好上学，就只教他赌钱看戏，这实在不好。况且就要大考了。你看今晚上要不要再打发人去接他回来？"姚太太说。

"我看打发人去也没有用，还是我自己走一趟罢。不过小虎外婆的脾气你也晓得，跟她讲道理是讲不通的，只有跟她求情还有办法。"老姚说。

"我也知道你我处境都难，不过你只有小虎这个儿子，我们也应该顾到他的前途。"姚太太说。

"你这句话不对，现在不能说我只有小虎一个儿子，我还有……"他得意地笑了。

"呸！"她轻轻地啐了他一口，"你小声点。黎先生在这儿。我说正经话，你倒跟人家开玩笑。"

"我不说了。再说下去，就像我们特意跑到这儿来吵架了。要是给老黎听见，他写起小人小事来，把我们都写进去，那就糟了。"老姚故意开玩笑道。

"你可不是'小人'啊。你放心，他不会写你这种'贵人'的。"姚太太带笑地说。

我不能再忍耐下去。我咳嗽一声，慢慢地睁开眼睛来。

"黎先生，睡得好吗？是不是我们把你吵醒了？"她亲切地问我。

我连忙分辩说不是。

"我们正在讲你，你就醒了。幸好我们还没有讲你的坏话。"老姚接着说。

"这个我相信。你们绝不是为了讲我的坏话才来逛武侯祠的。"我说着，连自己也笑了。

"老黎，你要不要到大殿上去抽个签，看看你的前程怎样？"老姚对我笑道。

"我用不着抽。你倒应该陪你太太去抽支签才对。"我开玩笑地回答。

"好，我们去抽支看看。"老姚对他的太太说。他站起来，走到太太的竹椅背后去。

"这个没有意思，我不去！"他的太太摇摇头，不好意思地说。

"这不过是逢场作戏，你何必把它认真！去罢，去罢。"他接连地催她站起来。

"好，我在这儿守桌子，你们去罢。既然诵诗有兴致，姚太太就陪他走一趟罢。"我凑趣地帮老姚说话。

姚太太微笑着，慢慢儿地站起来，掉过脸对她的丈夫说："我这完全是陪你啊。"她又向我说："那么请你在这儿等一会儿，你可以好好地睡觉了。"她笑了笑，拿着手提包，挽着丈夫的膀子走了。

这时我后面隔两张桌子的茶桌上已经有了两个客人，这是年轻的学生，各人拿了一本书在读。阳光慢慢地爬下池子。几只麻雀在对面屋檐上叽叽喳喳地讲话。一种平静、安适的空气笼罩着这个地方。我正要闭上眼睛，忽然，对面走廊上几个游人引起了我的注意。我的疲倦马上消失了。我注意地望着他们，我最先看到杨家小孩（他穿了一身黄色学生服），其次是他的哥哥，后来才看见他的母亲同一位年轻小姐。她们走在后面，那位小姐正在跟杨三太太讲话，她们两个都把脸向着池子，忽然杨三太太笑了，小姐也笑了。走在前面的两个青年都停住脚步，掉转身子跟那位小姐讲话。他们也笑了。

他们的笑声隐隐地送到我的耳里来。我疑心我是在做梦。我刚才不是还看见那个丈夫和父亲？我不是亲眼看见那一下鞭打？现在我又听见了这欢乐的笑声！他们什么也不知道。他们跟那个抬石头的人相隔这么近，却好像生活在两个世界里面。我不知道他们是不是还保存着一点点旧日的记忆，可是过去的爱和恨在我的眼里还凝成一根链子，把他们跟那个人套在一起。我一个陌生人忘不掉他们那种关系。我也知道我没有资格来裁判他们，然而他们的笑声引起了我的反感。他们正向着我这面走来，他们愈走近，我心里愈不高兴。我看见小孩的哥哥陪着那位小姐从小门转到外面去了。小孩同他母亲便转到我这条走廊上来。小孩走在前面，他远远地认出了我，含笑地跟我打招呼，他还走到茶桌前来，客气地唤了我一声："黎先生。"

"你跟你母亲一块儿来逛武侯祠。"我笑着说，我看见他那善良、亲切的笑容，我的不愉快渐渐地消失了。

"是，还有我哥哥，跟我表姐。"他带笑回答，便掉转身到他的母亲身边去，对她低声讲了几句话。她朝我这面看了一眼，便让他挽着她的膀子走到我面前，他介绍说：'这是我妈。"

我连忙站起来招呼她。她对我微笑地点了点头，说了一声"请坐"。我仍然立着。她又说："我寒儿说，黎先生时常给他帮忙，又指教他，真是感谢得很。"

"杨太太，你太客气了，我哪儿说得上帮忙？更说不上指教。令郎的确是个好子弟，我倒喜欢他。"我谦虚地说。小孩在旁边望着我笑。

"黎先生哪儿晓得，他其实是最不听话的孩子。"她客气地答道，又侧过头去对她的儿子说："听见没有？黎先生在夸奖你，以后不要再淘气了。"过后她又对我说："黎先生，请坐罢，我们不打扰你了。"她带笑地又跟我点一下头，便同儿子一路走了。

"黎先生，再见啊。"小孩还回过头来招呼我。

我坐下来。我的眼里还留着那个母亲的面影。这是一张端正而没有特点的椭圆形脸，并不美，但是嘴角却常常露出一种使人愉快的笑意。脸上淡淡地擦了一点粉，头发相当多，在后面绾了一个髻。她的身上穿了一件咖啡色短袖旗袍。从面貌上看，她不过三十几岁的光景（事实上她应当过了四十！），而且她是一个和善可亲的女人。

那是可能的吗，杨家小孩的故事？就是这个女人，她让她的儿子赶走了父亲吗？——我疑惑地想着，我转过头去看他们。母子两个刚在学生后面那张茶桌上坐下来，母亲亲切地对儿子笑着。她绝不像是一个冷酷的女人！

"老黎，好得很，上上签！"老姚的声音使我马上转过头去。他满面光彩地陪着太太回来了，离我的茶桌还有几步路，正向着我走来。

"在哪儿？给我看看。"我说。

“她不好意思，给她撕掉了。”老姚得意地笑着说。

“没有什么意思。”她红着脸微微笑道。

我也不便再问。这时小孩的哥哥陪着小姐进来了，我便对姚太太说：“杨家小孩的哥哥来了，那个是他的表妹。”

姚太太抬起头，随着我的眼光看去。老姚也回过头去看那两个人。

小姐穿了一件粉红旗袍，两根辫子垂在脑后，圆圆的一张脸不算漂亮，但是也不难看，年纪不过十八九，眼睛和嘴唇上还带着天真的表情。她并不躲避我们三个人的眼光，笑容满面地动着轻快的步子走过我们的身旁。

“两弟兄真像！哥哥就是白净点，衣服整齐点。也不像是厉害的人，怎么会对他父亲那样凶！简直想不到！”姚太太低声对我说。

“人不可以貌相。其实他父亲也太不争气了，难怪他——”老姚插嘴说。从这句话我便知道姚太太已经把小孩的故事告诉她的丈夫了。

“表妹也不错，一看就知道是个实心的好人。弟弟在哪儿呢？”姚太太接着说。

“就在那张桌子上，他母亲也在那儿。”我答道，把头向后面动了一下。

“对啦，我看到了。”她微微点头说，“他母亲相貌很和善。”她喝了两口茶，把茶碗放回到桌上。她又把眼光送到那张茶桌上去。过了好几分钟，她又回过头来说：“他们一家人很亲热，很和气，看样子都是可亲近的人。怎么会发生那些事情？是不是另外还有原因？”

"我给你说，外表是不可靠的。看人千万不要看外表。其实就是拿外表来说，那个小孩哪里比得上小虎！"老姚说。

姚太太不作声。我也沉默着。我差一点要骂起小虎来了。我费了大力才咽下已经到了嘴边的话。我咬紧嘴唇，也把脸掉向那张茶桌。

我的感情已经有了改变，现在变得更多了。我想：我有什么权利憎厌那几个人的笑声和幸福呢？他们为什么不应该笑呢？难道我是一个宣言"复仇在我"的审判官，还得把他们这仅有的一点点幸福也完全夺去吗？

断续的笑声从他们的桌上传过来。还是同样的愉快的笑声，可是它们现在并不刺痛我的心了。为什么我不该跟着别人快乐呢？为什么我不该让别人快乐呢？难道我忘了这一个事实：欢乐的笑声已经渐渐地变成可珍贵的东西了？

没有人猜到我的心情。我跟老姚夫妇谈的是另一些话。其实我们谈话并不多，因为老姚喜欢谈他的小虎，可是我听见他夸奖小虎就要生气。

十一点光景，我们动身到庙里饭馆去吃午饭。小孩也到外面去。他走过我们的茶桌。我们刚站起来，他忽然过来先跟姚太太打个招呼，随后拉着我的膀子，向外走了两步。他带着严肃的表情小声问我："你有没有打听到我爹的消息？"

我踌躇了一下。话几乎要跳出我的口来了，我又把它们咽下去。但是我很快地就决定了用什么话来回答他。我摇摇头，很坦然地说："没有。"我说得很干脆，我不觉得自己是在说谎。

小孩同我们一路出去。老姚夫妇在前面走，我和小孩跟在后面。小孩闭紧嘴，不讲话。我知道他还在想他的父亲的事。他把我送到饭馆门口。他跟我告别的时候，忽然伸过头来，像报告重要消息似地小声说："黎先生，我忘记告诉你一件喜事：我表姐其实是我未来的嫂嫂。他们上个星期订婚的。"

他的脸上露出一丝笑意。他不等我说话就转身跑开了。

我站在门口望着他的背影。这个孩子不像是一个有着惨痛身世的人。他的脚步还是那么轻快。这件"喜事"显然使他快乐。

我这样想着，他的表姐的圆圆脸就在我的眼前晃了一下。这是一张没有深印着人生经验的年轻的脸，和一对天真地眨着的亮眼睛。我应该替这个小孩高兴。真的，他不该高兴吗？

"老黎，你站在门口干吗？"老姚在里面大声叫我。

我惊醒地转过身去。我在饭桌旁坐下来以后，便把小孩告诉我的"喜事"转告他们。

"那位小姐倒还不错。看起来他们一家人倒和和气气的。好些家庭还不及他们。我觉得也亏得那个做哥哥的，全靠他一个人支持这个家。"姚太太说着，脸上也露出了喜色。

三十一

这天回到家里，我终于把遇见杨老三的事情对老姚夫妇讲了。

他们在表示了怜悯、发出了叹息以后，一致主张设法救那个人出来。老姚自负地说他有办法，他知道那个地方，他有熟人在那里做事。他的太太第一个鼓舞他，我也在旁边敦促。他一时高兴，就叫人立刻预备车子，他要出去找人想办法。他说他对这件事情很有把握。

老姚走后，他的太太还跟我谈了一阵话。她认为那个人出来以后，我们应该给他安排一个"安定的"生活。我主张先送他进医院。她说，等他从医院出来，她的丈夫总可以给他找一个适当的工作，将来他的坏习气改好了，我们再设法让他们一家人团聚。我们说着梦话，并不知道自己是在做梦。我们太相信老姚的"把握"了。

晚上我等着老姚来报告他活动的结果。可是等到十点钟我还没有听见老姚的脚步声。疲倦开始向我袭击。蚊子也飞到我的周围来了。在这一年里，我第一次注意到蚊子的讨厌。我又看见一只苍蝇在电灯下飞舞。我失掉了抵抗的勇气。我躲到帐子里去了。

这一晚我得到一个无梦的睡眠。早晨我醒得很迟，没有人来打扰我。我起来了许久，老文才来给我打脸水。

从老文的嘴里，我知道朋友昨晚回家迟，并且为着小虎的事情跟他的太太吵了架，今天一早就坐车出去了。

"这不怪太太。虎少爷在赵家白天赌钱，晚上看戏，不去上学读书，又不要家里人去接。太太自然看不惯，老爷倒一点不在乎。太太打发人去接，接了两天都接不回来。老爷说自己去接，他倒陪赵外老太太带虎少爷去看戏，看完戏，还是一个人回来。太太多问了几句，老爷反而发起脾气来，把太太气哭了。"老文带着不平的语调说，他张开没有门牙的嘴，苦恼地望着我。

"你们太太呢?"我关心地问他。

"多半还没有起来。不过今早晨老爷出门的时候，并不像还在生气的样子，现在多半没有事情了。我们还是听见周大娘讲的。"

我吃过早点以后不久，周嫂来收捡碗碟，还给我带来我那小说的全部原稿。她说："太太还黎先生的，太太说给黎先生道谢。"

　　姚太太把原稿给我装订起来了，她还替我加上白洋纸的封面和封底。倒是我应该感谢她。我把这个意思对周嫂说了，要周嫂转达。我又向周嫂问起吵架的事。周嫂的回答跟老文的报告差不多，不过更详细一点：他们吵得并不厉害，不久就和解了。老爷一讲好话，太太就止哭让步。今早晨老爷出门，还是为着别的事情。

　　周嫂跟老文一样，不知道杨家的事。我从她的口里打听不到老姚昨天奔走的成绩。不过我猜想，周嫂说的别的事情大概就是杨梦痴的事罢。看情形姚太太今天不会到花园里来了。我只有忍耐地等着老姚回来。

　　直到下午三点钟光景，老姚才到下花厅来看我。

　　"唉，不成，不成！没有办法！"他一进来，就对我摇头，脸上带了一种厌倦的表情（我从没有见过他有这一类的表情！）。他走到沙发前，疲乏地跌坐下去。

　　"你一定打听到他的下落了。那么以后慢慢儿想法也是一样。"我说。

　　"就是没有打听到他的下落！地方倒找到了，可是问不到姓杨的人。那里根本就没有姓杨的人！要是找到人，我一定有办法。"

　　我望着他的脸，我奇怪他平日那种洒脱的笑容失落在什么地方去了。我感到失望，就说："也许是他们故意推托。"

　　"不会的，不会的。"他摇头说，"我那个朋友陪我一起去，他们不会说假话来敷衍我。"他停了一下，抬起手在鬓边搔了搔，沉吟地说，"说不定他用的不是真姓名。"

　　"这倒是可能的，"我点头说，一道光在我的脑子里闪了一下，"不错，一定是这样。他出了事害怕给家里人丢脸，才故意改

296

了姓名。那么说不定就是认出他来，他也会不承认自己是杨梦痴。"

"这就难办了。"老姚说。他掏出烟盒来，点了一支纸烟抽着，一面倒在沙发靠背上。我看见他一口一口地吐着烟圈，我想起他跟他的太太吵架的事。我打算给他劝告，却又不知道应该怎样开始才好。过了好几分钟，他稍微弯起身子，又说："我还有个办法。你把杨老三的相貌给我仔细地描写一番。我过两天想法亲自去看一看。只要找到他本人，不管他承认不承认，保出来再说。或者我再找你去看一看，你一定会认出他。"

这是一个好办法！我放心地吐了一口气。我好像在崎岖的山道上瞥见了一条大路。我凭着记忆把杨梦痴的面貌详细地描绘了一番，他听得很仔细，好像要把我的每句话都记在心里似的。

谈完杨梦痴的事，我们都感到一点疲倦。我们静静地坐了一会儿。老姚忽然站起来，在屋里走了一阵。他愁烦地望着我，说："老黎，我昨天跟昭华吵过架。"他又掉转身踱起来。

"为什么呢？我还是第一次听见说你们夫妇吵架。"我故意做出惊愕的样子，其实我已经知道了那个原因。

他把手放在鬓上搔了搔，走到我的面前站住了。他皱了皱眉毛，说："就是为了小虎的事情。昨天我去赵家接他，没有接回来，他外婆留他多耍几天。昭华觉得我太纵容小虎，她抱怨我，我们就吵起来了。后来还是我让了步，才没有事。其实是她误会了我的意思。并不是我不接小虎回家。我实在拗不过他外婆。有钱人的脾气真古怪。她又只有这么一个外孙。你看我有什么办法！"

他求助似地向我摊开两只手。我不讲一句话。我不满意他那种态度。

他走回到他原先坐的沙发前面坐下来。他接着说："我昨晚上整晚都没有睡好觉。我越想心里越不好过。这是我们头一次吵架。我们结婚三年多，从来没有吵过架。现在开了头，以后就难说了。昨天也是我不好，我先吵起来。"他又取出一根纸烟，点着抽了几口。

我不能再忍耐了。我说："这的确是你不好。你根本就不该让赵家毁掉小虎，小虎是你的儿子。"

"你不能说赵家毁他。赵家比我更爱小虎。"他不以为然地插嘴说。他把纸烟掷在地板上，用脚踏灭了火。

我生起气来。这一次轮着我站在他面前讲话了。我挥着手大声说："你还说不是毁掉他？你想想看小虎在赵家受的是什么教育！赌钱，看戏，摆阔，逃学……总之，没有一件好事！你以为赵家现在有钱，那么他们就永远有钱，永远看着别人连饭都吃不饱，他们自己一事不做，年年买田，他们儿子、孙子、外孙、曾孙、重孙都永远有钱，都永远赌钱，看戏，吃饭，睡觉吗？你以为我们人就吃的是钱，睡的是钱，把钱当作父母，一辈子抱住钱啃吗？"我觉得自己脸都涨红了。

"不要说了，不要说了，"老姚连忙摇着手说，"你也误会了我的意思。我从来没有想到钱上面。"

我的气还没有消，我固执地说："我并没有误会你的意思。上回我劝你，你明明白白跟我说过，你又不是没有钱，用不着害怕小虎爱赌钱不读书。其实讲起赌钱，一个王国也可以输掉，何况你一院公馆，千把亩田！我们是老朋友，我应当再提醒你，杨家从前也是这里一家大富，现在杨老三怎样了？"

"不要说了，不要说了。"他连连挥手说。他不跟我发脾气，也不替他自己辩护。他只是颓丧地躺在沙发上。

我并不同情他，我继续用话逼他。我说："你也应当想到你太太，你这样，叫她做后娘的怎么办？你当初就应当想到赵家的脾气，就不该续弦；既然续了弦就不该光想到赵家。我怕你为着赵家，毁了你自己的幸福还不够，你还会毁掉你太太的幸福。"我只顾自己说得痛快，不去想他的痛苦。后来我看见他用左手蒙住两只眼睛，我才闭了嘴。

以后我们都没有讲话。他取下手来，抽完一支烟才告辞走了。

这天我刚刚吃过晚饭，老姚忽然来约我去看影戏。我知道他是陪太太去的。我想，在他们夫妇吵过架以后，我应该让他们多有时间单独在一起，不要夹在中间妨碍他们，我便找个托词推掉了。我顺口问他去看什么片子，他答说是《吾儿不肖》。我感到惊喜。我看过这部影片，已经很陈旧了，不过对他们倒是新鲜的。并且它一定会给老姚一个教训，也许比我的劝告更有效。

我送他们夫妇上车。姚太太安静、愉快地对我微笑，笑容跟平日一样。老姚的脸上也有喜色，先前的疲倦已经消散了。

我希望他们以后永远过着和睦的日子。

三十二

第二天老姚在午饭时间以前来看我。他用了热烈的语调对我恭维昨晚的影片。他受了感动，无疑他也得到了教训。他甚至对我说他以后要好好地注意小虎的教育了。

我满意地微笑。我相信他会照他所说的做去。

"小虎昨天回来了吗？"我顺口问了一句。

"没有。昨天我跟昭华回来太晚，来不及派人去接他。今天我一定要接他回来。"老姚说着，很有把握地笑了笑。

老姚并没有吹牛。下一天早晨老文来打脸水，便告诉我，虎少爷昨晚回家，现在上学去了。后来他又说，虎少爷今天不肯起床，还是老爷拉他起来的，老爷差一点发脾气，虎少爷只好不声不响地坐上车子让老李拉他去上学。

这个消息使我感到痛快，我觉得心里轻松了许多。我洗好脸照常到园子里散步。吃过早点后不久我便开始工作。

我在整理我的小说。我预计在三个多星期里面写成的作品，想不到却花了我这么多天的工夫。我差一点对那位前辈作家失了信。他已经寄过两封信来催稿了。我决定在这个星期内寄出去。

整理的工作相当顺利。下半天老姚同他的太太到园里来，我已经看好五分之一的原稿了。

他们就要去万家，车子已经准备好了，他们顺便到我这里来坐一会儿，或许还有一个用意：让我看见他们已经和好了。下午天气突然热起来。丈夫穿着白夏布长衫，太太穿着天蓝色英国麻布的旗袍。两个人的脸上都带着幸福的表情。

"黎先生，谢谢你啊。"姚太太看见我面前摊开的稿纸，带笑地说，"我觉得你这个结局改得好。"

"这倒要感谢你，姚太太，是你把他们救活了的。"我高兴地回答她。

"其实你这部小说，应该叫作《憩园》才对。你是在我们的憩园里写成的。"老姚在旁边插嘴说。

"是啊。黎先生可以用这个书名做个纪念。本来书里头有个茶馆，那个瞎眼女人从前就在那儿唱书。车夫每天在茶馆门口等客，有时看见瞎眼女人进来，有时看见她出去，偶尔也拉过她的车。他们就是在那儿认得的。后来瞎眼女人声音坏了，才不在那家茶馆唱书。那家茶馆里头也有花园，黎先生叫它作明园。要改，就把明园改作憩园好了。"姚太太接着说，这番话是对她的丈夫说的，不过她也有要我听的意思。我听见她这么熟悉地谈起我的小说，我非常高兴，我愿意依照她的意思办这件小事。

"不错，不错，叫那个茶馆作憩园就成了，横竖不会有人到我们这儿来吃茶。老黎，你觉得怎样？"老姚兴高采烈地问我道。

我答应了他们。我还说："你既然不在乎，我还怕什么？"我拿起笔马上在封面上题了"憩园"两个字。

他们走的时候，我陪他们出去。栏杆外绿瓷凳上新添的两盆栀子花正在开花，一阵浓郁的甜香扑到我的鼻端来。我们在栏前站了片刻。

"黎先生，后天请你不要出去，就在我们家里过端午啊。"姚太太侧过脸来说。

我笑着答应了。

"啊，我忘记告诉你，"老姚忽然大声对我说，他拍了一下我的肩头，"昨天我碰到我那个朋友，我跟他讲好了，过了节就去办杨老三的事。他不但答应陪我去，他还要先去找负责人疏通一下。我看事情有七八成的把握。"

"好极了。等事情办妥，杨梦痴身体养好，工作找定，我们再通知他家里人，至少他小儿子很高兴；不过我还担心他那些坏习气是不是一时改得好。"我带笑说。

"不要紧，杨老三出来以后，什么事都包在我身上。"老姚说着，还得意地做了一个手势。

"黎先生，花厅里头蚊子多吗？我前天就吩咐过老文买蚊香，他给你点了蚊香没有？"姚太太插嘴问道。

"不多，不多，不点蚊香也成，况且又有纱窗。"我客气地说。

"不成，单是纱窗不够，花厅里非点蚊香不可！一定是老文忘记了，等会儿再吩咐他一声。"老姚说。

我们走出园门，看见车子停在二门外，老文正站在天井里同车夫们讲话。姚太太在上车以前还跟老文讲起买蚊香的事，我听见老文对她承认他忘记了那件事情。老文的布满皱纹的老脸上现出抱歉的微笑。可是并没有人责备他。

我回到园内，心里很平静，我又把上半天改过的原稿从头再看一遍，我依照老姚夫妇的意思，把那个茶馆的招牌改作了憩园。

我一直工作到天黑，并不觉得疲倦。老文送蚊香来了。我不喜欢蚊香的气味，但也只好让他点燃一根，插在屋角。我关上门。纱窗拦住了蚊子的飞航。房里相当静，相当舒适。我扭燃电灯又继续工作，一直做到深夜三点钟，我把全稿看完了。

睡下来以后，我一直做怪梦。我梦见自己做了一个车夫，拉着姚太太到电影院去。到了电影院我放下车，车上坐的人却变作杨家小孩了，电影院也变成了监牢。我跟着小孩走进里面去，正碰见一个禁子押了杨梦痴出来。禁子看见我们就说："人交给你们了，以后我就不管了。"他说完话，就不见了。连监牢也没有了。只有我们三个人站在一个大天井里面。杨梦痴戴着脚镣，我们要给他打开，却没有办法。忽然警报响了，敌机马上就来了，只听见轰隆轰隆的炸弹声，我一着急，就醒了。第二次我梦见自己给人关在牢里，杨梦痴和我向一个房间。我不知道我是为了什么事情进来的。他说他也不知道他的罪名。他又说他的大儿正在设法救他。这天他的大儿果然来看他。他高兴得不得了。可是他去会了大儿回来，却对我说他的大儿告诉他，他的罪已经定了：

死刑，没有挽救的办法。他又说，横竖是一死，不如自杀痛快。他说着就把头朝壁上一碰。他一下就碰开了头，整个头全碎了，又是血，又是脑浆……我吓得大声叫起来。我醒来的时候，满头是汗，心咚咚地跳。窗外响起了第一批鸟声。天开始发白了。

后来我又沉沉地睡去。到九点多钟我才起来。

我对我这部小说缺乏自信心。到可以封寄它的时候，我却踌躇起来，不敢拿它去浪费前辈作家的时间。这天我又把它仔细地看了一遍，还是拿它搁起来。到端午节后一天我又拿出原稿来看一遍，改一次，一共花了两天工夫，最后我下了决心把它封好，自己拿到邮局去寄发了。

我从邮局回来，正碰到老姚的车子在二门外停下。他匆匆忙忙地跳下车，一把抓住我的膀子说："你回来得正好，我有消息告诉你。"

"什么消息?"我惊讶地问道。

"我打听到杨老三的下落了。"他短短地答了一句。

"他在什么地方? 可以交保出来吗?"我惊喜地问他，我忘了注意他的脸色。

"他已经出来了。"

"已经出来了? 那么现在在哪儿?"

"我们到你房里谈罢。"老姚皱着眉头说。我一边走一边想：难道他逃出来了?

我们进了下花厅。老姚在他常坐的那张沙发上坐下来。我牢牢地望着他的嘴唇，等着它们张开。

"他死了。"老姚说出这三个字，又把嘴闭上了。

"真的? 我不信! 他不会死得这么快!"我痛苦地说，这个打击来得太快了，"你怎么知道死的是他！"

"他的确死了，我问得很清楚。你不是告诉我他的相貌吗？他们都记得他，相貌跟你讲的一模一样，他改姓孟，名字叫迟。不是他是谁！我又打听他的罪名，说是窃盗未遂，又说他是惯窃。又说他跟某项失窃案有关。关了才一个多月。"

"他怎么死的？"我插嘴问道。

"他生病死的。据说他有一天跟同伴一块儿抬了石头回来，第二天死也不肯出去，他们打他，他当天就装病。他们真的就把他送到病人房里去。他本来没有大病，就在那儿传染了霍乱，也没有人理他，他不到三天就死了。尸首给席子一裹，拿出去也不知道丢在哪儿去了。……"

"那么他们把他埋在哪儿？我们去找到他的尸首买块地改葬一下，给他立个碑也好。我那篇小说寄出去了，也可以拿到一点钱。我可以出一半。"

老姚断念地摇摇头说："恐怕只有他的阴魂知道他自己埋在哪儿！我本来也有这个意思。可是问不到他尸首的下落。害霍乱死的人哪个还敢沾他！不消说丢了就算完事。据说他们总是把死人丢在东门外一个乱坟坝里，常常给野狗吃得只剩几根骨头。我们就是找到地方，也分不出哪根骨头是哪个人的。"

我打了一个冷噤。我连忙咬紧牙齿。一阵突然袭来的情感慢慢地过去了。

"唉，这就是我们憩园旧主人的下场，真想不到，我们那棵茶花树身上还刻得有他的名字！"老姚同情地长叹了一声。

死了，那个孩子的故事就这样地完结了。这一切都是可能的吗？我不是在做梦？这跟我那个晚上的怪梦有什么分别！我忽然记起他留给小儿子的那封短信。"把我看成已死的人罢……让我安安静静地过完这一辈子。"他就这样地过完这一辈子吗？我不能说我同情他。可是我想起大仙祠的情形，我的眼泪就淌出来了。

"我去告诉昭华。"老姚站起来，自语似的说，声音有点嘶哑；他又短短地叹一口气，就走出去了。

我坐着动也不动一下，痴痴地望着他的背影。一种不可抗拒的疲倦从头上压下来。我屈服地闭上了眼睛。

三十三

我昏昏沉沉地过了一个多星期。我每天下午发烧，头昏，胃口不好，四肢软弱。我不承认我害病。我有时还出去看电影。不过我现在用不着伏在桌上写字了。天晴的日子我一天在园子里散步两次。我多喝开水，多睡觉。

老姚每天来看我一次，谈些闲话。他不知道我生病，只说我写文章太辛苦了，这两天精神不大好。他劝我多休息。他自己倒显得精力饱满。他好像把那些不痛快的事情完全忘记了似的，脸上整天摆着他那种对什么都不在乎的笑容，他还常常让我听见他的爽朗的笑声。他的太太也常来，总是坐一些时候，就同丈夫一道回去。到底是她细心，她看出了我在生病，她劝我吃药，她还吩咐厨房给我预备稀饭。她的平静的微笑表示出内心的愉快。我在旁边观察他们夫妇的关系，我觉得他们还是互相爱着，跟我初来时看见的一样。小虎也到我的房里来过两次，我好久没有被他正眼看过了。他现在对我也比较有礼貌些。我向他问话的时候，他也客气地回答几句。从老姚的口中我知道赵老太太带着孙儿、孙女到外县一个亲戚家里做客去了，大约还要过两个星期才回省来。小虎没有人陪着玩，也只好安安分分地上学读书，回家温课，并且也肯听父亲的话了。

那么这一家人现在应该过得够幸福了。我替他们高兴，并且暗暗祝福他们。有一天我向老文谈起小虎，我说小虎现在改变多了。老文冷笑道："他才不会改好！黎先生，你不要信他。过几天赵外老太太一回来，他立刻又会变个样子。老爷、太太都是厚道的人，才受他的骗。我们都晓得他的把戏。"我不相信老文这番话，我认为他对小虎的成见太深了。

我这种患病的状态突然停止了。我不再发热，也能够吃饭。他们夫妇来约我出去玩，我看见他们兴致好，一连陪他们出去玩了三天。第三天我们回来较早，他们的车子先到家。我的车夫本来跑得不快，在一个街口转弯的时候，又跟迎面一部来车相撞，这两位同业放下车吵了一通，几乎要动起武来，却又忍住，互相恶毒地骂了几句，各人拉起车子走了。我回到姚家，在大门内意外地碰到杨家小孩。他正坐在板凳上跟李老汉儿谈话。

"黎先生，你才回来！我等你好久了！"小孩看见我，高兴地跳起来，"姚太太他们回来好一阵了。"

"你好久没有来了，近来好吗？"我带笑望着他，亲切地说。

"我来过两回，都没有碰到你。我近来忙一点。"小孩亲热地答道。

"我们进去坐罢，今天月亮很好。"我说。

他跟着我进里面去了。他拉着我的手，用快乐的调子对我说："黎先生，我哥哥明天结婚了。"

我问他："你高兴吗？"我极力压住我的另一种感情，我害怕我说出在这个时候不应该讲的话。

他点点头说："我高兴。"他接着又解释道："他们都高兴，我也高兴，我喜欢我表姐，她做了嫂嫂，对我一定更好。"

这时我们已经进了花园的门廊。石栏杆外树荫中闪着月光，假山上涂着白影，阴暗和明亮混杂在一块儿。

"你晚上还没有来过。"我略略俯下头对小孩说。

"是。"他应了一声。

我们沿着石栏杆转到下花厅门前。栀子花香一股一股地送进我的鼻里来。

"我不进去，我在下面站一会儿就走。"小孩说。

"你急着回去，是不是帮忙准备你哥哥的婚礼？"我笑着问他。

"我明天一早就要起来，客人多，我们家里人少怕忙不过来。"小孩答道。

我们走下台阶，在桂花树下面站住了。月光和树影在小孩的身上绘成一幅图画。他仰起头，眼光穿过两棵桂花树中间的空隙，望着顶上一段无云的蓝空。

"我想参加你哥哥的婚礼，你们欢迎不欢迎？"我半开玩笑地问道。

"欢迎，欢迎！"小孩快乐地说，"黎先生，你一定来啊！"我还没有答话，他又往下说，"明天一定热闹，就只少了一个人。要是爹在，我们人就齐了。"他换了语调，声音低，就像在跟自己说话一样，他忽然侧过头，朝我的脸上看，提高声音问道，"黎先生，你还没有得到我爹的消息吗？"

我愣了一下，毅然答道："没有！"我马上又加一句："他好像不在省城里了。"

"我也这样想。我这么久都没有找到他。李老汉儿也没有他的消息。他要是还在这儿，一定会有人看见他，我们大家到处找，一定会找到他的！他一定到别处做事去了，说不定他有天还会回来。"

"他会回来。"我机械地应道。我并不为着自己的谎话感到羞愧。我为什么连他这个永远不能实现的希望也要打破呢？

"那么我会陪他到这儿来，看看他自己亲手刻的字。"小孩做梦似地说，就走到山茶树下，伸手在树身上抚摩了一会儿。他的头正被大块黑影盖着，我看不见他的脸上的表情。他不讲话。园里只有小虫唤友的叫声，显得相当寂寞。一阵风吹起来，月影在地上缓缓地摇动，又停住了。两三只蚊子连连地叮我的脸颊。我的心让这沉默淡淡地涂上了一层悲哀。突然间那个又瘦又脏的长脸在我的脑际浮现了，于是我看见那双亮了一下的眼睛，微动的嘴唇和长满疥疮的右手。我并没有忘记这最后的一瞥！他要跟我讲的是什么话？为什么我不给他一个机会？为什么不让他在垂死的时候得到一点安慰？但是现在太迟了！

"黎先生，我们再朝那边走走，好不好？"小孩忽然用带哭的声音问我。

"好。"我惊醒过来了。四周都闪着月光，只有我们站的地方罩着浓影。我费力地在阴暗中看了这个小孩一眼。我触到他的眼光，我掉开头说了一句："我陪你走。"我的心微微地痛起来了。

我们默默地走过假山中间的曲折的小径。他走得很慢，快走到上花厅纸窗下面的时候，他忽然站住，用手按住旁边假山的一个角说："我在这儿绊过跤，额楼①就碰在这上头，现在还有个疤。"

---

① 额楼：前额。

"我倒看不出来。"我随口答了一句。

"就在这儿，给头发遮住了，要不说是看不见的。"他伸起右手去摸伤疤，我随着他的手看了一眼，却没有看到。

我们沿着墙，从玉兰树，走到金鱼缸旁边，他把手在缸沿上按了一下，自语似的说："我还记得这个缸子，它年纪比我还大。"过了两三分钟，他朝着花台走去。后来我们又回到桂花树下面了。

"到里面去坐坐罢。"我站得疲乏了，提议道。

"不，我要回去了。"小孩摇摇头说，"黎先生，谢谢你啊！"

"好，我知道你家里人在等你，我也不留你了。你以后有空常常来玩罢。"

"我要来。"孩子亲切地答道。他迟疑了一下，又接下去说："不过听说哥哥有调到外县当主任的消息，我希望这不是真的。不然我们全家都要搬走了，那么将来爹回来，也找不到我们了。"从这年轻的声音里漏出来一点点焦虑，这使我感动到半天讲不出一句话。但是在这中间小孩告辞走了。临走他还没有忘记邀请我，他说："黎先生，你明天一定要来啊。李老汉儿晓得我们的地方。"

我只好唯唯地应着。

我走进我的房间，扭开电灯，看见书桌上放了一封挂号信。我拆开信看了，是那位前辈作家写来的，里面还附了一张四千元的汇票，这是我那本小说的一部分稿费。他在信上还说："快来罢，好些朋友都在这里，我们等着你来，大家在一块儿可以做点事情。……"他举出几个人的名字，其中有两个的确是我的老朋友，我三年多没有看见他们了。

这一夜我失眠，我躺在床上翻来覆去地想了许久。我想到走的事情。的确我应该走了。我的小说完成了，杨梦痴的故事完结了，老姚夫妇间的误会消除了。我的老朋友在另一个地方等着我去。我还要留在憩园里干什么呢？我不能在这儿做一个长期的食客！

第二天老姚夫妇来看我，我便对他们说出我要走的话。我在他们的脸上看到惊讶与失望的表情。自然，他们两个人轮流地挽留我，他们说得很诚恳。可是我坚决地谢绝了。我有我的一些理由。他们有他们的理由。最后我们找到一个折中办法：我答应明年再来，他们答应在半个月以后放我走。我当时就把买车票的事托给老姚。

这天周嫂来给我送饭，老文替李老汉儿看门。据说李老汉儿请假看亲戚去了。我知道他一定是去参加杨家的婚礼，去给他的旧主人再办一天事。不过他回来以后，我也没有对他提过这样的话。

三十四

十天平静地过去了。星期三的早晨老文告诉我一个消息：赵外老太太已经从外州县回省，昨天下午打发人来接了虎少爷去，并且说得明白，这回要留虎少爷多住几天，请姚老爷不要时常派车去接他回家。我听着，厌恶地皱起了眉头。我想：为什么又来扰乱别人家庭的和平呢？

下午老姚来通知我，他已经替我订了星期六的车票（他还交给我买票的介绍信），并且讲好星期五下半天他们夫妇在外面馆子里给我饯行。从他的谈话中我知道他的太太今天不大舒服，又知道他等一会儿要到赵家去。我问他小虎这回是不是要在赵家久住。他先说，外婆刚回省，接小虎去陪她，多住几天也不要紧，反正学堂已经放暑假，不必温习功课；后来他说，后天就要接小虎回来给我送行。最后他又说："这两天天气热起来了，车上很不舒服，你不如到了秋凉再走罢。"

我自然不会听从他的话。他走了。我想到赵老太太的古怪脾气，我有点为姚太太，为这一家人的幸福担心。可是老姚本人好像并没有注意到这件事。

这一天的确很热。我没有上街。我搬了一把藤躺椅到窗下石栏杆旁边，我坐在躺椅上，捧着一卷书，让那催眠歌似的蝉噪单调地在我的耳边飘过，这样消磨了我的整个下午。从晚上九点钟起落着大雨，天气又转凉了。

雨哗啦哗啦地落了很久。我半夜醒来还听见雷声和水声。我担心屋瓦会给雨打破，又担心园里花木会给雨打倒。可是我第二天睁开眼睛，看见的却是满屋的阳光。

下午四点钟光景，老姚正在园里跟我闲谈，他把我常坐的那张藤椅搬出来，放到台阶下花盆旁边，他坐在那里悠闲地听着蝉声，喝着新泡的龙井。忽然赵青云带着紧张的脸色跑了进来，声音战抖地说："老爷，赵外老太太打发人来请老爷就过去，虎少爷给水冲走了。"

"什么！"老姚正在喝茶，发出一声惊叫，就把手里杯子一丢，跳了起来。茶杯打碎了，水溅到我的脚上。

"虎少爷跟赵家几位少爷一路出城去浮水①。他们昨天下午也去过。今天水涨了，虎少爷不当心，出了事情。水流得急，不晓得人冲到哪儿去了。"赵青云激动地说。

---

① 浮水：游泳。

老姚脸通红，额上不住地冒汗，眼珠也不转动了，他伸起手搔着头发。停了片刻他声音沙哑地说："我立刻去。我不进去了。你去跟太太说我有事情出去了。你们不要让太太知道虎少爷的事情，等我回来再说。"

赵青云连连答应着"是"。他先出去了。

我站起来轻轻地拍一下老姚的肩头，安慰他说："你不要着急，事情或者不至于——"

"我知道，我自己也应该负责。我走了。你要是见到昭华，不要告诉她小虎的事情。"老姚皱紧眉头打岔说，只有片刻的工夫，他的脸色就变成灰白了。他茫然看我一眼，也不再说什么，就走了出去。

我跟着他走出园门。我看见他坐上包车。我也没有再跟他讲话。我有一种奇怪的感觉。我反复地咀嚼着他那句话："我自己也应该负责。"这是他的真心话。他的确是有责任的。但是我的平静的心境给这件意外事情扰乱了，这一天就没有恢复过来。

老文送晚饭来的时候，我在他的脸上看到一种幸灾乐祸的表情。他眨着他那对小眼睛说："黎先生，天老爷看得明白，做得公道，真是报应分明啊。"我茫然望着他这张似笑非笑的皱脸。他解释般地接下去说："赵家天天想害我们太太，结果倒害了他自家外孙。这又怪得哪个？要是老爷肯听太太的话，也不会有这回事情。太太受了几年罪，现在也该出头了。"

他这番话要是迟几天对我讲，我也许会听得很高兴。可是现在听到，却引起了我的反感。我不想反驳他，我只是淡淡地提醒他一句："不过你们老爷就只有这一个少爷啊！"

老文埋下头，不作声了。我端着碗吃饭，可是我的眼光还时常射过去看他的脸。我看见他慢慢地抬起头来，掉转身子朝着窗外，偷偷地揩眼睛。他走到门口，在那里站了一会儿。他再走过来收碗的时候，他一边抹桌子，一边战战兢兢地说："只求天保佑虎少爷没有事情就好了。"凭他的声音，我知道这句话是从他心里吐出来的。

"也许不会有事情。"我也应了一句。我故意用这句话来安慰他。其实我同他一样地知道事情已经完结了。唯一的希望是能够找回小虎的尸首来。

三十五

我们这个希望并没有实现。

第二天一早我拿着老姚的介绍信去汽车站买票。起初是没有到时间，以后是找不到地方，再后是找不到人。一直到十一点半钟我才把手续办好，拿到车票。可是人已经累得不堪了。

我记起来，在这附近有一个可以歇脚的地方。那是一家兼卖饭菜的茶馆，房子筑在小河旁边，有着茅草盖的屋顶，树枝扎的栏杆，庭前种了些花草，靠河长了几棵垂柳。进门处灌木丛生，由一条小径通入里面。在大门外看，这里倒像是一座废园。这个茶馆我去过一次，座位清洁，客人不多，我倒喜欢这种地方。

我在河畔柳荫下围栏前一张小茶桌旁边坐下来。我吃了两碗面，正靠在竹椅背上打瞌睡，忽然给一阵嘈杂的人声惊醒了：我不知道发生了什么事情。我只看见一些客人兴奋地朝外面跑去。也有几个人就站在围栏前向对岸张望。对岸横着一条弯弯曲曲的黄土路，路的另一边是一块稻田，稻田外面又是一条白亮亮的河。我面前这条小河便是它的支流。看热闹的乡下人和小孩们正拉成一根线从黄土路到它那里去。

"什么事？他们在看什么？"过了好一会儿，我看见一个堂倌走过来，便指着那些站在围栏前张望的人问他道。

"淹死人。"堂倌毫不在意地答道，好像这是很平常的事。他朝我用手指指的那个方向看了一眼，轻蔑地动一下嘴添上一句："在这儿怎么看得见？"

又淹死人！怎么我到处都看见灾祸！难道必须不断地提醒我，我是生活在苦难中间？

一个胖女人用手帕蒙住脸呜呜地哭着走过去了。她后面跟着一个老妈子同一个车夫模样的男人。他们是从河那边来的。

"这是他的妈，刚才哭得好伤心。"堂倌指着那个女人说，"她是寡妇，两房人就只有这一个儿子。"

"什么时候淹死的？"我问。

"昨天下半天，离这儿有好几里路！年纪不过十八九岁，说是给人打赌，人家说，你敢浮过对面去？他说声敢，不管三七二十一就浮过去。昨天水太大，他不当心，浮到半路上，水打了两个漩儿，他就完了。尸首冲到这儿来，给桥柱子挡住了，今早晨才看见，他妈晓得，刚才赶来哭一场，现在多半去给他预备后事。"堂倌像在叙说一个古代的故事似的，没有同情，也没有怜悯。

我不再向他问话，疲倦地把头放在竹椅的靠枕上，合上了眼睛。我并没有睡意，我只是静静地想着小虎的事。

大概过了半点钟罢，一切都早已回到平静的状态里面了。我站起来付了钱，走出大门去。我走了不到一百步，在路上，我看见了堂倌讲的那座桥。桥头还站着五六个人。好奇心鼓动我走到那里去。

桥静静地架在两岸上，桥身并不宽。在我站的这一头左边有一棵低垂的柳树，树叶快挨到水面了，靠近这棵柳树，在桥底下，仰卧地浮着一个完全赤裸的年轻人。他的左手向上伸着，给一条带子拴在桥柱上，右手松弛地垂在腰间。一张端正的长脸带着黑灰色，眼睛和嘴唇都紧紧闭着。他好像躺在那里沉睡，绝不像是一具死尸。

"简直跟活人一样！"我惊奇地自语道。

"起先更好看，一张脸红彤彤的！"旁边一个乡下人接嘴说，"等到他母亲来一哭，脸色立刻就变了。"

"真有这样的事？"我不相信地再说一句。

"我亲眼看见的，未必还有假！"他说着，瞪了我一眼。

我埋下头，默默地注视这张安静的睡脸。渐渐地我看得眼花了。我好像看见小虎睡在那里。我吃了一惊，差一点要叫起来，连忙揉了揉眼睛，桥下还是那一张陌生的睡脸。这就是死！这么快，这么简单，这么真实！

三十六

我回到姚家，看见老文同李老汉儿在大门口讲话。我问他们有没有虎少爷的消息。他们回答说没有。又说老爷一早带了赵青云出去，一直没有回来。老文还告诉我，太太要他跟我说，今天改在家里给我饯行。

"其实可以不必了。虎少爷出了事情，你们老爷又不在家，太太又有病，何必还客气。"我觉得不过意就对老文说了。

"太太还讲过，这是老爷吩咐的，老爷还说要赶回来吃饭。"

老文恭顺地说。

"老爷赶得回来吗?"我顺口问道。

"老爷吩咐过晚饭开晏点儿,等他回来吃。"老文说到这里,立刻补上一句,"陪黎先生吃饭。"

老姚果然在七点钟以前赶回家。他同他的太太一起到下花厅来。他穿着白夏布的汗衫、长裤,太太穿一件白夏布绲蓝边的旗袍。饭桌摆好在花厅的中央。酒壶和菜碗已经放在桌上。他们让我在上方坐下,他们坐在两边。老姚给我斟了酒,也斟满他自己的杯子。

菜是几样精致可口的菜,酒是上好的黄酒。可是我们三个人都没有胃口。我们不大说话,也不大动筷子。我同老姚还常常举起酒杯,但我也只是小口地呷着,好像酒味也变苦了。饭桌上有一种沉郁的气氛。我们(不管是我或者是他们)不论说一句话,动一下筷子,咳一声嗽,都显得很勉强似的。他们夫妇的脸上都有一种忧愁的表情。尤其是姚太太,她想把这阴影掩藏,却反而使它更加显露了。她双眉紧锁,脸色苍白,眼光低垂。她的丈夫黑起一张脸,皱起一大堆眉毛,眼圈带着灰黑色,眼光常常茫然地定在一处,他好像在看什么,又像不在看什么。我看不到自己的脸,不过我想,我的脸色一定也不好看罢。

"黎先生,请随便吃点菜,你怎么不动筷子啊?"姚太太望着我带笑地说。我觉得她的笑里有苦涩味。她笑得跟平日不同了。

"我在吃,我在吃。"我连声应着,立刻动了两下筷子,但是过后我的手又不动了。

"其实你这回应当住到秋凉后才走的。你走了,我们这儿更清静了。偏偏又遇到小虎的事。"她慢慢地说,提到小虎,她马上埋下头去。

我一直没有向老姚问起小虎的下落，并不是我不想知道，只是因为我害怕触动他的伤痛。现在听见他的太太提到小虎的名字，我瞥了他一眼，他正埋着头在喝酒，我忍不住问他的太太道："小虎怎么了？人找到没有？"

她略略抬起脸看我一眼，把头摇了摇。"没有。诵诗到那儿去看过，水流得那么急，不晓得冲到哪儿去了。现在沿着河找人到处打捞。他昨天一晚上都没有睡觉……"她哽咽地说，泪水在她的眼里发亮了，她又低下头去。

"是不是给别人搭救起来了？"我为着安慰他们，才说出这句我自己也知道是毫无意义的话。

姚太太不作声了。老姚忽然转过脸来看我，举起杯子，声音沙哑地说："老黎，喝酒罢。"他一口就喝光了大半玻璃杯的酒。姚太太关心地默默望着他。他马上又把杯子斟满了。

"老姚，今天我们少喝点。我自然不会喝酒。可是你酒量也有限，况且是空肚子喝酒……"我说。

"不要紧，我不会醉。你要走了，我们不知道什么时候才能够再碰到一块儿喝酒，今天多喝几杯有什么关系！吃点菜罢。"他打断了我的话，最后拿起筷子对我示意。

"天气热，还是少喝点儿罢。"他的太太在旁边插嘴说。

"不，"他摇摇头说，"我今天心里头不好过，我要多喝点酒。"他又把脸向着我，"老黎，你高兴喝多少就喝多少，我不劝你。我只想喝酒，不想讲话，昭华陪你谈谈罢。"他的一双眼睛是干燥的。可是他的面容比哭的样子还难看。

"不要紧，你不必管我，你用不着跟我客气。"我答道，"其实我在这儿住了这么久，已经不算是客人了。"

"也没有几个月，怎么说得上久呢？黎先生，你明年要来啊！"姚太太接着说。

我刚刚答应着，老姚忽然向我伸过右手来，叫了一声"老黎"。他整个脸都红了。我也把右手伸过去。他紧紧捏住它，恳切地望着我，用劲地说着两个字："明年。"

"明年。"我感动地答应着，我才注意到两只酒瓶已经空了。可是我自己还没有喝光一杯酒。

"这才够朋友！"他说，就把手收回去，端起酒杯喝光了。过后他向着他的太太勉强地笑了笑，说："昭华，再开一瓶酒罢。喊老文去拿来。"

"够了，你不能再喝了。"他的太太答道。她又转过脸去，看了老文一眼。老文站在门口等着他们的决定。

"不，我还没有喝够，我自己去拿。"他推开椅子站起来，他没有立稳，身子晃了两晃，他连忙按住桌面。

"怎么啦?"他的太太站起来，惊问道。我也站起来了。

"我喝醉了。"他苦笑地说，又坐了下来。

"那么你回屋去躺躺罢。"我劝道。我看他连眼睛也红了。他不回答我，忽然伸出双手去抓自己的头发，痛苦地、声音沙哑地嚷起来："我没有做过坏事，害过人！为什么现在连小虎的尸首也找不到？难道就让他永远泡在水里，这叫我做父亲的心里怎么过得去！"他蒙住脸呜呜地哭了。

"姚太太，你陪他进去罢。"我小声对他的太太说，"他醉了，过一会儿就会好的。他这两天也太累了。你自己也应当小心，你的病刚好。你们早点休息罢。"

"那么我们不陪你了，你明年——"她只说了这几个字，两只发亮的黑眼睛带了惜别的意思望着我。

"我明年一定来看你们。"我带点感伤地说。我看见她的脸上浮出了凄凉的微笑。她的眼光好像在说：我们等着你啊！她站到丈夫的身边，俯下头去看他，正要讲话。

老姚忽然止了哭，取下蒙脸的手，站起来，用他的大手拍我的肩头，大声说："我明天早晨一定送你到车站。我已经吩咐过，天一亮就给我们预备好车子。"

"你不必送我。我行李少，票子又买好了，一个人走也很方便。你这两天太累了。"

"我一定要送你，"他固执地说，"明天早晨我一定来送你。"他让太太挽着他的膀子摇摇晃晃地走出花厅去了。我叫老文跟着他们进去，我担心他会在半路上跌倒。

我一个人坐在这个空阔的厅子里吃了一碗饭，又喝光了那杯酒。老文来收碗的时候，他对我说太太已经答应，明天打发他跟我上车站去。我感谢他的好意。可是我不能够像平日那样地听他长谈，我的脑筋迟钝了。酒在我的身上发生效力了。

酒安定了我的神经。我睡得很好。我什么事都不想，实在我也不能够用思想了。

老文来叫醒我的时候，天刚发白，夜色还躲藏在屋角。他给我打脸水，又端了早点来。等我把行李收拾好，已经是五点多钟了。我决定不等老姚来，就动身去车站。我刚刚把这个意思告诉了老文，就听见窗外有人在小声讲话，接着脚步声也听见了。我知道来的是谁，就走出去迎她。

我一跨出门槛就看见姚太太同周嫂两人走来。

"姚太太，怎么你起来了？"我问道，我的话里含得有惊喜，也有感激。我并且还想着：老姚也就要来了。

　　"我们还怕来不及。"她带着亲切的微笑说。她跟我走进厅子里去，一边还说："诵诗不能够送你了，他昨晚上吃醉了，吐了好几回，今早晨实在起不来，很对不起你。"

　　"姚太太，你怎么还这样客气！"我微笑道。接着我又问她："诵诗不要紧罢？"

　　"他现在睡得很好，大概过了今天就会复原的。不过他受了那么大的打击，你知道他多爱小虎，又一连跑了两天，精神也难支持下去。倘使以后你有空，还要请你多写信劝劝他，劝他看开一点。"

　　"是的，我一定写信给你们。"

　　"那么谢谢你，你一定要写信啊！"她笑了笑，又转过脸去问老文："车子预备好了吗？"

　　"回太太，早就好了。"老文答道。

　　"那么，黎先生，你该动身了罢？"

　　"我就走了。"我又望着她手里拿的一封信。这个我先前在门外看见她的时候就注意到了，我便问她："姚太太，是不是要托我带什么信？"

　　"不是，这是我们的结婚照片，那天我找了出来，诵诗说还没有送过你照片，所以拿出来给你带去。"她把信封递给我，"你不要忘记我们这两个朋友啊，我们不论什么时候都欢迎你回来。"她又微微一笑。这一次我找回她那照亮一切的笑容了。

　　我感谢了她，可是并不取出照片来看，就连信封一起放在我的衣袋里。然后我握了一下她伸过来的手："那么再见罢。我不会忘记你们的。请你替我跟诵诗讲一声。"

我们四个人一路出了园门，老文拿着我的行李，周嫂跟在姚太太后面。

"请回去罢。"我走下天井，掉转脸对姚太太说。

"等你上车子罢。今天也算是我代表他送你。"她说着一直把我送到二门口。我正要上车，忽然听见她带着轻微的叹息："我真羡慕你能够自由地往各处跑。"

我知道这只是她一时的思想。我短短地回答她一句："其实各人有各人的世界。"

车子拉着我和皮箱走了，老文跟在后面，他到外面去雇街车。车子向开着的大门转弯的时候，我回头去看，姚太太还立在二门口同周嫂讲话。我带了点留恋的感情朝着她一挥手，转眼间姚公馆的一切都在我的眼前消灭了。那两个脸盆大的红字"憩园"仍然傲慢地从门楣上看下来。它们看着我来，现在又看着我去。

"黎先生！"一个熟悉的声音在后面喊我，我回过头，正看见李老汉儿朝着我的车子跑来。我叫老文停住车。

李老汉儿跑得气咻咻的，一站住就伸手摸他的光头。

"黎先生，你明年一定要来啊！"他结结巴巴地说，一张脸也红了，白胡须在晨光中微微地摇颤。

"我明年来。"我感谢地答应道。车子又朝前滚动了。它走过大仙祠的门前，老文刚雇好车子坐上去。至于大仙祠，我应当在这里提一句：我有一个时期常常去的那个地方在四五天以前就开始拆毁了，说是要修建什么纪念馆。现在它还在拆毁中，所以我的车子经过的时候，只看见成堆的瓦砾。

后 记

我开始写这本小说的时候，贵阳一家报纸上正在宣传我已经弃文从商。我本来应当遵照那些先生的指示，但是我没有这样做，这并非因为我认为文人比商人清高，唯一的原因是我不爱钱。钱并不会给我增加什么。使我能够活得更好的还是理想。并且钱就跟冬天的雪一样，积起来慢，化起来快。像这本小说里所写的那样，高大房屋和漂亮花园的确常常更换主人。谁见过保持到百年、几百年的私人财产！保得住的倒是在某些人看来是极渺茫、极空虚的东西——理想同信仰。

这本小说是我的创作。可是在这里面并没有什么新奇的东西。我那些主人公说的全是别人说过的话。

"给人间添一点温暖，揩干每只流泪的眼睛，让每个人欢笑。"

"我的心跟别人的心挨在一起，别人笑，我也快乐，别人哭，我心里也难过。我在这个人间看见那么多的痛苦和不幸。可是我又看见更多的爱。我好像在书里面听到了感激和满足的笑声。我的心常常暖和得像在春天一样，活着究竟是一件美丽的事……"

像这样的话不知道已经有若干人讲过若干次了。我高兴我能在这本小说里重复一次，让前面提到的那些人知道，人不是嚼着钞票活下去的，除了找钱以外，他还有更重要、更重要的事情做。

文化生活出版社1944年10月